BRISÉES

SARAH A. DENZIL

TRADUCTION PAR

DIANE GARO

Édition originale parue sous le titre : THE BROKEN ONES

PROLOGUE

Un. Deux. Trois. À toi. Un. Deux. Trois. À toi.

Le jardin sent bon les feuilles. Le sol est chaud sous mes pieds. Le soleil brille au-dessus de ma tête. *Compte les oiseaux.* Un. Deux. Trois. Des pies, toutes des pies. Un mélange de noir, bleu et blanc. Quand elles chantent, elles font un drôle de son rauque. Je n'aime pas ce bruit. Il me fait peur. Je devrais peut-être rentrer ? Mais je ne veux pas. Je veux sentir le soleil sur ma peau. Quand je ferme les yeux, je continue à voir le soleil rouge vif, comme mon sang quand je me suis écorché le genou l'année dernière.

Un. Deux.

Et ensuite ? Qu'est-ce qu'on a fait ?

Trois. À toi.

Je ne me souviens pas de la suite. Pourquoi j'oublie les choses comme ça ?

— Qu'est-ce que tu fabriques ?

Je me crispe en entendant sa voix. Haut perchée et pressante. Ce qui veut dire qu'elle est en colère. Ses pas se précipitent. Puis sa main froide me saisit par le bras.

— Pas le temps pour ça. Tu dois te préparer, dit-elle.

— Je ne veux pas, murmuré-je.

Je chuchote toujours quand je lui désobéis. C'est la seule façon dont j'ose le faire.

Elle me tire par le bras et je crie. Ses ongles s'enfoncent dans ma peau et des larmes inondent mes joues.

— Je t'ai dit de ne pas jouer là, dit-elle.

Elle transpire. Des mèches se sont échappées de son chignon et sont plaquées sur son front. Son chemisier est taché et déboutonné en haut. Ses yeux sont soulignés de cernes et son rouge à lèvres a débordé. Mais elle me terrifie quand même. Elle me traîne dans l'herbe.

— Qu'est-ce que tu fais là ? Tu parlais à qui ?

Je ne veux pas lui dire.

— Alors ? insiste-t-elle.

Ses ongles s'enfoncent plus profondément dans ma peau.

— L'ombre, murmuré-je.

Elle s'arrête. J'ai peur maintenant. Peur du silence qui suit. Elle se baisse à mon niveau et je me retrouve face à ses yeux fous injectés de sang.

— Il n'y a pas d'ombre, dit-elle. Il n'y a jamais eu d'ombre. Il faut que tu arrêtes ces bêtises tout de suite.

Je hoche la tête. C'est compris. Je vais arrêter ces absurdités. Promis.

Je veux juste qu'elle m'aime.

PREMIÈRE PARTIE

1

Je m'appelle Sophie Howland, et jamais – pas un seul instant de ma triste existence – je n'ai eu l'impression d'être une personne à part entière. Il me manque une partie de moi. Comme si un chien avait arraché un morceau de mon être peu après ma naissance et l'avait dévoré, comme des restes.

En grandissant, je me suis convaincue que je pourrais combler ce manque en fondant ma famille. J'ai toujours voulu avoir des enfants. Je souhaite plus que tout appartenir à un clan. Avoir tout ce qu'il faut : mari... enfants... tout. Maman m'a élevée seule après la mort de papa, et j'ai toujours voulu avoir une vie normale. Peut-être que ça n'a jamais fait partie de mon destin. Peut-être qu'à trente-cinq ans, j'aurai une floraison tardive. Les planètes vont soudain s'aligner pour moi. Ça arrive parfois aux femmes. Mais il s'agit généralement de femmes riches ou célèbres de plus de quarante ans qui s'installent après une carrière brillante et ont les moyens de s'offrir les services d'une mère porteuse. Peu de chances que ça se produise pour une institutrice qui vit avec sa mère dans un petit village anglais.

Bien que je n'aie pas de mari, on peut dire que j'ai l'enfant. J'ai une enfant de cinquante-cinq ans, têtue, en colère et confuse. Mais cette enfant ne va pas grandir. Elle va redevenir un bébé. Au fur et à mesure que l'esprit de maman se disloque, elle va perdre en autonomie. Bientôt, je devrai la nourrir, la laver et l'habiller, comme un nouveau-né. Elle devient peu à peu mon bébé. Celui que je n'ai jamais eu.

Je me souviens encore du cabinet médical où notre généraliste nous a annoncé la nouvelle. Je me souviens que la pièce s'est rétrécie et que la lumière s'est affaiblie, mettant en évidence la tête chauve et brillante du Dr Lee. Je me souviens du crayon qui roulait lentement sur le bureau et de la tasse à café sale posée sur un vieux sous-verre. Je me souviens de la décélération et de la déformation des mots, puis de leur accélération sans avertissement. Apparition. Précoce. Alzheimer. C'est alors qu'une idée m'est venue à l'esprit : *C'est ma punition.* Parce que j'ai compris que je devrais m'occuper d'elle. Il n'y avait personne d'autre pour le faire. C'est ma punition pour n'avoir jamais été la fille que j'aurais dû. Et je ne peux rien y faire. À part voir, impuissante, la maladie grignoter lentement son esprit.

Depuis, je ne vis qu'à moitié pour moi. Mes premières pensées sont toujours pour elle ; elle doit passer en premier, maintenant qu'elle est vulnérable. Je suis constamment en train de lutter pour savoir comment vivre ma vie. J'ai des amis qui me tirent d'un côté, tandis que j'avance dans une autre direction, m'efforçant d'avoir une vie que je n'aurai probablement jamais. Et puis, il y a cette attention perpétuelle que demande maman. Ce besoin constant. Je me demande en permanence si je dois arrêter de vivre pour elle Dois-je tout abandonner : mes rêves d'une vie normale avec un mari et une famille ? Je sais ce que maman voudrait. Je sais ce qu'elle dirait. J'ai peut-être pris la mauvaise décision. Je ne sais pas.

J'arrive en avance au café. Je le savais. J'ai calculé qu'il me faudrait vingt minutes de marche, mais j'ai décidé de m'offrir dix minutes supplémentaires « au cas où ». Au final, je suis partie une heure plus tôt. Mais ce n'est pas grave. Je peux m'asseoir et lire mon livre, avec le bruit de la machine à café en guise de fond sonore, loin du stress de la maison.

Je consulte à nouveau mon téléphone, me rappelant à quoi il ressemble, puis je jette un coup d'œil à la porte du café. Il ne risque pas d'arriver de sitôt, il reste encore quarante-cinq minutes avant l'heure convenue. Il est 11 heures du matin, un samedi, et les seuls clients sont des couples qui prennent un brunch, et quelques travailleurs avec leur ordinateur portable, sirotant un cappuccino. Même s'il semble peu probable que mon rencard m'assassine à 11 heures du matin un samedi en plein jour, maman a quand même essayé de me dissuader d'y aller. Heureusement, elle a perdu ses clés et s'est laissée distraire, ce qui m'a permis de sortir sans me faire remarquer et de la laisser avec Erin, son infirmière.

Je remue mon café. Ce n'est pas bon pour moi de penser à maman toute la journée. C'est pourtant ce que je fais. Comme le médecin me le répète, s'inquiéter ne va pas guérir sa maladie d'Alzheimer, mais ça pourrait bien me rendre malade à mon tour. Elle a Erin. Elle va bien.

Même si son état s'est rapidement détérioré – comme c'est souvent le cas des personnes atteintes d'une forme précoce d'Alzheimer – elle est encore assez lucide pour me dire que relever mes cheveux fait ressortir ma mâchoire déjà trop proéminente et que mon chignon est mal fait. Comment les mères arrivent-elles à faire ça ? Comment font-elles pour glisser une critique aussi facilement qu'un bonjour ? Ça semble être une seconde nature.

La porte s'ouvre et je lève la tête. C'est lui. Il est plus petit que je ne le pensais. Sa photo de profil doit dater de quelques années – ou avoir été prise sous un très bon éclairage –, car elle cachait les rides autour de ses yeux et le gris de sa barbe. Mais il a un beau sourire. Il me remarque tout de suite et s'approche, tête baissée, en regardant ses pieds. Je ne peux m'empêcher de remarquer ses chaussures. Des bottes de travail élimées, comme s'il les portait tous les jours depuis des années. Le reste de sa tenue se compose d'un jean et d'un pull à fermeture éclair.

— Tu dois être Sophie, dit-il. Je suis Peter.

Je lui serre la main, puis j'essaie d'essuyer discrètement sa sueur sur ma jupe.

— Bonjour, Peter. Ravie de te rencontrer.

Il s'assoit et avance sa chaise. Son gros ventre est pressé contre le rebord de la table.

— Tu ressembles à ta photo, dit-il.

Je ne sais pas si je dois le prendre comme un compliment ou non.

— Qu'est-ce que tu bois ? demande-t-il.

— Oh, un café allongé.

— Je n'aime pas le café, dit-il. La caféine me rend nerveux. Ma mère ne m'a jamais laissé boire de thé lorsque j'étais enfant. C'est probablement pour ça.

Il mentionne sa mère dès la première minute... ça pourrait être un mauvais signe. Mais peut-être que nous nous rapprocherons grâce à nos relations maternelles dysfonctionnelles. Étant donné que c'est ma relation maternelle dysfonctionnelle qui a détruit ma dernière histoire, c'est une possibilité.

— Alors comme ça, tu es comptable ? demandé-je.

— Oui, répond-il. C'est une petite entreprise, mais nous avons des clients fidèles. Nous avons suffisamment de travail pour tenir le coup. Il s'agit principalement de travailleurs indépendants. Tu serais étonnée de voir à quel point ils sont désorganisés.

Il rit.

— L'année dernière, j'ai réceptionné un tas de reçus dans un sac en plastique

Je hausse les sourcils.

— Oh, ça a l'air...

Heureusement, la serveuse vient prendre la commande de Peter, ce qui m'évite de trouver quoi répondre. Je ne sais pas trop comment poursuivre.

— Qu'est-ce que tu lis ?

Peter montre le livre posé à l'envers sur la table.

Je le retourne.

— Oh. *Jane Eyre*. C'est la troisième fois que je le lis. Je m'y replonge tous les cinq ans environ, pour me rappeler pourquoi je l'aime tant.

Peter rit. Un rire bruyant. Puis il dit :

— Je n'aime pas lire. Je préfère jouer aux jeux vidéo. Tu ne trouves pas que c'est épuisant d'essayer d'imaginer tous ces personnages ? Quant aux écrivains... Ce sont tous des narcissiques.

— Comment ça ? demandé-je.

— Qui d'autre s'assiérait tout seul et imaginerait des gens en train de discuter ? C'est bizarre.

La serveuse apporte un Coca à Peter. Il en avale la moitié.

Je peine à me remettre de ses derniers commentaires.

— Mais tu ne penses pas que les gens ont besoin d'histoires ? Et que notre langue est belle ?

Il plisse les yeux.

— Tu es professeure d'anglais, n'est-ce pas ?

Je me hérisse.

— Non. Enseignante à l'école primaire. Mais j'ai étudié l'anglais à l'université.

Il claque des doigts et sourit.

— Je le savais !

Je serre les dents, choisissant de ne pas lui rappeler que ma profession était indiquée sur mon profil de rencontre. Peut-être que si j'arrive à l'éloigner du sujet de la littérature anglaise, il montrera quelques profondeurs cachées.

— Quels sont tes centres d'intérêt, Peter ? Tu aimes la musique ?

Tout le monde aime la musique.

— Les musiciens... des crétins arrogants, eux aussi, rétorque-t-il. Je ne supporte pas les rock stars. Les abrutis comme Bono qui essaient de sauver le monde.

Je me déplace discrètement, m'éloignant physiquement de son regard pénétrant. Je déteste son attitude conflictuelle. C'est comme si tout devait faire l'objet d'un débat. Ce n'est pas un bon début. Pour l'instant, j'ai juste envie de partir. Je préfère encore rester à la maison avec ma mère malade.

— Je vois. Et la musique classique ?

— Je n'ai pas la patience pour ça. La country et la musique Western, c'est très bien. Kenny Rogers, Dolly Parton. C'est elle qui a écrit *I Will Always Love You*. L'original. Puis Shitney Houston a tout gâché.

Il rit de sa propre blague.

Je suis en train d'acquiescer quand mon téléphone sonne.

— Je suis vraiment désolée, je dois répondre. Ma mère ne va pas bien.

— Aucun problème, dit-il.

Je remarque que ses yeux s'illuminent à la mention de ma mère.

Je suis à la fois soulagée de recevoir cet appel à un moment aussi opportun, et j'ai le cœur serré en voyant comment se déroule le rendez-vous, sans compter la perspective de problèmes à la maison. Je trouve un coin tranquille dans le café et je fais glisser mon doigt sur l'écran pour accepter l'appel.

— Erin, qu'est-ce qui ne va pas ? demandé-je, immédiatement inquiète.

— Il n'y a pas lieu de *trop* s'inquiéter, dit-elle d'une voix plus aiguë que d'habitude.

Je l'imagine debout près du plan de travail de la cuisine, agitant les bras de haut en bas pendant qu'elle parle. Erin a dix ans de moins que moi et son énergie m'épuise parfois.

— Mais maman ne va pas très bien aujourd'hui.

Elle parle toujours de maman comme d'une enfant. Ça ne me dérange pas tant que cela. Maman est tellement horrible avec elle que je permets à Erin ces petites excentricités pour lui faciliter la tâche.

— Elle est très agitée. Elle n'arrête pas de te réclamer. Je suis désolée d'interrompre ton rencard...

— Non, ce n'est rien, dis-je. À vrai dire, je cherchais une excuse pour partir.

— C'est si terrible que ça ? demande Erin.

Je jette un coup d'œil à Peter, qui me salue avec enthousiasme. J'affiche une expression qui, je l'espère, montre de l'inquiétude, mais pas de la détresse, puis je hausse les épaules pour m'excuser.

— Oui. Il a l'air gentil, mais...

— Pas ta tasse de thé ? termine-t-elle.

Je soupire.

— Pas vraiment. Je serai à la maison dans vingt minutes.

Je raccroche et retourne auprès de Peter, en train de boire son Coca. Lorsqu'il repose le verre, il y a encore de l'humidité sur sa moustache, ce qui me met un peu mal à l'aise.

— Je suis désolée, Peter, mais je dois y aller. Ma mère est atteinte d'une forme précoce de la maladie d'Alzheimer et l'infirmière m'a téléphoné pour me dire qu'elle était très angoissée. Je vais devoir rentrer.

— Oh, quel dommage, dit-il.

Il s'essuie enfin la bouche et fronce les sourcils.

— Je peux te ramener en voiture, si tu veux ?

— Pas besoin. Je n'habite qu'à quelques minutes de marche, dis-je.

Je ne veux pas être seule avec lui dans un véhicule en mouvement.

— Je pourrais te raccompagner, dans ce cas.

Il sourit. Il a vraiment un beau sourire. Il y a de fortes chances qu'il soit sympathique, mais qu'il ne soit pas très doué pour les relations humaines.

— Non, reste finir ton verre. Je dois me dépêcher. J'ai été ravie de te rencontrer.

La serveuse m'adresse un clin d'œil alors que je m'empresse de sortir du café. Je manque de rire, mais je pense à ce qui m'attend chez moi, et le rire s'évanouit sur mes lèvres.

* * *

— Je refuse.

Mes épaules s'affaissent lorsque j'entends sa voix. Bruyante, mesquine, vulgaire. Trois mots que ma mère incarne depuis toujours.

— Lâchez-moi !

— Mrs Howland, s'il vous plaît. Vous devez manquer quelque chose.

J'ouvre la porte alors qu'un fracas de porcelaine retentit dans la maison.

— Maman ? Qu'est-ce que tu fais ?

Je me précipite dans la cuisine pour voir un bol cassé dans une flaque de soupe sur le sol de la cuisine.

— Pourquoi tu as fait ça, maman ?

— Cette femme s'est introduite chez moi et a essayé de m'empoisonner, dit-elle en levant le menton.

Maman a toujours l'air très fière. Elle est affûtée comme une lame avec des yeux aussi perçants que ceux d'un aigle. Seul son esprit a perdu de son tranchant.

— Maman, c'est Erin. Elle s'occupe de toi.

Je souris à Erin, qui est payée en partie par l'association Alzheimer. C'est une gentille jeune femme d'une vingtaine d'années, avec une coupe à la garçonne et un anneau dans le nez.

— Viens, assieds-toi un instant. Je vais nettoyer.

J'essaie de la guider vers la table à manger, mais elle repousse ma main.

— Je ne peux pas m'asseoir, abrutie. J'ai perdu mes clés.

Les yeux d'Erin s'écarquillent devant ce langage, mais je ne bronche pas.

— J'ai tes clés, maman. Elles sont dans mon sac. Je te les donnerai quand tu auras mangé.

Mentir à maman est devenu beaucoup plus facile quand elle a commencé à oublier des choses toutes les cinq minutes. Mais quand elle plisse les yeux, je sais que je suis dans le pétrin. Lorsque ses yeux lancent des éclairs et qu'elle devient silencieuse, je sais qu'elle vit l'un de ses moments les plus lucides.

— Alors, comment ça s'est passé ? Je vois que tu as gardé tes cheveux comme ça, malgré mes conseils.

Erin se penche pour m'aider à ramasser les morceaux du bol cassé. Lorsque je me lève, j'évite de regarder ma mère dans les yeux. C'est dans ces moments-là que je me sens comme une enfant de dix ans, et non comme une femme de trente-cinq ans.

— Il était gentil, dis-je. Mais je ne pense pas qu'on se reverra.

Elle rit.

— Pas étonnant avec cette mâchoire.

Elle se tourne vers Erin, ayant manifestement décidé qu'elle n'était plus une cambrioleuse meurtrière.

— Vous auriez dû la voir quand elle était bébé. Ce menton... on aurait dit une enclume.

Elle renverse la tête en arrière et rit.

— Je ne savais pas si je devais la nourrir ou forger un fer à cheval dessus.

Elle rit à nouveau.

Erin me lance un sourire désolé. Elle ouvre un sac poubelle et nous y déposons les morceaux du bol.

— Au moins, il ne t'a pas violée ou tuée, poursuit maman. C'est ce qui se passe avec ces rencontres sur Internet. Ce sont tous des pervers. Il doit probablement se faire des adolescentes sur son temps libre. Je parie que c'est la raison pour laquelle ça n'ira pas plus loin avec toi. Tu es trop vieille pour ça.

— Maman, dis-je.

Ma voix est faible. Trop faible pour arrêter ma mère. Je traverse la cuisine pour aller chercher un torchon et nettoyer la soupe. Erin reste silencieuse. L'embarras me gagne. Je déteste que les autres soient témoins de son attitude.

— Je t'avais dit de ne pas y aller, pas vrai ?

Ses yeux verts se plantent dans les miens. Quand j'étais petite, je pensais que des lasers pouvaient en sortir, façon superman maléfique.

— C'est vrai, dis-je.

— Et j'avais raison, n'est-ce pas ? insiste-t-elle.

— Oui.

— J'ai toujours raison.

Elle ramène quelques mèches de cheveux en arrière. Elle aime qu'ils soient coiffés pile comme ça. De nombreux coiffeurs l'ont appris à leurs dépens.

— N'est-ce pas ?

— Oui.

J'essore le torchon dans l'évier de la cuisine et j'essaie de ne plus rien dire. Erin prépare une autre fournée de soupe.

— Je t'ai dit que j'avais perdu mes clés ? demande ma mère.

— Non, maman. Je vais aller les chercher.

* * *

Après le départ d'Erin, une fois maman couchée, je range la cuisine et change la poubelle. En ce début juillet, si je ne le fais pas tout de suite, elle va rapidement sentir mauvais. Sans parler du fait qu'une fois, en descendant, j'ai trouvé maman en train de ramasser des restes de poulet dans la poubelle. Ce souvenir me retourne l'estomac.

La soirée est agréable et chaude, mais l'air est rempli de moucherons. Je descends le chemin jusqu'à la poubelle et j'y jette rapidement le sac.

Notre jardin a besoin d'être entretenu. Maman a toujours aimé jardiner, mais depuis que la maladie a frappé, elle ne le fait plus autant qu'avant. J'essaie de la faire participer de temps à autre, mais elle se laisse trop facilement distraire.

Je dégusterai peut-être un bon verre de vin frais en rentrant. Ou peut-être que je le prendrai dans le jardin et que je m'allongerai sur la chaise longue. Je ne bois pas beaucoup, mais il n'y a rien de plus relaxant qu'un verre ou deux à la maison.

Je fronce les sourcils en marchant sur un objet de forme étrange. Je n'ai pas pris la peine de mettre des chaussures pour sortir la poubelle. Ça semblait inutile. Mon pied nu a rencontré un petit objet rond. Trop plat pour être une pierre. Je recule, je me penche et je le ramasse.

Il s'agit d'un bouton de manteau ou de veste. Il n'y a rien d'inhabituel à ça, mais sans que je sache pourquoi il ne me semble pas à sa place. Je sais qu'il ne vient d'aucun de mes vêtements, et je connais la plupart des tenues de maman. Je ne pense pas que ce soit le sien. Je suppose qu'il appartient probablement à Erin. Je le glisse dans la poche de mon jean et j'ouvre les portes-fenêtres de la cuisine.

— Cette ombre est encore venue traîner dans les parages ?

Je sursaute. Maman se tient au centre de la cuisine, les cheveux ébouriffés et le visage livide. Sa chemise de nuit est de travers, exhibant bien trop sa poitrine à mon goût.

— Allez, maman. Je te ramène au lit.

Mais avant de la faire monter, je m'assure de faire demi-tour et de fermer la porte à clé. Le mot « ombre » renvoie à un souvenir enfoui depuis longtemps. Il est là, mais je ne peux y accéder, comme un mot qu'on aurait sur le bout de la langue. Tout ce que je sais, c'est que ce mot me fait frissonner et me donne envie de fermer à double tour.

2

Les yeux collés par le sommeil, je parviens sans trop savoir comment à toucher l'écran de mon téléphone pour éteindre l'alarme. Mes paupières papillonnent alors que je me force à ne pas choisir l'option « snooze ». Je n'ai pas le temps de roupiller. J'ai trop de choses à faire.

D'abord, je lave et j'habille maman. Elle n'a jamais été du genre à se lever tôt, et maintenant que nous avons besoin d'une aide à domicile, je dois la forcer à sortir du lit à 6 heures. Chaque matin, je me fais traiter de tous les noms. Elle est particulièrement désorientée au réveil. Elle agite ses bras maigres, égratigne ma peau avec ses ongles et me crache des injures. Elle trouve de vieilles blessures à rouvrir, même dans cet état de confusion. Ma mâchoire est l'une de ses cibles préférées. Je dois faire du sport, car je suis trop grosse et je ne trouverai jamais d'homme. Et elle s'entête à me mettre sur le dos la mort de papa. Je ne vaux rien.

Je suis une déception.

À 6 h 30, je nous prépare à manger. Parfois, maman

apprécie son petit déjeuner préféré, à savoir du pain grillé et de la confiture de fraises. D'autres jours, elle le déteste soudainement. Je parviens à engloutir mon thé et quelques toasts tout en la surveillant tel un oiseau de proie pour m'assurer qu'elle mange suffisamment. Erin arrive à 7 heures et je monte prendre une douche rapide et me préparer pour aller travailler. Il m'arrive parfois de faire quelques corrections si Erin est un peu en avance.

Ce n'est pas toujours évident de m'en aller quand maman se montre difficile. Je sais qu'Erin est payée pour s'occuper d'elle, mais je sais aussi que ce n'est pas facile, même lorsqu'elle est plus lucide. Ça a toujours été une femme difficile, mais je suppose que j'ai trouvé très tôt des moyens de faire face. Je me plongeais dans un livre ou dans mes études.

Maman n'a jamais voulu que j'aille à l'université. Elle voulait que je reste à la maison. Je pense qu'elle avait peur d'être seule. Nous avons fait un compromis, et j'ai vécu à la maison tout en me rendant à Derby pour y étudier. J'ai réussi à trouver un stage dans la banlieue de Derby, puis un poste s'est ouvert à l'école primaire locale. Tout s'est parfaitement imbriqué, et j'ai pu rester auprès d'elle. Il en a toujours été ainsi. Nous deux. Un point c'est tout.

Jusqu'à l'arrivée de Jamie. Nous nous sommes rencontrés au pub un vendredi soir, à l'occasion de la fête de fin d'année, avec les autres enseignants. On peut dire que j'ai commencé ma vie sur le tard. J'ai réussi à passer le cap de l'université sans avoir de relations amoureuses ni connaître de soirées débridées. J'ai honte d'admettre que je n'ai pas eu de relations intimes avec un homme avant mes vingt-cinq ans. Jamie a été le premier à s'intéresser à moi, et j'ai commencé à l'apprécier au bout de quelques semaines.

C'était le frère d'un des enseignants de l'école et il travaillait comme électricien dans une entreprise locale. Au début, je n'étais pas intéressée. Il était calme, petit, et n'avait rien de remarquable. Il avait des cheveux d'un blond laiteux et de petits yeux bleus. Il m'a proposé un verre et j'ai accepté parce que j'étais ivre. Plus tard dans la nuit, nous nous sommes embrassés, mais je suis rentrée seule chez moi après lui avoir donné mon numéro de téléphone.

Alisha, ma collègue de l'école primaire et meilleure amie, était déterminée à ce que je sorte avec lui, mais j'ai évité ses appels pendant plusieurs jours, jusqu'à ce qu'il revienne au pub et insiste pour m'offrir un verre. Après avoir un peu bu, j'ai finalement accepté de sortir avec lui pour dîner et aller au cinéma.

Jamie n'a jamais abandonné. Il y a eu des fleurs, des chocolats et des bouteilles de vin. Maman m'a dit que tout ce qui l'intéressait, c'était de tirer son coup, et qu'une fois que je lui aurais donné satisfaction, je n'entendrais plus jamais parler de lui. Mais ça n'est pas arrivé. Il est resté pendant sept ans, et j'ai fini par avoir des sentiments pour lui. Mais maman l'a fait fuir avec ses remarques désobligeantes et ses compliments ambigus. Toutes les disputes que nous avons eues tournaient autour d'elle : les choses qu'elle disait pour nous rabaisser, le fait que je ne voulais pas déménager de chez elle, et quand j'ai déménagé, les disputes portaient sur le fait que nous passions trop de temps avec elle. Jamie voulait se marier et avoir des enfants, mais il y avait toujours quelque chose qui me retenait. Avec le recul, je pense que c'était peut-être l'influence de maman. Ses petits commentaires ont peut-être semé le doute, mais je les ai laissés grandir jusqu'à ce qu'ils deviennent des mauvaises herbes qui ont étouffé notre relation.

— Si tu l'épouses, tu ne pourras pas t'en défaire. Le mariage, c'est pour la vie, disait-elle. Tu veux vraiment vivre avec ce nigaud pour toujours ? Et s'il y avait quelqu'un de mieux ? Jamie n'a pas deux neurones qui fonctionnent correctement. Est-ce l'homme avec lequel tu veux passer le restant de tes jours ?

Quelque part, enfouie sous toutes ses insultes, se trouvait une bribe de vérité qui me minait. Je ne voulais *pas* épouser Jamie. Je craignais *bien* qu'il y ait quelqu'un d'autre fait pour moi. Au bout de sept ans, nous avons finalement rompu. J'ai fait porter le chapeau à ma mère, mais ce n'est peut-être pas juste. Même si je lui désobéissais rarement, je pense que j'aurais osé si Jamie avait été fait pour moi.

C'est du moins ce que je me répète.

Une chose que je sais, c'est que Peter n'est pas non plus mon âme sœur.

À 7 heures pile, Erin arrive et nous salue joyeusement. Je me suis assise à côté de maman pour m'assurer qu'elle mange bien ses céréales, une tasse de thé entre les mains. Maman regarde Erin et fronce les sourcils.

— Encore vous, dit-elle. Vous feriez mieux de ne pas essayer de m'empoisonner cette fois.

— Maman, c'est Erin...

— Je sais qui c'est, s'emporte-t-elle. Je ne suis pas une enfant.

Je roule des yeux en regardant Erin.

— Bonjour, Mrs Howland. Vous avez l'air en forme aujourd'hui, dit Erin, sachant que les compliments sont ce qui fonctionne le mieux avec ma mère.

— Elle a presque réussi à me coiffer correctement, dit maman.

Je ne peux m'empêcher de sourire. C'est le plus beau compliment possible de sa part.

— Je dois partir pour l'école, dis-je. Il y a du jambon dans le réfrigérateur pour les sandwichs et du chocolat dans le placard. Prends ce que tu veux.

— Passe une bonne journée, dit Erin. Ne travaille pas trop dur. Oh, et veille à ce que mon neveu ne te manque pas de respect !

Je ris.

— Il est un peu espiègle, mais il est gentil. Mais je lui dirai que sa tante le grondera s'il va trop loin.

Eddington est un petit village, et en travaillant dans une école, vous connaissez tous les noms et tous les visages. C'est le genre d'endroit où l'on organise encore une fête de l'école à laquelle tout le monde assiste. C'est une part de la culture anglaise en voie d'extinction, dont tout le monde déplore la disparition, mais que personne n'essaie de faire revivre. Le neveu d'Erin, Noah, est dans ma classe. C'est un enfant adorable, avec les mêmes yeux bleus qu'Erin. Mais elle a raison, il peut se montrer insolent. Comme tous les enfants de son âge, mais ça ne me dérange pas. À dix ans, on s'attend à ce qu'ils fassent preuve d'un peu de culot. Ce sont les plus discrets qui m'inquiètent.

Je quitte maman et Erin, et monte dans ma Ford Fiesta, empilant les copies sur le siège passager. À 7 h 45, je me gare, j'apporte la pile de copies dans ma salle, je m'assois sur ma chaise derrière le bureau et je respire pour la première fois de la matinée. Je remplis mes poumons, je ferme les yeux et j'expire. L'endroit sent le marqueur de tableau blanc et la colle, mais j'adore ça. C'est ma pause, et certes, c'est un endroit stressant, bruyant et chaotique, mais c'est une partie de ma vie que *je* contrôle. Ça m'appartient.

Du travail m'attend. J'ai des photocopies à faire, des affiches à accrocher, des notes à prendre et encore quelques corrections à terminer, tout ça avant que les enfants n'arrivent. Tout d'abord, les photocopies. Si je m'y prends trop tard, il y aura la queue. Je prends mes plans de cours et mes fiches de travail, et me rends en salle des profs. Une tasse de café ne serait pas de refus.

— Soph !

Je souris.

— Salut, Lish. Tu es passée de bonne heure à la photocopieuse, dis-moi !

— J'évite la foule.

Alisha lève les yeux au ciel. Nous sommes collègues depuis près de dix ans. Nous avons toutes les deux commencé à travailler dans les six mois qui ont suivi la fin de notre formation. Nous nous sommes soutenues, nous avons lutté côte à côte pour y arriver.

— Foutue machine. J'ai changé le toner deux fois et j'ai déjà dû la débloquer ce matin.

Elle donne un petit coup de pied à la vieille imprimante.

— Il y a du café si tu veux.

— Tu me sauves la vie. J'ai eu du mal à m'arracher du lit ce matin.

Je me dirige vers la petite cuisine pour me servir dans mon mug préféré – une tasse avec un buste de Shakespeare sur le devant et la légende *Être ou ne pas être instit'* – un cadeau d'Alisha lorsque j'ai commencé à enseigner.

— Comment va la vieille mégère ?

L'attitude d'Alisha change radicalement lorsqu'elle mentionne ma mère. Elle croise les bras et plisse les yeux.

Alisha n'a rencontré maman qu'une seule fois, lorsqu'elle est venue nous chercher toutes les deux à un congrès d'enseignants à Nottingham. Malheureusement, maman a parlé à Alisha comme à une enfant pendant tout le chemin du retour, en élevant la voix et en parlant lentement, comme si Alisha ne comprenait pas l'anglais. Alisha, d'origine indienne, mais élevée à Manchester, a serré les dents et pris un accent indien exagéré pour dédramatiser la situation. Mais je sais que ça l'a agacée – à juste titre – et qu'elle a du mal avec maman depuis.

Je ne me suis jamais vraiment étendue sur mon enfance, mais je pense qu'Alisha a vu qui était vraiment maman. Même si je connaissais déjà son vrai visage, la réaction d'Alisha me l'a renvoyé en pleine face. De quoi vous déstabiliser.

Après cet incident, nous nous sommes éloignées l'une de l'autre. C'est à cette époque qu'elle est tombée enceinte de son premier enfant. En plus de me sentir incroyablement gênée par la façon dont maman avait traité ma meilleure amie – et par le fait que je n'avais pas réussi à lui tenir tête une fois de plus – voir ma meilleure amie enceinte était trop difficile à supporter. J'ai mis longtemps à réaliser à quel point j'étais jalouse d'elle, et je me suis alors sentie la plus mesquine du monde. J'ai donc supporté la douleur et j'ai acheté des cadeaux pour son nouveau-né. Je suis allée à l'hôpital, je lui ai apporté des fleurs et j'ai tenu son enfant dans mes bras. J'ai vu son bonheur et j'ai été heureuse pour elle. J'ai chéri leur famille.

J'essaie de chasser ces pensées.

— Confusion, frustration, difficultés. La maladie d'Alzheimer progresse rapidement. Elle a encore de bons moments où elle est exactement comme avant, mais il y a des moments où elle me regarde et où je ne suis même pas sûre qu'elle sache qui je suis.

L'expression d'Alisha s'adoucit.

— Ça doit être difficile.

Je la vois danser d'un pied sur l'autre et un silence gênant s'ensuit. Je sais exactement ce qu'elle va dire et je me crispe instinctivement.

— Tu as réfléchi à la question ?

Elle hausse les sourcils et me fixe avec gravité.

— J'y ai pensé, dis-je. Mais je ne peux pas.

C'est presque imperceptible, mais les lèvres d'Alisha se serrent, comme si elle savait ce que j'allais dire et qu'elle était déçue.

— Bon, je vais le dire, une bonne fois pour toutes. Je sais que ce n'est pas à moi de le faire, mais tu es ma meilleure amie et il faut que ça sorte. Pourquoi tu t'occupes de cette femme alors que je *sais* qu'elle a été une mère terrible pour toi ?

Elle lève les mains lorsque je m'apprête à intervenir.

— Pas besoin d'être un génie pour le comprendre. Cette femme est émotionnellement abusive. Elle a essayé de te dissuader d'aller à l'université, elle se moque de ton physique devant les autres et elle a brisé ta relation avec Jamie. Dieu sait comment elle était quand tu étais petite. Tu as l'opportunité de te débarrasser d'elle pour de bon et de reprendre ta vie en main. Profites-en. Vends la maison, place-la dans un foyer et vis enfin la vie heureuse que tu mérites.

Je me redresse.

— Une opportunité ? Je n'appellerais pas ça une « opportunité » de voir ma mère retomber en enfance.

Alisha soupire.

— Tu as raison. Je suis désolée. J'ai mal choisi mes mots.

Elle rassemble ses feuilles et les tasse sur le dessus de la photocopieuse pour les aligner.

— J'ai peut-être dépassé les bornes. Je ne sais pas. Je veux juste m'assurer que quelqu'un est de ton côté. Je *veux* être de ton côté et je veux que tu sois heureuse. Tu sais que tu le mérites, pas vrai ?

Je cligne des yeux, essayant d'assimiler tout ce qui se passe : le plaidoyer soudain d'Alisha, les difficultés de maman à la maison. Tout se passe très vite. Il y a quelques mois, maman présentait seulement de légères pertes de mémoire et de concentration, mais son état se détériore plus rapidement que ne l'avaient prévu les médecins.

— Je sais.

Mais ma voix est faible. Mal assurée.

Alisha pose une main sur mon bras.

— Si tu as besoin d'aide, je suis là.

Je la crois, mais je me demande quelle aide elle serait prête à m'offrir. Il n'y a pas grand-chose que l'on puisse faire lorsque l'on se trouve dans cette situation. Elle ne peut pas nettoyer l'urine de ma mère ni la mettre au lit. Elle ne peut pas remplir les papiers nécessaires pour obtenir les aides financières ou finaliser le testament de ma mère. Elle ne peut pas être présente 24 heures sur 24, 7 jours sur 7 pour veiller à ce qu'elle ne mette pas le feu à la maison ou n'essaie pas de manger du bacon cru dans le réfrigérateur. Non, elle ne peut rien faire de tout ça.

Mais c'est probablement ce que veut dire Alisha. Que je ne peux pas me débrouiller seule et que je dois donc placer ma mère. Je glisse ma feuille dans la photocopieuse. Non, je ne peux pas faire ça. Maman se laisserait dépérir dans un tel endroit. Je ne pourrais pas lui offrir ce qu'il y a de mieux, et je la laisserais à la merci de gens qui n'ont probablement rien à faire de leurs patients. La presse ne cesse de publier des témoignages terribles décrivant comment les aides-soignants maltraitent les résidents. Je ne peux pas lui infliger ça, peu importe ce qui nous est arrivé, peu importe à quel point les années à venir seront difficiles.

* * *

Ma classe est l'un des rares endroits où je peux oublier tout ce que je dois faire pour maman. Il s'agit avant tout de s'occuper des enfants et de leur donner un bon départ dans la vie. Mais je suis la première à admettre que j'ai la tête ailleurs aujourd'hui. Je me trompe même en donnant une simple leçon de grammaire aux enfants, ce qui pousse Isaac – qui est très en avance pour son âge – à me remettre en question. Mon visage devient rouge brique, et tous les enfants poussent des *oooh* et des *ahhh* quand je réalise mon erreur. Ravi qu'une adulte puisse se tromper, le neveu d'Erin s'écrie :

— Miss, Miss, vous vous êtes trompée, Miss !

À l'heure du déjeuner, je mange un sandwich à mon bureau, puis je vais surveiller la cour. Je vérifie rapidement si j'ai reçu des messages. Erin m'a écrit : *Maman se porte bien aujourd'hui. Elle a terminé son déjeuner et regarde* Loose Women *à la télé ! À plus. Bisous.* Je n'aurais pas pu rêver d'avoir une meilleure infirmière. C'est vraiment un cadeau du ciel.

J'ai également reçu un texto de Peter : *J'ai apprécié notre café (Coca pour moi !). J'espère que ta mère va bien. On remet ça ?* Il y a aussi un appel manqué de sa part. Il se montre assez insistant. C'en est presque effrayant. Je devrais peut-être lui donner une autre chance. J'y réfléchis en pensant à son attitude à l'égard des livres. Ça pourrait être un frein à notre relation. Il est peut-être préférable de ne pas insister. Mais il semble très enthousiaste, ce qui pourrait donner lieu à un appel téléphonique gênant. Cette idée me fait froid dans le dos.

La cloche sonne la fin de la récréation et les enfants reprennent le chemin de la classe. Une élève rentre en traînant les pieds. Chloé, une fille douce et calme qui a tendance à jouer toute seule pendant la pause. Mon cœur se brise lorsque les autres se moquent d'elle ou la mettent à l'écart. Elle n'est pas aussi avancée que le reste de la classe. Elle a du mal à lire. Je la regarde entrer dans le bâtiment. Il y a quelque chose d'autre chez Chloé… quelque chose d'étrange.

— Viens, Jessie, dit Chloé en tendant le bras comme si elle traînait quelqu'un derrière elle, sauf qu'il n'y a personne.

Elle secoue légèrement son poignet, comme pour forcer quelqu'un à avancer.

— Tu es trop lente ! Je dois aller en cours.

— Bonjour, Chloé. Tu es prête pour les cours de cet après-midi ? lui demandé-je, essayant de détourner son attention de son amie imaginaire.

J'ai eu un peu de psychologie infantile pendant ma formation d'enseignante, et je sais donc qu'il est normal d'avoir un ami imaginaire, mais il est étrange qu'elle en ait *encore* un à dix ans *et* qu'elle joue avec à l'école plutôt que de se faire de vrais amis.

— Oui, murmure-t-elle.

Sa chevelure blonde me dépasse, et elle disparaît dans le couloir. Je fronce les sourcils, m'inquiétant à nouveau pour les enfants les plus taciturnes de ma classe, ceux qu'on oublie et qu'on ignore. Il est de mon devoir de veiller sur eux. C'est ainsi que ça fonctionne. Ceux d'entre nous qui survivent à cette expérience essaient de rendre la pareille aux autres une fois adultes, parce qu'ils savent à quel point c'est difficile.

Je pense encore à Chloé lorsque je rentre du travail avec une pile impressionnante de copies à corriger. La plupart des enseignants que je connais détestent la quantité de devoirs que les enfants sont obligés d'endurer et le nombre d'examens standardisés qu'on leur fait passer. Nous détestons les statistiques et les inspections de l'OFSTED, l'office des normes dans l'enseignement. Nous voulons donner aux enfants la meilleure éducation possible, mais les restrictions nous obligent à devenir des clones les uns des autres, délivrant des messages de clones à des mini-clones.

Je m'arrête devant ma porte d'entrée, m'attendant à entendre des cris ou des bruits de verre brisé, mais la maison est silencieuse. Lorsque j'entre dans le hall et que je me débarrasse de mon manteau, l'endroit est étrangement serein.

— Sophie, c'est toi ? lance Erin.

— Oui. Tout va bien ? Ça semble très...

Lorsque j'entre dans le salon, maman est assise sur le canapé avec une tasse de thé. Son visage est impassible. J'ai beau la voir souvent comme ça, je ne m'y habituerai jamais. C'est comme si on ne voyait qu'une coquille vide.

— On va très bien, dit Erin. Tu as l'air éreintée. Noah a été pénible ?

Je laisse échapper un rire qui sonne faux.

— Ça a été un ange

— Tu m'en diras tant. Tu veux une tasse de thé ?

— Avec plaisir.

Je suis Erin dans la cuisine. C'est notre rituel quand je rentre du travail. Je nous imagine bien rester amies même après... après quoi ? Après la mort de maman ? C'est la seule issue possible à cette situation.

— J'ai fait bouillir l'eau il y a un instant, dit Erin. Je savais que tu n'allais pas tarder.

— Tu es un ange, toi aussi, comme ton neveu !

Elle rit et son visage s'illumine. Ses yeux brillent. Je suis jalouse, l'espace d'un instant. Elle peut rentrer chez elle et se détendre avec son petit ami. Elle peut oublier les souvenirs de cette journée, oublier ma mère. Je dois penser à elle toute la journée et ça m'épuise.

— Oh, j'ai failli oublier.

Je pose mon sac sur le plan de travail et je fouille dedans.

— J'ai trouvé ça dans le jardin hier soir, près de la porte de derrière. Je pense qu'il doit être à toi, parce qu'il n'est ni à moi ni à maman.

Je lui passe le bouton.

Erin le soulève et fronce les sourcils.

— Tu dois faire erreur. Ce n'est pas le mien. Je n'ai aucun vêtement de cette couleur, et je porte toujours mon uniforme d'infirmière ici, de toute façon.

Elle me le rend et commence à verser l'eau chaude sur les sachets de thé.

Je fais tourner le bouton rond et lisse entre mes doigts. Si ce n'est pas le mien, celui de maman ou celui d'Erin, ça signifie que quelqu'un d'autre a pénétré dans notre jardin.

3

Avant de m'endormir, je me dis qu'il y a une dizaine d'explications possibles à la présence d'un bouton dans notre jardin. Il peut s'agir d'un employé du gaz ou de l'électricité. *Mais pourquoi passer par la porte de derrière ?* Il aurait pu se trouver dans les déchets du voisin et être projeté dans notre propriété. *Il n'y a pas eu de vent fort depuis des semaines.* Il se peut aussi qu'un animal ait joué avec et l'ait laissé dans le jardin. C'était peut-être le chat d'en face ou un renard, ou même un oiseau. Oui, ça doit être ça. Un animal l'a laissé tomber dans le jardin. Je m'endors en rêvant à des meutes de renards qui déchirent nos sacs poubelles et laissent tomber des boutons partout.

— Lève-toi. J'ai dit, lève-toi. Il y avait quelqu'un dans ma chambre.

— Quoi ?

Des doigts froids s'enroulent autour de mon poignet et je sursaute avant d'ouvrir les yeux. Les ongles s'enfoncent dans ma peau.

— Il y avait quelqu'un dans ma chambre.

La voix de maman est un murmure rauque. Dans la

pénombre, ses yeux sombres me fixent, me déstabilisant au plus haut point.

— Tu me fais mal au bras. Maman, lâche-moi.

Lorsqu'elle me relâche, j'écarte la couette et me lève. Mon cœur bat très fort.

— Il y avait quelqu'un dans ma chambre, mais il est parti, répète-t-elle.

— Très bien, allons voir.

Mon bras tremble alors que je le place délicatement derrière ses frêles épaules. Mes yeux parcourent la pièce, à la recherche d'une arme. Que faire en cas de cambriolage ? Je ne suis pas vraiment forte ou rapide. J'attrape mon téléphone portable sous mon oreiller et je sors maman de ma chambre. Elle est probablement désorientée. Il n'y a personne.

J'allume la lumière de sa chambre, puis je vérifie l'armoire et sous le lit, le dos dégoulinant de sueur. J'ai regardé suffisamment de séries policières à la télévision pour savoir que les tueurs en série se cachent toujours sous le lit.

— Il n'y a personne, maman, dis-je, commençant à me détendre.

— Il faut fouiller la maison, insiste-t-elle.

Nous descendons l'escalier ensemble, deux frêles femmes en chemise de nuit. Mon cœur bat la chamade et résonne dans mes oreilles. Maman s'agrippe si fort à la rampe que ses articulations sont blanches. Nous n'échangeons pas un mot.

La maison est calme. Ça signifie qu'il y a peu de chances que quelqu'un se trouve réellement à l'intérieur. Si un cambrioleur était entré par effraction, il aurait fait du bruit en essayant de voler notre télévision ou notre ordinateur. Je me dépêche de parcourir chaque pièce, d'allumer toutes les lumières et de vérifier chaque recoin. Je saisis mon téléphone, prête à appeler les secours au moindre bruit. Il n'y a rien. Je vérifie les portes et les fenêtres. Tout est fermé.

— C'est bon, maman. Il n'y a personne. Retournons au lit.

Je regarde l'heure sur mon téléphone. Il est 4 heures du matin. Je gémis.

— Il y avait quelqu'un dans ma chambre, insiste-t-elle.

— Plus maintenant, maman. Tout va bien, dis-je.

Elle a les yeux plissés, le regard mortel. Les poils de l'arrière de mes bras se hérissent. Ses lèvres se resserrent.

— Tu es une déception, crache-t-elle.

C'est plus fort que moi, les larmes me montent aux yeux. Je prends un moment pour respirer, me ressaisir, puis je la renvoie au lit.

* * *

À 6 heures du matin, j'appuie sur « snooze ». À 6 h 05, j'entends les bruits de pas de ma mère et je bondis hors du lit. Je me précipite en bas et la trouve, au milieu de la cuisine, triomphante, agitant ses clés.

— Je les ai retrouvées ! s'exclame-t-elle. Elles étaient tombées derrière la poubelle de la cuisine.

— C'est super, dis-je en essayant d'adopter un ton joyeux.

Difficile de se réjouir après une telle nuit.

— On va t'habiller. Tu n'es pas fatiguée ? On est restées debout la moitié de la nuit.

— Pas du tout, répond-elle. De quoi tu parles ?

— Tu pensais que quelqu'un était dans ta chambre, tu te souviens ?

Dans mon état d'épuisement, j'oublie de la ménager.

Au lieu de ça, je hausse le ton et elle semble décontenancée par mon attitude.

— Tu penses que je suis stupide.

Elle pose les clés sur le plan de travail et se redresse.

— Je ne suis pas stupide. C'est toi l'idiote. Tu l'as toujours été.

— Oui, oui, je sais. Allez, viens. On doit se préparer avant l'arrivée d'Erin.

— Qui est Erin ?

Mes épaules s'affaissent. Je ne suis pas sûre de pouvoir remettre ça aujourd'hui. C'est déjà assez difficile quand j'ai eu une nuit de repos. Heureusement, maman se laisse distraire en montant l'escalier. Elle oublie Erin, les clés et tout ce qui la préoccupe. Je réussis à la faire entrer dans sa chambre.

— Je peux le faire moi-même, dit maman en se dégageant.

— Très bien.

Je lui passe les vêtements et je sors.

De l'espace. C'est ce dont j'ai besoin. Quelques instants pour me ressaisir, pour me débarrasser de ce stress paralysant. Deux minutes seule. Ma chambre est remplie d'un silence réconfortant jusqu'à ce que mon téléphone portable se mette à sonner. Je le récupère sous l'oreiller et trouve un autre appel manqué de Peter. Ça fait plus d'une demi-douzaine d'appels manqués de sa part au cours des derniers jours, et un bon nombre de SMS restés sans réponse. Je ne suis pas une experte en rencontres, mais tant de tentatives pour me contacter me mettent mal à l'aise. Je vais devoir le rappeler pour mettre un terme à la situation. On aurait pu penser qu'il avait compris, mais ce n'est manifestement pas le cas, et je ne veux pas lui donner de faux espoirs.

La porte de ma chambre s'ouvre. Maman se tient dans l'embrasure, vêtue d'une robe élégante, d'une paire d'escarpins à talons et d'un gilet en cachemire. Elle a un peu de rouge à lèvres et de fard à joues.

— Qu'est-ce que tu fais là ? Où est mon petit déjeuner ?

Il me faut une minute pour trouver quoi dire. Il y a des moments où, en regardant cette horrible maladie démanteler ma mère, elle ressemble tellement à la femme que j'ai connue qu'elle me coupe le souffle et que je ne sais plus comment réagir. Tout ce que je peux faire, c'est la suivre dans la cuisine et verser des céréales dans des bols.

— Youhou, il y a quelqu'un ?

Erin entre dans la maison et désamorce la tension.

— Oh, waouh, Mrs Howland, vous avez l'air *fantastique* aujourd'hui. J'adore cette tenue. Je pourrais vous l'emprunter ?

— Je ne pense pas, répond maman. Vous risqueriez de l'agrandir.

Erin se mord la lèvre pour s'empêcher de rire. Je suppose que les personnes âgées méchantes sont assez hilarantes. Sauf s'il s'agit de vos parents.

— Une tasse de thé ? demande Erin.

Je jette un coup d'œil à mon téléphone.

— Je ferais mieux de me doucher et de me préparer pour le travail.

— Ça va ce matin ? Tu n'as pas l'air dans ton assiette.

— Maman s'est réveillée dans la nuit et a cru qu'il y avait quelqu'un dans sa chambre.

Le dire à voix haute ravive la peur, et je manque de renverser du lait en passant devant son bol de céréales.

— Il n'y avait personne, bien sûr. Mais du coup, je n'ai pas beaucoup dormi.

— J'imagine.

Erin se mord la lèvre inférieure et penche la tête d'un côté avec compassion.

— Elle commence à être difficile, hein ? Comment tu fais pour gérer ça ?

— Il y a des jours où ça va et d'autres moins.

C'est de plus en plus la seconde option. Et apparemment, j'ai une mine affreuse, parce que tout le monde me le dit.

— Je devrais probablement me préparer.

Je lui adresse un sourire et me précipite hors de la pièce, heureuse d'être loin d'elles.

* * *

J'envisage dans un premier temps d'appeler Peter sur le chemin du travail. Puis pendant la première pause. Avant même de m'en rendre compte, l'heure du déjeuner est presque arrivée et je n'ai toujours pas passé le coup de fil. S'il ne m'avait pas appelée autant, je me sentirais moins mal. Il n'est pas particulièrement *normal* d'appeler quelqu'un à plusieurs reprises comme ça. Et puis il y a les textos, d'abord amicaux, qui ont fini par être exigeants : *Salut, Sophie, je viens aux nouvelles concernant notre deuxième rendez-vous. Réponds-moi !* Et puis le dernier : *Je veux juste savoir si tu vas bien. Écris-moi. S'il te plaît.* Nous nous connaissons à peine. Nous avons parlé en tout et pour tout cinq minutes. Pourquoi se soucie-t-il tant de mon bien-être ?

Il y a un immense drapeau rouge qui flotte au-dessus de la tête de Peter en ce moment, et je ne sais pas trop quoi faire. S'il y a un moyen d'aggraver la situation, il y a de fortes chances que je le trouve. C'est ainsi que le monde fonctionne, n'est-ce pas ?

— Miss ! Miss !

La main qui s'agite devant mon visage m'alerte sur le fait que je fixe mon téléphone depuis plusieurs minutes.

— Est-ce qu'on peut aller manger ? La cloche a sonné.

— Vraiment ?

Toute la classe reprend en chœur :

— Oui !

Je leur fais signe.

— Allez-y. Allez manger !

Alors que les enfants sortent de la pièce, mon téléphone commence à vibrer. Le son est amplifié par la surface dure de mon bureau, et chacun de mes muscles se crispe. J'attrape le téléphone et fixe l'écran. Lorsque je vois que c'est Erin, je suis d'abord soulagée, puis nerveuse. Je réponds.

— Tout va bien ?

— Je suis vraiment désolée, Sophie, dit-elle. Mais je pense que tu dois rentrer. Ta mère est intenable aujourd'hui.

J'entends qu'Erin est au bord des larmes.

— Elle t'a frappée ?

— Non... mais... elle est très difficile et n'a pas voulu manger. Elle a essayé de quitter la maison et j'ai dû l'en empêcher. Elle a voulu voler mes clés de voiture. Elle n'arrêtait pas de marmonner que la maison n'était pas sûre. Elle semble effrayée, mais je ne sais pas pourquoi.

— D'accord. Je vais rentrer plus tôt. J'arrive.

Je raccroche et me précipite vers la cour de récréation où je sais qu'Alisha est de surveillance. Quand elle me voit, elle fronce les sourcils.

— Tu vas bien ?

— Oui, mais je dois rentrer. L'infirmière a des

problèmes avec maman. Mes élèves pourraient rejoindre les tiens après la pause ?

— Bien sûr, dit-elle. Mais comment tu vas faire avec Moira ?

— Merci. Je vais lui en toucher deux mots avant de rentrer.

Le regard inquiet d'Alisha me suit alors que je me dépêche d'entrer dans le bâtiment. Moira, notre monstre de directrice, ne sera pas contente, mais je n'y suis pour rien. Parfois, la famille passe avant le travail, un point c'est tout.

Je frappe à la porte du bureau de la directrice. Ensuite, je prends mon mal en patience. Sa secrétaire est en pause déjeuner, je dois donc attendre Moira.

— Entrez.

J'entre dans la pièce et me retrouve nez à nez avec ses yeux bleus, toujours aussi perçants sous ses cheveux noirs coupés à ras. Elle s'assied avec raideur, les mains posées sur le bureau devant elle. Il n'y a aucune trace de sourire, et j'ai immédiatement l'impression d'être redevenue une enfant.

Malgré la réputation de Moira d'être odieuse et sa tolérance zéro à l'égard des membres du personnel qui ne font pas leur travail, les enfants adorent Moira MacIntosh. Ils l'appellent Mac. Elle leur raconte des blagues irrévérencieuses, lance des références à la culture pop et parvient à capter leur attention comme personne à l'école.

— Je suis vraiment désolée. Je dois rentrer chez moi cet après-midi. C'est ma mère.

— Tout va bien ? demande-t-elle.

— Oui... enfin, non... son état se détériore rapidement. L'infirmière a des problèmes avec elle. Je suis vraiment désolée. Ça ne se reproduira pas, c'est promis. Alisha peut prendre mes élèves.

Elle hoche la tête.

— D'accord. Ça ira pour cette fois.

Elle esquisse un petit sourire avant de reporter son regard sur les papiers de son bureau.

Je sors de la pièce un peu décontenancée d'avoir été expédiée aussi brutalement. Ma nuque s'embrasse sous l'effet de la gêne. J'espérais sortir de cet entretien plus sereine, mais ce n'est pas le cas. C'est peut-être mon imagination, mais m'a-t-elle réprimandée avec son petit sourire et ses paroles laconiques ? *Ça ira pour cette fois.* J'ai en tout cas cette sensation brûlante d'avoir été réprimandée. Mes paumes sont moites tandis que je traverse les couloirs, avec l'impression que tout le monde se tourne vers moi pour me dévisager. En tout cas, elle m'a bien rappelé qu'il ne fallait pas que ça se reproduise. C'est la première fois que je rentre plus tôt.

En me dépêchant de rejoindre le parking, j'essaie de chasser ces pensées. Rentrer est ma seule préoccupation pour l'heure. Sur le chemin du retour, je fonctionne à l'adrénaline et à la caféine. Un cocktail autodestructeur. Au moins, j'arrive à rentrer chez moi sans me blesser ou blesser qui que ce soit.

Mes talons raclent l'allée alors que je me précipite vers la porte. Elle est fermée. Je tâtonne pour trouver mes clés et j'avance dans le couloir. Je me retourne et referme la porte à clé. Erin a dû la verrouiller pour une raison. Probablement pour empêcher ma mère de s'enfuir.

— Erin ? Maman ?

Des voix s'élèvent dans le salon. *Blabla... blabla... vous n'êtes pas la bienvenue ici. Blabla... hors de ma* vue. Puis il y a un sanglot.

Lorsque j'entre, je trouve Erin recroquevillée derrière le coussin du canapé. Maman brandit au-dessus de sa tête le lourd chandelier que nous utilisons pour les bougies de l'église. Je m'approche lentement, choquée par la scène qui s'offre à moi.

— Maman, pose le chandelier.

Elle se tourne vers moi et ouvre la bouche.

— Cette femme est dans ma maison et elle refuse que je conduise. Je veux aller faire un tour.

— Si tu me donnes le chandelier, on pourra aller faire un tour.

Ses yeux brillent de colère pendant un instant et je recule d'un pas, inquiète de ce qu'elle pourrait faire. Puis elle baisse les bras et cligne des yeux.

— Je ne suis pas sûre d'avoir envie de faire un tour en voiture après tout. Je crois que j'ai envie d'aller me coucher.

— Tout va bien, maman. On va te mettre au lit.

— Je... je pense que je dois aller...

— Je suis vraiment désolée, Erin. Rentre chez toi. Je peux me débrouiller.

— Tu en es sûre ?

Elle essuie ses joues mouillées et attrape son sac à main sur la table basse.

— Bien sûr.

La porte d'entrée claque avant même que nous ayons atteint la moitié de l'escalier. Ce n'est pas comme si je n'avais pas l'habitude d'être seule avec ma mère. Ça a été le cas pendant presque toute ma vie. Mais aujourd'hui, je me sens très seule.

— Tu te souviens de papa ?

La question surgit presque contre mon gré. Je me crispe lorsque nous passons la porte de la chambre et que maman s'assoit sur le bord du lit. Même avant la maladie d'Alzheimer, elle détestait parler de papa. Je ne me souviens pas de grand-chose à son sujet, seulement qu'il s'est suicidé quand j'étais très jeune. Maman était furieuse qu'il la laisse avec une enfant à charge. Elle n'a plus jamais parlé de lui.

— Faible, dit-elle. Ça se voyait à ses yeux. À son absence de volonté.

Elle secoue la tête.

— Je ne te l'ai jamais dit.

— Me dire quoi ?

Je me tourne vers elle pour voir son expression. Quelle étrange déclaration. De mauvais augure, même, suggérant qu'il y a des secrets dans notre passé.

— De quoi tu parles ? demande-t-elle.

Je soupire. Quels que soient les secrets de ma mère, ils resteront probablement enfouis. Je ne suis pas sûre qu'elle sera un jour assez lucide pour me les révéler. Je lui enlève son gilet et l'aide à s'asseoir sur le lit.

— Maman, qu'est-ce que...

J'examine ses bras. Sa peau porte des marques violettes. Bien visibles. Ses bras sont plus violets que l'habituel rose pâle de sa peau.

— Qu'est-ce qui t'est arrivé ?

— Je te l'ai déjà dit, dit-elle. C'était l'ombre.

4

À la fin de la vingtaine, mes amies ont commencé à avoir des enfants. Je n'en ai plus beaucoup, du moins plus maintenant, mais j'étais restée en contact avec quelques personnes de l'université, et j'avais mes collègues de l'école. Je leur ai demandé comment elles faisaient, comment elles tenaient sans dormir quand leurs enfants ne faisaient pas leurs nuits. Comment elles arrivaient à se lever pour aller travailler le lendemain et à se comporter comme des êtres humains fonctionnels. La plupart ont admis que c'était difficile et qu'elles le faisaient parce qu'elles n'avaient pas d'autre choix. D'autres m'ont répondu qu'elles fonctionnaient à l'amour et aux câlins, ce qui – vu mon état d'esprit de l'époque – m'a donné envie de renvoyer mon déjeuner.

C'est Alisha qui l'a le mieux exprimé. Lorsque son petit garçon, Dan, a eu deux ans, il a eu du mal à faire ses nuits. Elle m'a dit un jour, alors qu'elle était particulièrement épuisée, qu'il n'y avait pas de méthode magique pour faire face au manque de sommeil. Notre corps en a besoin. Bien sûr, il est possible de fonctionner à la caféine et par la force de volonté pendant un certain temps, mais c'est quelque chose qui vous transforme. Vous devenez brusque et cherchez toujours à contredire vos proches. Mais ça vous oblige à redéfinir vos priorités dans la vie. Ça permet de se débarrasser de tout le superflu.

Je n'en suis pas encore là. Je peux encore dormir. Je dois me lever la nuit pour rassurer à nouveau maman sur le fait qu'il n'y a personne dans sa chambre, vérifier chaque recoin pour qu'elle puisse se détendre, mais je parviens encore à me reposer quelques heures avant que le réveil ne sonne. Je suis fatiguée, mes membres sont plus lourds que d'habitude et je mets du temps à me remettre d'aplomb, mais j'ai assez d'énergie pour affronter la journée. Ce qui me préoccupe, cependant, c'est que je ne peux pas tenir grâce à l'amour et aux câlins. S'occuper d'une personne atteinte de cette terrible maladie n'est pas une partie de plaisir. Où vais-je trouver cette énergie ? Comment vais-je survivre quand tout ça deviendra trop difficile ?

Une partie de moi ne s'attendait pas à ce qu'Erin revienne. Je me suis préparée à ce qu'une nouvelle infirmière frappe à la porte ce matin. Mais Erin entre dans la maison en me faisant un petit signe de la main et en adressant un sourire hésitant à maman.

Je lui tends une tasse de thé.

— À propos d'hier...

— C'est ma faute, dit-elle. J'ai été formée à gérer les patients difficiles. Tout s'est passé si soudainement que j'ai été dépassée.

— Erin.

Je soupire et j'enroule ma main autour de ma tasse pour me réchauffer.

— Maman est vraiment difficile, je le sais. Et je sais que tout n'est pas dû à la maladie. Une partie de cette méchanceté était déjà là avant. Je suis vraiment désolée pour hier. J'aimerais pouvoir en faire plus.

— Ne t'en fais pas, me rassure-t-elle.

Je vois bien l'effort qu'elle fait pour essayer de paraître décontractée. Je vois bien que son sourire est forcé. Pour rien au monde je n'aimerais faire son travail.

— Elle doit bientôt retourner chez le médecin. Peut-être qu'il pourra lui prescrire quelque chose pour la calmer.

— Oh, non, répond Erin. Je ne voudrais pas qu'elle souffre à cause de moi. Elle est encore elle-même la plupart du temps. Je ne veux pas lui enlever ça.

Je pense à maman quand elle est elle-même. Je pense à ses yeux perçants et à sa langue acérée. Peut-être qu'une partie de moi aimerait faire disparaître cette part d'elle, mais je repousse cette idée. C'est une pensée désagréable qui me laisse un goût amer.

— Et ne t'inquiète pas pour les bleus. Ils sont assez impressionnants, mais j'ai vérifié et elle arrive à bouger normalement. Elle a une peau assez délicate, comme celle des personnes âgées. Je sais que tu as dû la retenir, alors ne t'en fais pas.

Je me tais et j'observe l'expression d'Erin. Son visage exprime le choc le plus total. Ses yeux s'écarquillent et elle tire sur une boucle d'oreille.

— Quels bleus ? Je ne sais pas de quoi tu parles.

— Je pense que tu as dû lui faire des bleus sur les bras quand tu l'as empêchée de sortir de la maison. Comme je l'ai dit, je comprends. Je sais que tu ne ferais jamais de mal intentionnellement à maman, et tu devais l'empêcher de partir, sinon elle aurait pu s'enfuir sur la route ou pire.

— Mais je ne l'ai pas retenue.

La voix d'Erin monte dans les aigus. Son cou s'embrase.

— Je ne lui ferais jamais de mal. Elle m'a fait mal en me frappant le bras, mais je ne l'ai même pas mentionné parce que...

— Je suis désolée. Je ne voulais pas t'accuser de quoi que ce soit. J'ai remarqué des bleus quand je l'ai mise au lit hier, et j'ai supposé... Je suis sûre que c'est arrivé autrement. Tu l'as vue se cogner ? Rentrer dans un meuble ?

— Non, dit-elle en se passant la main sur la nuque. Je n'ai rien vu de tel, et je ne l'ai pas quittée des yeux. Je ne sais pas comment elle a pu se faire mal. Je regarderai ses bleus, si tu veux.

— Merci. Je veux bien.

Le silence qui suit est tendu et gênant. Erin sirote son thé sans croiser mon regard. Je consulte mon téléphone et réalise que je vais être en retard au travail si je ne me dépêche pas, et je me précipite dans l'escalier. Alors que je me glisse hors de ma robe de chambre et que je passe sous l'eau, j'essaie d'ignorer le sentiment de malaise qui m'envahit. D'abord, j'ai saboté notre relation en accusant Erin d'avoir fait du mal à maman. Je n'ai pas voulu le tourner comme ça. J'étais tellement sûre qu'elle avait dû la retenir... Deuxièmement, si ce n'est pas Erin et que maman ne s'est pas cognée, comment s'est-elle fait ces bleus ?

* * *

Bien que j'aime faire participer mes élèves, il y a des moments où il est agréable de les laisser lire pendant que je finis mes corrections. Aujourd'hui, j'ai décidé que la leçon de l'après-midi consisterait, pour moitié, à lire un livre en silence et, ensuite, à en lire des passages à haute voix devant la classe, avec une petite discussion à la fin. Je sais que tous les enseignants essaient de faire sortir les enfants timides de leur coquille, et que la plupart d'entre eux n'y parviennent pas, mais il y a quelques enfants que j'aimerais entendre lire à haute voix aujourd'hui. C'est difficile pour eux, je le sais, mais je m'inquiète de leur rapport au monde lorsqu'ils seront plus âgés. Je me souviens de la première fois où j'ai dû m'exprimer à haute voix dans un cadre professionnel et à quel point j'étais terrifiée. Je ne veux pas qu'ils aient ce sentiment.

— J'ai besoin de volontaires. Qui veut lire le premier paragraphe ? Chloé ?

J'ignore les autres mains qui se lèvent. Je sais que Ben le lirait avec une drôle de voix et qu'il ferait probablement quelques bruits de pets. Alice se redresserait et prendrait sa plus belle voix pour frimer devant le reste de la classe. Ce n'est pas Alice et Ben qui m'inquiètent. C'est Chloé. La fille que les autres ignorent. La fille qui regarde par la fenêtre avec une expression triste.

La fille qui me regarde avec un air de terreur abjecte sur le visage.

— Quelle partie, Miss ?

Elle s'agite sur sa chaise et prend le livre, faisant semblant de chercher le paragraphe en question.

— En haut, Chloé. Ça commence par : « Les pingouins… »

Elle fixe intensément la page. Ses doigts écartent le livre, étirant sa tranche. Elle lève enfin la tête et dit :

— Est-ce que Jessie peut le lire ?

La classe éclate de rire.

— Ça suffit, dis-je de ma voix la plus sévère. Est-ce que ça t'aiderait si Jessie lisait le paragraphe ?

Chloé hoche la tête. Mon cœur se serre. Elle est tellement en retard sur les autres en matière de lecture et de calcul que je ne sais pas comment je vais pouvoir l'aider.

— Alors tu peux le faire lire à Jessie si tu veux.

J'utilise ma voix aimable, mais sérieuse pour mettre un terme aux ricanements du reste de la classe.

— Vas-y.

— Les... pin... gouins, commence-t-elle.

Malheureusement, lorsqu'elle parle comme son amie imaginaire Jessie, elle utilise une voix étrange et nasillarde qui fait éclater de rire la plupart des élèves. Je fixe Ben d'un air glacial alors qu'il s'apprête à ouvrir la bouche pour parler. J'en fais taire d'autres qui n'arrivent pas à contenir leurs rires.

— C'est bien, Chloé. Tu t'en sors très bien.

Je lui fais un signe de tête, l'encourageant à continuer lorsqu'elle bute sur les mots. Enfin, elle arrive à la fin du paragraphe.

— Bravo, Chloé. C'était formidable. Qui veut lire, maintenant ? Alice ?

Une valeur sûre. Alice a bien trop besoin de mon approbation pour se moquer de la lecture de Chloé. Elle reprend là où Chloé s'est arrêtée, prononçant chaque mot avec aplomb.

Je l'entends à peine. Je surveille Chloé. Elle ne semble même pas être consciente du reste de la classe. Elle griffonne des notes sur du brouillon et les montre à une personne invisible assise à côté d'elle. Puis elle sourit.

— ...et c'est pourquoi les pingouins sont les seuls oiseaux...

La sonnerie retentit, me tirant de ma rêverie.

— Très bien, c'est l'heure de la pause. On ne court pas dans les couloirs.

J'attends sur ma chaise que les enfants se précipitent hors de la salle, enfin libres de rire aussi fort qu'ils le souhaitent. Ils débordent d'une excitation difficilement contenue. Les élèves se regroupent et parlent à voix basse de Chloé. D'autres imitent sa voix étrange. J'attends qu'elle passe devant mon bureau et lui demande de s'arrêter un instant.

— Comment ça va, Chloé ? Tu es un peu en retrait aujourd'hui.

— Je vais bien, dit-elle.

— Tu as bien lu. J'aimerais que tu continues à t'entraîner, d'accord ?

Elle acquiesce.

S'il y a chez elle une trace d'embarras ou de tristesse liée au cours d'aujourd'hui, je ne la vois pas. Elle est impassible, mais manifestement mal à l'aise à l'idée de me parler. Elle préférerait être cachée avec Jessie dans un coin de la cour de récréation.

— Et tes parents ? Est-ce qu'ils vont bien ? demandé-je.

— Ils vont bien.

Elle regarde ses mains.

— Amuse-toi à la pause aujourd'hui. Tu vas jouer avec les autres ?

Elle secoue la tête.

— Juste Jessie.

J'aperçois un mouvement du coin de l'œil. Alisha se tient dans l'embrasure de la porte et me fait un signe de la main.

— Allez, on se voit en classe après la pause, dis-je en congédiant Chloé.

Alisha entre à grands pas dans la salle et se perche sur l'une des tables de devant. Elle regarde Chloé quitter la pièce, fermant la porte derrière elle comme je demande aux enfants de le faire s'ils sont les derniers à sortir de la classe. Je tiens à mes moments de tranquillité.

— Cette gamine me file la chair de poule.

Elle déballe une barre de chocolat et la mange.

— J'essaie de la faire interagir avec les autres, mais rien ne marche. En fait, je ne fais qu'empirer les choses. Maintenant, ils la taquinent tous.

Je soupire et passe mes doigts dans mes cheveux.

— Les parents ont engagé un psychologue pour enfants, explique Alisha. Elle a l'air assez perturbée, si tu veux mon avis.

— Espérons qu'il arrivera à faire quelque chose. Il sera sûrement plus utile que moi.

— Hé, tu veux aller prendre un café après le travail ? Je te paierai un moka et un petit pain.

Alisha essaie de m'inciter à sortir.

— Je ne peux pas. Après la crise de maman hier, je dois être au maximum à la maison.

— Tu as besoin de t'éloigner d'elle *et* de ton travail, dit Alisha. Tu as l'air à deux doigts de craquer.

— Ça va aller, la rassuré-je tout en me demandant si ce n'est pas un mensonge.

— Fais attention, Soph. On ne peut pas réparer tous ceux qui nous font de la peine.

* * *

Je me repasse les mots d'Alisha en boucle dans ma tête alors que je rentre chez moi après le travail. Est-ce que c'est ce que j'essaie de faire ? Réparer tout le monde autour de moi ? Est-ce pour ça que je m'inquiète pour Chloé, même si elle n'est pas mon enfant ? Mon esprit s'égare et je coupe la route à un conducteur à un carrefour. Un grand coup de klaxon retentit derrière moi. J'accélère et m'éloigne.

Avec tout ce qui se passe, il est normal que mon imagination s'emballe. Peut-être que je cherche involontairement des problèmes là où il n'y en a pas. Chloé a des parents et une famille. Je devrais les laisser faire.

Je pense à son visage alors que je m'engage dans ma rue et que je cherche une place. Seules quelques maisons ont des allées. Les rues sont encombrées de voitures.

C'est alors que je comprends.

Chloé me rappelle ma propre enfance.

L'école a toujours été difficile pour moi. Je n'avais pas beaucoup d'amis, j'étais introvertie. J'avais aussi une amie imaginaire quand j'étais petite. Ce que je cherche à faire, c'est revenir en arrière et aider mon moi plus jeune.

L'idée est troublante, mais elle est vraie. Je la chasse en me garant. Je détache ma ceinture et j'entre dans la maison. Erin n'a pas appelé, je suppose donc que tout s'est bien passé aujourd'hui. Pourtant, mon corps est tendu lorsque j'ouvre la porte et que je lui crie bonjour. Je m'attends à ce qu'Erin et maman s'affrontent, chacune essayant d'étrangler l'autre, les yeux écarquillés et injectés de sang. Mais tout est calme. Maman est sur le canapé, assoupie devant l'un de ses feuilletons. Erin essuie la table à manger avec un torchon.

— Elle a renversé son thé, dit Erin.

Je ne peux m'empêcher de remarquer qu'elle ne me regarde pas dans les yeux et qu'elle essuie la table assez vigoureusement.

— Je te prépare une tasse de thé ?

— Pas aujourd'hui. Je dois rentrer à la maison. Josh prépare le dîner ce soir.

— C'est adorable.

Erin traverse la cuisine et essore le torchon dans l'évier.

— Je suis désolée pour ce matin, dis-je. J'ai fait fausse route. Complètement.

— Ne t'inquiète pas pour ça.

Elle remet le torchon sur l'égouttoir et s'essuie les mains.

— On dirait que ton téléphone sonne.

Elle fait un geste vers l'endroit où je l'ai laissé, du côté de la cuisine.

— J'y vais. À demain matin.

Je n'ai pas grand-chose à ajouter, alors je la laisse partir, en espérant qu'elle me pardonnera après une bonne nuit de sommeil. Le nom de Peter s'affiche à nouveau sur mon écran. J'inspire profondément. Il est temps de mettre un terme à tout ça. J'essaie de me calmer, puis je réponds :

— Bonjour.

— Sophie !

Il a l'air si excité d'entendre ma voix que mon cœur manque presque un battement.

— J'étais tellement inquiet.

— Je suis désolée de ne pas t'avoir rappelé, Peter. C'est juste que... eh bien, j'ai été occupée avec ma mère.

— Aucun souci, dit-il précipitamment.

— Écoute, je sais que tu espérais me revoir, mais je suis vraiment... désolée... Je... humm. Le problème, c'est que j'ai trop de choses à faire en ce moment. Je m'occupe de maman à plein temps et...

— Je n'y vois pas d'inconvénient, m'interrompt-il. Je vis aussi avec ma mère. Je trouve que c'est très bien que tu prennes soin d'elle.

— Je vois. C'est gentil de ta part, mais je n'ai de place pour *rien* d'autre dans ma vie en ce moment.

— Qu'est-ce que tu es en train de dire, Sophie ?

Je suis peut-être à fleur de peau, mais j'ai l'impression que sa voix est devenue glaciale. Il est agacé.

— Je dis qu'il n'y aura pas de deuxième rendez-vous. Ça n'a rien à voir avec toi. Tu es très... gentil. Je ne peux pas... Je ne peux pas sortir avec quelqu'un maintenant.

Lorsqu'il reprend la parole, j'ai l'impression qu'il serre les dents.

— Alors, pourquoi t'être inscrite sur ce site de rencontres ?

Je suis surprise. Je ne m'attendais pas à un tel niveau d'hostilité. Je savais qu'il était un peu bizarre et ses appels téléphoniques étaient un peu trop insistants, mais maintenant je suis vraiment inquiète.

— J'ai été ravi de te rencontrer, Peter.

Ma voix trahit ma nervosité par un léger tremblement. La confrontation me met physiquement mal à l'aise.

— Je dois y aller.

Et d'une voix calme, j'ajoute :

— S'il te plaît, ne m'appelle plus.

Je raccroche, me précipite dans le salon pour vérifier que maman dort encore, démarre mon ordinateur portable et m'assois à la table à manger. Mon cœur bat encore la chamade lorsque je supprime mon profil du site de rencontres. Puis je m'adosse à ma chaise et j'essaie d'assimiler ce qui vient de se passer. Je réagis peut-être de manière excessive. Il ne m'a pas menacée. Ce n'est pas ce qu'il a dit, c'est la *façon* dont il l'a dit qui m'a dérangée.

Mes os me font mal lorsque je me lève pour me préparer une tasse de thé. Le son strident du fixe me fait sursauter, et une décharge d'énergie anxieuse me parcourt l'échine. Je pose une main sur ma poitrine pour me calmer. Il s'agit probablement de télémarketing.

— Allô ?

Rien.

Je me gratte l'arrière du bras. La chair de poule me gagne.

— Qui est là ?

Toujours rien.

— Peter ?

On raccroche.

5

Je repose le téléphone sur son socle et m'éloigne. Je me pose tellement de questions, mais la plus fréquente est : était-ce Peter ? Et si c'était Peter, comment a-t-il eu mon fixe ?

— Qui c'était ?

Le visage de maman est bouffi par le sommeil. Elle se frotte les yeux et fronce les sourcils.

— Je ne sais pas, dis-je. On a raccroché.

— Probablement l'un de ces vendeurs d'assurances ou autres, décrète-t-elle.

C'est étrange de la voir si lucide après sa sieste. Elle est généralement confuse. Mais cette maladie est si variable. Elle a des bons et des mauvais moments, des jours avec et d'autres sans... Je n'arrive pas à suivre.

— Je ne pense pas, dis-je. C'était... Je ne sais pas.

Elle plisse les yeux.

— Qu'est-ce qui t'arrive ? Tu es toute pâle.

Elle fait un pas vers moi, et j'essaie de ne pas me recroqueviller quand ses yeux parcourent mon visage, à la recherche d'indices. Elle adore deviner quand quelque chose ne va pas, parce qu'elle aime avoir raison.

— Tu sais qui a appelé.

Un demi-sourire étire la commissure de ses lèvres.

C'est incroyable comme un simple regard de ma mère peut me transformer en une fillette de dix ans à l'agonie. *Qui a jeté des pierres sur la voiture, Sophie ? Dis-moi. C'était le fils du voisin, n'est-ce pas ? Tu le couvres.* Je m'éloigne d'elle en grimaçant, m'attendant à ce que ses doigts puissants me prennent par le bras et me traînent hors de la maison, puis à ce qu'elle aille frapper à la porte d'à côté. Je sens ses ongles s'enfoncer dans mon corps. Je ferme les yeux et déglutis, chassant ce souvenir.

— Je n'en suis pas sûre, dis-je lorsque je reprends mes esprits.

— Eh bien, qui que ce soit, il t'a flanqué la chair de poule. Allez. Crache le morceau. Qui appelle chez nous et raccroche, et pourquoi tu as peur ?

— Peter, dis-je à brûle-pourpoint. L'homme que j'ai rencontré en ligne. Je pense que c'est lui, et je ne sais pas comment il a eu notre numéro de fixe. Je ne lui ai donné que mon numéro de portable. Il m'appelle souvent. Je pensais qu'il était un peu collant, mais inoffensif. Mais quand je lui ai dit qu'il ne se passerait rien entre nous, il s'est mis... en colère.

Elle aspire une longue bouffée d'air et se redresse. Ses poings se serrent le long de son corps et je recule d'un pas.

— Tu es une fille *stupide* ! Je t'avais bien dit de ne pas faire de rencontres en ligne, pas vrai ? Je t'avais prévenue que ça arriverait. Mais tu n'écoutes jamais ta mère.

J'ai froid dans le dos en la regardant cracher son venin. Comme toujours, son corps est complètement immobile tandis que sa tête tremble sous l'effet de la colère. Elle a les yeux écarquillés et la peau de ses joues se relâche à mesure qu'elle s'agite.

— Tu as toujours été une petite idiote. Tu vas à l'encontre de tout ce que je dis et tu *échoue*s tout le temps...

— Ce n'est pas... Je n'ai pas échoué... Je suis...

— Ai-je dit que tu pouvais parler ?

Il y a un moment de silence complet où je me tais et j'attends.

Puis elle continue, plus lentement, plus délibérément.

— Tu n'es rien d'autre qu'un aimant à crétins. Comment s'appelait cet imbécile, déjà ? Jimmy ?

— Jamie

— De tous les hommes que tu pouvais choisir, tu as opté pour ce petit gros. Je t'ai dit dès le début que c'était un loser, pas vrai ? Mais tu l'as laissé te piétiner comme le bon petit paillasson que tu es.

Elle rit.

— Bien sûr, avec ce menton, on ne peut pas espérer mieux qu'un gros lard qui sent l'œuf comme *Jamie*.

Elle imite ma voix en prononçant son nom.

Je me retrouve à regarder mes pieds, comme je l'ai fait toute ma vie. Je sens les larmes me monter aux yeux. Avant, je la suppliais d'arrêter. Mais je sais maintenant que ces crises sont inévitables. Chaque fois qu'elle est stressée, elle s'en prend à moi. Si je parviens à l'encaisser, à la laisse évacuer tout le vitriol de son système, elle finit par se calmer et je n'ai plus à craindre de crise avant un petit moment.

— Coupe-toi les cheveux et arrête de t'habiller comme une bibliothécaire de quatre-vingts ans et tu pourras peut-être te trouver un homme, grogne-t-elle. Ne t'ai-je pas dit comment faire, il y a des années ? Ne t'ai-je pas montré ? Je pouvais avoir n'importe quel homme du village si je le voulais.

C'était peut-être vrai il y a dix ans, quand maman était encore une femme séduisante de quarante-cinq ans. Le fait est qu'elle est sortie avec presque tous les hommes du village. Ses liaisons sont le secret le moins bien gardé d'Eddington.

— Est-ce comme ça que je t'ai élevée ? Comment as-tu fini par devenir cette prude mal fagotée qui a besoin d'*Internet* pour obtenir un rencard et qui n'attire que les pervers et les idiots ? Qu'ai-je fait pour mériter une fille comme toi ?

La dernière phrase reste en suspens. J'ai déjà entendu ça, mais cette quantité de vitriol me surprend toujours. Je ferme les yeux et un souvenir me revient.

C'est l'après-midi, en hiver, et le soleil couchant inonde la cuisine. Je suis jeune, j'ai six ou sept ans et j'attends le dîner. Maman tape sur les casseroles et les poêles, crie sur la cuisinière à gaz qui ne fonctionne pas. La pièce est glaciale et je porte un pull épais. Maman poussa un juron, et je regarde mes doigts, essayant de ne pas entendre les gros mots. Puis elle se retourne et me regarde fixement. Ses yeux sont froids. Elle parle d'une voix glaciale.

— Ça n'aurait jamais dû être toi. Tu n'es pas la fille que je mérite.

J'ouvre les yeux, mais elle n'est plus là.

— Maman ?

J'entends le bruit de clés qui s'entrechoquent.

— Maman !

Je me précipite dans le salon pour voir la porte s'ouvrir d'un coup sec.

— Maman, non !

Elle disparaît dans la rue. Je m'élance derrière elle, mais

elle est rapide. Elle a une frêle constitution, mais fait preuve d'une incroyable agilité à cet instant. Je regarde avec horreur la voiture se diriger vers elle. Elle s'arrête au milieu de la route et se tourne vers le véhicule. Il y a un bruit de freins. Je m'arrête. Puis je repars en courant vers elle. Ses mains sont tendues devant son visage.

— Maman ? Tu vas bien ?

J'entends le claquement d'une portière.

— Elle a déboulé juste devant moi !

Je passe mon bras autour des épaules de maman. Elle pleure et mouille mon chemisier.

— Je sais. Je suis désolée.

Maman semble soudain fragile contre moi. Ses épaules sont osseuses et rigides.

— Qu'est-ce qui lui a pris ? demande le conducteur.

Je le regarde attentivement. Il est jeune, mal rasé, avec des cheveux ternes.

— Je suis vraiment désolée. Elle est atteinte de démence.

Il hésite.

— Oh, je...

Voilà. J'ouvre la bouche, mais je ne trouve rien à dire de plus. Il n'y a rien à ajouter. Je guide ma mère jusqu'à la maison.

— Je ne suis peut-être pas la fille que tu voulais, lui chuchoté-je. Mais je suis la seule personne qu'il te reste.

Je ne sais pas si elle m'entend.

* * *

La nuit tombe rapidement. Après l'incident de la rue, je nous prépare un ragoût de saucisses. Maman reste silencieuse pendant tout le repas. Ensuite, elle me regarde et sourit, mais on dirait qu'elle pense à quelqu'un d'autre. Quelqu'un de son passé. Puis ses yeux redeviennent lucides et elle fronce les sourcils, levant la main vers mon visage comme pour me caresser la joue.

Je l'emmène jusqu'à sa chambre et l'aide à enfiler sa chemise de nuit.

— Il faut regarder dans l'armoire pour vérifier que l'ombre ne s'y cache pas, dit-elle.

Consciencieusement, j'ouvre les portes du meuble et j'écarte les vêtements afin d'en vérifier chaque recoin.

— Maman, c'est quoi cette « ombre » ? Tu n'arrêtes pas d'en parler, mais tu ne m'as toujours pas dit ce qu'elle était. Et pourquoi ça me dit quelque chose ?

Sa bouche s'ouvre et se referme. Elle secoue la tête. Ses yeux sont si perçants que je sais qu'elle a un moment de lucidité.

— Je ne sais pas ce que tu veux dire. Il n'y a pas d'ombre. Ça n'existe pas.

Je soupire.

— Bonne nuit, maman.

— Oui, répond-elle.

Elle roule sur le côté et pose sa tête sur l'oreiller. J'éteins la lumière et descends me servir un grand verre de vin.

À partir de maintenant, je sais que je dois cacher les clés de la maison et de la voiture. C'est une chose de plus à laquelle je devrai penser chaque jour.

J'avale un peu de vin en repensant au moment où la voiture a foncé sur ma mère. Mon cœur bat plus vite et un sentiment d'effroi me glace. Mais ce n'est pas la peur de la perdre qui en est la cause. C'est ce que j'ai pensé quand j'ai vu cette voiture se diriger vers elle. Ce n'était que passager. Oui, ça a duré seulement une fraction de seconde. Mais le sentiment était là, trop fort pour être ignoré. Je ne peux pas faire comme si rien ne s'était passé. J'aimerais.

J'ai pensé, pendant un bref instant, que si la voiture continuait à rouler, si elle heurtait ma mère – si cette voiture l'avait fauchée juste devant moi – tout s'arrêterait. Elle ne serait plus là. Elle ne souffrirait plus de cette maladie désagrégeant peu à peu son esprit.

Et je serais libre.

6

Dans mon rêve, il y a un miroir sans reflet. Je pose la main dessus. Il est froid, rigide. Une petite fissure se forme à l'endroit où le bout de mon doigt touche le verre. Peu à peu, la fissure s'étend sur toute la surface, tandis que j'observe, fascinée, les lignes qui forment des veines étroites. Ces lignes s'étendent jusqu'à ce que le verre commence à se briser. Je m'éloigne, sortant enfin de ma transe, sauvant ma main d'une multitude de coupures. Je suis hors d'atteinte, mais je souffre quand même. La douleur naît dans mon estomac et rayonne, m'écrasant de l'intérieur. C'est à ce moment-là que je me rends compte que je suis vidée de ma substance. Je suis brisée. Autant que le miroir sans reflet.

Lorsque la douleur cesse, la sensation que quelqu'un m'observe effleure ma peau, aussi légère que les poils d'un pinceau. Je frissonne à ce contact, faisant glisser mes ongles sur ma chair.

Il y a une ombre derrière moi. Je sens une présence, et cette présence m'est familière, mais je ne sais pas pourquoi. Je commence à me retourner. Lentement. Progressivement. J'ai besoin de savoir qui est derrière moi. Le désir est instinctif. Primitif. C'est aussi vital que de respirer. Ce besoin me tord les tripes, exigeant que je reconnaisse cette présence. Mais c'est là que le rêve se termine, avec mon corps à moitié tordu, ma poitrine se soulevant et s'abaissant et le murmure de l'ombre qui me tend la main, mais sans la saisir. C'est là que je me réveille.

J'ouvre les yeux. Ma peau est couverte de sueur. Elle est glissante et froide quand je me frotte les yeux. Mon réveil retentit et je sursaute, m'emmêlant dans les draps. Il est 6 heures du matin, et ma journée commence.

Je trouve mon téléphone et j'éteins l'alarme. Ensuite, j'écarte la couette et me lève. Bien que je mange de moins en moins chaque jour, je me sens plus lourde. Ce n'est pas la graisse corporelle qui me pèse, c'est le stress. C'est le fait de savoir que je vais passer une nouvelle journée à m'inquiéter. La pression exercée par la prise en charge de ma mère défaillante me mine, je ne peux plus le nier.

Au moins, le coton doux de ma robe de chambre est réconfortant. Je traverse la pièce et j'ouvre une fenêtre. Il flotte une odeur aigre dans l'air. Peut-être l'odeur de ma peur due au cauchemar. Peut-être le panier de linge qui déborde à cause de ma négligence. La brise du matin est fraîche et agréable sur ma peau. Je pourrais rester dans ma chambre encore une minute, peut-être trois ou cinq, mais je ne peux pas. Je dois me préparer.

Mes pieds traînent sur la moquette en sortant. Quand suis-je devenue si lente ? J'étais rapide, avant. Pendant les voyages scolaires, mes élèves se plaignaient de ne pas pouvoir suivre, mais je les pressai d'avancer. Il y avait tant de choses que je voulais leur montrer. Tant d'œuvres d'art, tant de chefs-d'œuvre de la littérature, tant de merveilles de la technologie.

La porte se referme derrière moi dans un bruit sec. La poignée de la porte de maman est froide, et des bribes de souvenirs me reviennent. Le bout de mes doigts contre le miroir dans mon rêve. Je chasse cette image et j'ouvre la porte.

C'est l'odeur qui me frappe en premier. Elle remplit la pièce. Du vomi. Puis je l'entends. J'entends le son étranglé qui émane de sa gorge, comme de la soupe en train de bouillir. Son teint est cireux. J'aperçois de la mousse entre ses lèvres et des éclaboussures de nourriture sur son oreiller. Ma main se porte à ma bouche tandis que mon estomac se noue. Ma mère s'étouffe dans son propre vomi.

J'arrête de respirer. Je ne bouge pas. La température de la pièce semble chuter. Je reste là, en robe de chambre, à écouter ce bruit étranglé. Puis sa tête se penche vers moi et ses yeux injectés de sang s'ouvrent. Je passe à l'action, tourne ma mère sur le côté, lui ouvre la bouche et effectue la tâche dégoûtante que je ne souhaite à personne : dégager ses voies respiratoires de l'ignoble mélange qui les obstrue.

— C'est bon, l'apaisé-je. Reste sur le côté maintenant.

Je me précipite dans ma chambre, décroche mon téléphone et j'appelle les secours. Puis je retourne auprès de maman et je la regarde inspirer comme si elle renaissait.

C'est indéniable. J'ai encore hésité. J'ai failli la laisser mourir.

* * *

Je suis assise à côté d'elle dans la salle blanche. La luminosité est aveuglante et déconcertante. L'odeur de l'hôpital me rend claustrophobe et fait naître un réel malaise chez moi. La chaise est rigide et mon dos souffre du plastique bon marché, mais je ne pourrais pas me détendre de toute façon, pas tant que maman est allongée, squelettique, dans le lit à côté de moi. Un tube est planté dans son bras pour « l'hydrater », disent les médecins. Une femme médecin s'approche de moi, tenant un dossier, sans sourire. Je me lève pour la saluer, je serre sa main chaude, puis je recule pour enrouler mes bras autour de ma poitrine sans soutien-gorge.

— Miss Howland ? dit-elle en insistant sur le « Miss ».

Elle semble être le genre de femme qui a tout dans la vie. Elle a probablement cinq ou six ans de plus que moi – à en juger par les mèches grises qui apparaissent ici et là dans ses cheveux noirs et les rides autour de ses yeux –, mais j'ai l'impression qu'il y a une génération entre nous. Elle se tient avec assurance. J'imagine qu'elle est la mère d'adolescents brillants qui réussiront leur examen de fin d'études dans un an ou deux. Elle est le genre de femme que j'ai toujours pensé devenir une fois adulte. Quelqu'un qui ne se laisse pas submerger par les factures et les profils de rencontres.

— Je suis le Dr Masood. J'ai pris soin de votre mère ce matin.

Elle jette un coup d'œil à mon pyjama en fronçant les sourcils.

— L'aide-soignante de ma mère m'apporte des vêtements, expliqué-je. Je n'avais pas les idées très claires quand l'ambulance est arrivée ce matin.

— Je comprends, dit-elle. C'est une bonne chose que vous ayez de l'aide. Votre mère est atteinte d'une forme précoce de la maladie d'Alzheimer, n'est-ce pas ?

— Oui, dis-je. Diagnostiqué il y a un peu plus d'un an. Elle progresse très rapidement. Elle est assez confuse ces derniers temps. Mais elle a parfois des jours meilleurs.

— Je suis désolé d'apprendre que la maladie progresse à un rythme aussi rapide. Malheureusement, ce n'est pas rare chez les patients atteints d'une forme précoce d'Alzheimer.

Elle marque une pause.

— Votre mère s'est-elle blessée d'une manière ou d'une autre ? Ou a-t-elle manifesté le désir de se faire du mal ?

— Non, dis-je. Bien que j'aie trouvé des ecchymoses sur ses bras. Elle a dit qu'elle ne se souvenait pas de la façon dont ça s'était produit. Enfin, ce n'est pas tout à fait vrai. Elle a dit que c'était une ombre. Elle en a beaucoup parlé, de cette ombre. Elle dit qu'elle se cache dans sa chambre.

J'essaie de laisser échapper un petit rire pour détendre l'atmosphère, mais c'est peine perdue.

— Je vois, répond-elle.

Elle jette un coup d'œil sur son dossier, puis sur moi.

— Il semble que votre mère ait bu de l'eau de Javel. Pas beaucoup, mais suffisamment pour la rendre malade.

— Elle... quoi ?

— Malheureusement, les patients atteints d'une démence aussi grave que celle de votre mère peuvent présenter des comportements étranges. Cela ne signifie pas nécessairement qu'elle avait l'intention de se faire du mal, mais il faut veiller à ce qu'une telle situation ne se reproduise pas. Vous avez fait ce qu'il fallait. Vous avez fait preuve de sang-froid et vous lui avez sauvé la vie. Nous avons pu la prendre en charge avant que l'eau de Javel ou le manque d'oxygène ne causent des dommages permanents. Grâce à vous. Vous devriez être fière de vous.

Je pense à ce moment terrifiant où j'ai regardé ma mère lutter pour respirer. Je ne pense pas mériter un quelconque éloge. Je ne dois pas me sentir fière. En fait, j'ai envie de vomir. Je veux sortir de cette pièce étouffante avec la lumière clignotante et la perfusion oppressantes.

— Tout va bien ? demande le Dr Masood. Vous êtes un peu pâle.

— J'avoue que la matinée a été longue.

J'essaie de déglutir, mais ma bouche et ma langue sont sèches.

— Vous tenez le coup ? Je sais à quel point il est difficile de s'occuper d'un patient atteint de cette maladie.

Elle pose une main sur mon épaule et la serre. C'est un petit geste rassurant de la part d'une femme qui n'a pas l'habitude de passer par quatre chemins.

— Je vais vous apporter de la documentation au cas où. Il existe des associations caritatives qui peuvent vous aider.

J'accepte volontiers, mais j'ai probablement déjà lu les brochures qu'elle va rapporter.

En partant, elle se retourne et dit :

— Ne vous inquiétez pas. Nous la laisserons sortir dès que ses constantes seront bonnes et qu'elle sera réhydratée. Votre mère sera bientôt à la maison avec vous.

Elle m'adresse un sourire, chose probablement rare chez elle, et disparaît dans le long couloir de l'hôpital.

Dès qu'elle est partie, mes genoux flanchent. Je m'agrippe au dossier de la chaise visiteur pour me stabiliser. Je sens la bile au fond de ma gorge qui menace de se déverser. J'ai la tête qui tourne, la vue trouble. Mon estomac se soulève à l'idée que le médecin pense que je suis impatiente de ramener maman à la maison alors qu'il y a quelques heures à peine, j'hésitais à l'aider. Je suis restée la regarder. Ça n'a duré qu'une fraction de seconde, mais je l'ai regardée s'étouffer.

Quel genre de personne suis-je ? Quel genre de fille ?

Maman a ses défauts, c'est indéniable, mais elle ne m'a jamais laissée tomber, elle ne m'a jamais abandonnée. Elle m'a toujours nourrie et habillée, et maintenant c'est à moi de lui rendre la pareille – et je manque de la laisser mourir ?

Je suis un monstre.

EDDINGTON, 1987

Le froid me mord la peau quand je baisse la couette. Mes bras nus sont glacés. Maman refuse de mettre le chauffage avant décembre. Elle dit qu'on manque d'argent pour ça.

— Sophie ?

Je me recroqueville sous la couverture au son de sa voix. Elle est stridente et je sais ce que ça signifie. Elle s'est levée du mauvais pied.

— Lève-toi ! On sort.

Je m'empresse de sortir de sous la couette, frissonnant en me précipitant vers mes tiroirs pour en sortir des sous-vêtements et des vêtements. J'entends ses pas dans l'escalier qui se rapprochent, chacun d'entre eux étant une perspective terrifiante. Je suis en train d'enfiler un pantalon lorsqu'elle franchit la porte. Aujourd'hui, il n'y a pas d'école, ce qui pose un certain nombre de problèmes. Je n'ai pas besoin de porter l'uniforme, et maman est très exigeante sur mes tenues. Dès qu'elle entre dans la pièce, elle s'approche à grands pas, me pousse sur le lit et fait descendre le pantalon le long de mes jambes de fillette de sept ans.

— Pas celui-là. Tiens.

Elle me jette des vêtements de mes tiroirs.

Des collants en laine épais, une jupe en velours côtelé et un pull en laine à col montant.

— Maman…

— Quoi ?

— Ils me grattent, ces vêtements.

— C'est absurde. Habille-toi vite. C'est ta tenue préférée.

Je suis presque en larmes lorsque j'enfile les collants par-dessus ma culotte. Le tissu rugueux agresse ma peau sensible. La tenue est trop petite. L'entrejambe du collant m'arrive à mi-cuisse.

Maman prend une brosse sur ma commode et commence à me coiffer.

— Voilà ! Tu n'es pas belle dans cette tenue ?

— Elle est trop petite, dis-je.

Elle me tire les cheveux et je crie.

— Arrête de faire l'idiote, Sophie. C'est ta tenue préférée. Tu ne te souviens pas ? Tu l'as toujours portée. Chaque hiver, tu portais ce pull.

— Je suppose, dis-je.

Peut-être que je me souviens de l'avoir porté. Ça me semble familier, en tout cas. Lorsque je passe mes doigts sur les manches, je me rappelle avoir trouvé des cheveux dessus. Puis j'ai une vision fugace de ces mêmes cheveux enserrés dans mon poing. Mon estomac se retourne. Je n'aime pas ce souvenir. Je le repousse.

Maman émet un bruit désapprobateur.

— Je ne peux rien faire avec ces cheveux. Qu'est-ce que tu leur as fait ?

Je reste silencieuse.

— Il faut que tu sois belle. On le doit toutes les deux. Je rencontre Roger aujourd'hui.

Elle sépare mes cheveux et commence à tresser le côté gauche.

— Il est notre porte de sortie, Sophie. Il va nous tirer de ce pétrin. Il est riche, tu sais. Il va nous aider.

— Mais... je ne comprends pas, maman. Je croyais que Roger était ton patron. Comment il va nous aider ?

La question est innocente. Je ne comprends pas pourquoi Roger voudrait nous aider. Il a déjà sa propre famille.

Les mains de maman se figent. Elle tire sur la tresse, ramenant ma tête en arrière.

— Aïe ! Tu me fais mal !

— Tu es vraiment une idiote, Sophie. Tu ne comprends rien.

Elle lâche la tresse et me repousse.

— Il ne nous aidera jamais, pas avec une enfant ingrate comme toi. Regarde-toi. Tu es une calamité. Tu as une mine affreuse. Pas étonnant que ton père nous ait quittés. Je parie qu'il essayait de s'éloigner de toi quand il a passé sa tête dans le nœud coulant. Tout est de ta faute. Si je ne t'avais jamais eue...

J'ai les larmes aux yeux. Son visage est rouge de colère. Ses yeux sombres brillent. Elle jette la brosse par terre et se lève, les poings serrés.

— Tu vas devoir rester ici pendant que je vais le voir, décrète-t-elle. Je ne peux pas prendre le risque que tu gâches tout. Il faut que je réussisse, sinon il ne quittera jamais sa femme. Il y a du pain dans le placard. Tu peux en prendre avec le thé. Mais pas trop, sinon tu vas grossir. Personne n'aime les grosses.

7

C'est en taxi, six heures plus tard, que je ramène maman à la maison. Elle est désorientée, mais pas agitée. Les médecins lui ont administré des médicaments pour la calmer. J'apprécie le changement avec sa détresse précédente, mais en même temps je me méfie de sa nouvelle impassibilité.

— Pourquoi tu ne m'as pas aimée comme une mère normale ? chuchoté-je. Pourquoi tout ce que j'obtiens de toi, c'est de la méchanceté ou le vide le plus total ?

Elle ne peut pas me répondre. Je me demande si elle le fera un jour. Je l'observe alors attentivement. J'examine ses rides, les boucles de ses cheveux, les taches dans ses yeux. Je vois la poitrine affaissée sous son haut – un t-shirt à manches longues apporté par Erin –, la minceur de ses jambes, les veines de ses mains. Je vois tout, et je me souviens de chaque dispute, de chaque mot dur.

Jusqu'à ce que j'examine les choses de plus près. Un frisson me parcourt l'échine. Il y a un problème au fond de mon esprit. Je la fixe et j'ai le sentiment très fort qu'elle m'a caché une partie de mon passé. Qu'est-ce qui me fait penser ça ?

— Maman, pourquoi tu as bu l'eau de Javel ? demandé-je.

Ses yeux regardent dans ma direction, mais elle semble à peine me reconnaître.

— Maman ? Pourquoi tu as bu l'eau de Javel ?

Je sais qu'elle est là. Je le sais. Une femme comme Maureen Howland ne disparaîtra jamais. Elle est la résilience même. Même dans la mort, son esprit me poursuivra, me critiquant, m'empêchant d'atteindre le vrai bonheur.

— Dis-moi. Dis-moi pourquoi tu en as bu !

Ses yeux s'ouvrent et se ferment comme si elle essayait de se concentrer sur moi. Sa bouche commence à bouger. Sa main se crispe. Je me penche sur le siège, rapprochant mon oreille de ses lèvres. L'air expulsé de ses poumons s'échappe contre mon oreille. Je l'entends essayer de former les mots. Je l'entends se lécher les lèvres et déglutir, comme si sa gorge était sèche.

— Dis-moi, la pressé-je. Dis-le-moi maintenant.

Je ne peux pas m'en empêcher. Je sens cette hargne monter en moi. J'aimerais être au-dessus de ça, mais mon ressentiment envers cette femme sera toujours là et je ne peux pas le faire disparaître. Seule la peur me retient. J'essaie de l'aimer. J'ai essayé à maintes reprises.

— C'est... commence-t-elle.

Après une pause, je l'interroge à nouveau.

— C'est quoi ? Maman ?

— L'ombre.

Je me redresse d'un bond. Le chauffeur nous observe dans le rétroviseur. Quand ses yeux croisent les miens, il détourne la tête.

— Maman, c'est quoi, cette ombre ? Tu dois me le dire.

Une fois de plus, il y a quelque chose au fond de mon esprit. Comme un souvenir. Quelqu'un de mon passé. Mais qui ? Ils sont tous morts, les autres membres de notre famille : mon père s'est suicidé quand j'avais quatre ans, et mes grands-parents n'ont jamais fait partie de ma vie, mais ils sont morts il y a plusieurs années. Il n'y a personne d'autre. Il y a eu les petits amis de ma mère, mais ils ne sont jamais restés bien longtemps. Ils étaient généralement mariés et riches. Nous avons survécu en vendant les bijoux de maman offerts par d'anciens amants. Elle dit que c'est comme ça que nous avons pu déménager de l'est de Londres à Eddington. Je ne sais pas si c'est vrai. Je n'ai jamais su où maman avait trouvé l'argent pour ça. Nous étions si pauvres que nous ne mangions quasiment que du pain beurre à l'époque. Maman travaillait comme femme de ménage. Elle n'avait pas vraiment de formation. À Eddington, elle a réussi à décrocher quelques emplois de secrétaire ou de réceptionniste. Nous avons vécu dans un appartement glacial pendant un certain temps, tandis qu'elle économisait lentement pour acheter une maison. Roger est arrivé au bon moment. Elle l'a escroqué suffisamment pour nous permettre de nous remettre sur pied.

Roger… Il aurait la soixantaine aujourd'hui. Je me souviens encore vaguement de ses grosses mains et de ses lunettes à monture épaisse.

— L'ombre, répète-t-elle.

Elle cligne plusieurs fois des yeux, comme si elle sortait d'un profond sommeil.

— Où est-ce qu'on va ?

— On rentre à la maison, maman, dis-je. Tu peux me dire qui est l'ombre ?

— Sophie, pourquoi portes-tu cette horrible tenue ? Et je pensais t'avoir appris qu'il faut se coiffer le matin.

— Maman, écoute-moi. Qui est l'ombre ?

Le chauffeur s'engage dans notre rue. J'aperçois le chat d'en face qui fait ses besoins dans un jardin, trois maisons plus loin.

— Mais où est-ce qu'on était ? Je ne comprends pas.

— On revient de l'hôpital. Tu as bu de l'eau de Javel et tu étais mal en point.

— Oh, oui, acquiesce-t-elle, c'est l'ombre qui m'a dit de faire ça.

— Mais qui est l'ombre ?

— Sophie, ne crie pas. Ce n'est pas digne d'une dame. C'est étrange d'aller à l'hôpital habillée comme ça. Il y a des médecins qui travaillent dans les hôpitaux, tu sais. Ils gagnent beaucoup d'argent. Oh, je ne veux pas rentrer. Est-ce qu'on peut rester dans la voiture ? Je ne veux pas aller dans cette maison.

Le chauffeur de taxi me regarde depuis son siège. Il s'arrête au bord du trottoir.

— Tout va bien ?

— Oui, dis-je. Ma mère est atteinte de la maladie d'Alzheimer.

Il secoue la tête.

— Je suis désolé. J'ai vécu ça avec un oncle. Une sale affaire. Ça fera cinq-cinquante, s'il vous plaît.

Je fouille dans mon sac à main tandis que maman regarde fixement notre maison.

— S'il te plaît, Sophie. Je ne veux pas rentrer.

La note de désespoir dans sa voix me donne des frissons. Bien que la maladie d'Alzheimer affaiblisse maman par intermittence, je ne l'ai jamais entendue me supplier comme ça. Je trouve un billet de cinq et une pièce d'une livre pour le chauffeur.

— Ça va aller, dis-je en m'efforçant d'adopter un ton joyeux. C'est notre maison. Tu es en sécurité ici.

Elle secoue la tête.

— C'est faux.

J'ignore le froid glacial qui s'insinue dans mes veines et ma main qui tremble lorsque j'ouvre la portière de la voiture. Le chauffeur de taxi essaie de me rendre la monnaie, mais je lui dis de la garder. Je me dirige vers la portière de maman et l'aide à sortir. Elle continue de fixer notre maison – une maison normale, mitoyenne, dans une rue très ennuyeuse – comme si l'idée d'y mettre les pieds la remplissait d'effroi. Je prends son sac d'une main et son coude de l'autre et la guide jusqu'à la porte d'entrée. Elle est pâle comme un fantôme lorsque nous rentrons. Je ferme la porte derrière nous et nous nous retrouvons seules dans notre maison.

* * *

Je tourne à vide.

Je n'ai pas encore réussi à réparer ma relation avec Erin après l'avoir malencontreusement accusée d'avoir blessé maman, mais elle a suffisamment pitié de moi pour me préparer une bonne tasse de thé le lendemain matin. Elle a dix minutes d'avance et m'offre un faible sourire lorsque je pars au travail.

Je suis épuisée par cette journée éprouvante sur le plan émotionnel, mais j'ai des responsabilités à assumer. J'ai beau essayer de me concentrer sur mon travail, tout au long de la matinée, mon esprit revient sur la conversation dans le taxi. Je n'arrête pas de penser à cette ombre. C'est comme si elle me hantait. À l'heure du déjeuner, lorsque je raconte mon week-end à Alisha, elle suggère que c'est peut-être le cas.

— Ma grand-mère avait un fantôme chez elle, figure-toi, dit-elle. Un vieil homme qui se tenait dans le coin de la chambre d'amis. Je l'ai vu une fois. Il est resté là, le regard fixe, sans dire un mot.

— Tu es sûre que ce n'était pas un manteau accroché au mur ou une porte d'armoire qui serait restée ouverte ?

— Je jure sur la vie de mon petit garçon que c'était un fantôme. Je me suis réveillée au beau milieu de la nuit. Le temps que mes yeux s'adaptent à l'obscurité, il était là, droit devant moi. Il ne souriait pas. Je me souviens du blanc de ses yeux comme si c'était hier.

Nous surveillons toutes les deux la cour de récréation. La journée est chaude, mais le vent souffle en rafales. Ses cheveux noirs sont relevés sur sa tête. Elle se frotte les bras à travers sa chemise.

— Il t'a fait peur, dis-je.

— J'ai failli me pisser dessus, Soph. Ça a été le moment le plus terrifiant de ma vie. Je ne l'oublierai jamais.

Je me pince les lèvres, réprimant l'envie de lui dire que c'était probablement un cauchemar. Il y a des moments où il convient de corriger les gens et d'autres où il est préférable de se taire. C'est l'un de ces moments où le silence est la meilleure option. D'ailleurs, qui suis-je pour affirmer que son expérience n'était pas authentique ? Je ne crois pas aux fantômes, mais cela signifie-t-il pour autant qu'ils n'existent pas ? Qui sait ce qui rôde dans le monde, invisible aux yeux des humains ?

— Au fait, qu'est-ce qui est arrivé à Peter ? demande-t-elle soudain.

— J'ai parfois des appels manqués de sa part. Mais pas

grand-chose d'autre. Quand j'ai supprimé mon profil, quelqu'un a appelé sur le fixe, mais il n'y avait personne au bout du fil. Je me suis dit que ça devait être lui, et c'était assez troublant. Ensuite, avec tout ce qui s'est passé avec maman, je n'y ai plus vraiment pensé.

— Sois prudente. Ce n'est peut-être pas une coïncidence si ta mère t'a parlé d'une silhouette obscure qui traîne dans les parages et si tu es bombardée d'appels d'un internaute flippant. Ferme bien à clé la nuit.

Je secoue la tête.

— Ça ne peut pas être un intrus qui entre chez nous la nuit. Il n'y a aucun signe d'effraction et je vérifie toutes les fenêtres et les portes avant de me coucher. Je pense que c'est le fruit de l'imagination de maman. C'est probablement la maladie.

— Tu penses qu'elle a des hallucinations ?

Alisha penche la tête dans ma direction comme si j'avais attiré son attention. J'ai remarqué que les gens regardent dans le vide quand je parle de la maladie de maman en termes généraux, mais si je mentionne un comportement étrange, ils sont tout ouïe.

— Non... Je ne sais pas. C'est ce mot « ombre ». Il m'est familier. Cette utilisation du mot – comme si j'étais suivie – me donne une impression de déjà-vu à chaque fois. Je suis quasiment certaine que c'est lié à mon enfance.

Je fais un pas de côté pour éviter le ballon. Les enfants me font un signe de la main avant que les activités régulières et bruyantes de la cour de récréation ne reprennent.

— Je n'ai jamais su comment on avait pu déménager à Eddington quand j'étais petite. Je sais que ça n'a rien à voir, mais pour une raison quelconque, ça me préoccupe.

— Comment ça ?

— On était très pauvres et on vivait dans l'est de

Londres. J'ai porté les mêmes vêtements pendant des années, même une fois trop petits. On mangeait du pain et du bouillon la plupart du temps. Certains jours, ni l'un ni l'autre. Maman a commencé à travailler comme femme de ménage pour payer l'hypothèque après la mort de papa, qui ne nous a pas laissé d'assurance-vie.

Je marque une pause, réprimant un frisson à l'évocation de ces années. C'est un peu flou, mais je me souviens encore des démangeaisons causées par les pulls en laine que j'enfilais pour rester au chaud en hiver, et de mon estomac douloureux à l'heure du dîner.

— Ensuite, on a déménagé à Eddington, un petit coin d'Angleterre assez huppé. Les premières années, on était aussi pauvres qu'à Londres. Je me souviens du petit appartement que ma mère louait. Mais c'était *Eddington*. Les prix des logements étaient exorbitants. Même après quelques années, malgré les économies de maman, on n'a jamais eu le niveau de vie des autres habitants, mais on a quand même trouvé une petite maison à acheter.

Alisha hausse les sourcils.

— Elle a aussi réussi à se faire la moitié des hommes mariés du village, accessoirement.

— Elle m'a dit qu'elle avait vendu les bijoux d'un ancien petit ami pour venir s'installer ici. Mais je ne me souviens d'aucun petit ami à cette époque ni d'aucun bijou. Cela dit, je ne me souviens pas de grand-chose. Je me rappelle à peine papa.

— Un dépôt de garantie pour une maison représentait une somme importante, même à l'époque, explique Alisha.

— Exactement. Alors, qu'est-ce qui s'est réellement passé ?

La cloche sonne le début des cours de l'après-midi. Comme toujours, mon regard est attiré par Chloé qui entre seule dans le bâtiment. Aujourd'hui, elle porte une robe rose, des collants blancs et des chaussures noires. Des vêtements qui ne sont plus vraiment adaptés à son âge, et contrastent avec les jeans et t-shirts des autres enfants.

— Soph.

Alisha me tire de mes pensées.

— Prends un problème à la fois, d'accord ? Chloé a un psychologue pour l'aider et ses parents sont là aussi.

Je souris.

— C'est si évident que ça me tracasse ?

— Ça se voit comme le nez au milieu de la figure.

Son expression s'adoucit et elle pose une main sur mon épaule.

— Et je te connais. Je sais que c'est ta protégée. Mais tu as suffisamment de problèmes à gérer comme ça. Concentre-toi sur ta mère, traverse cette période difficile, et après, ça ira mieux.

— Tu penses que je vais m'en sortir ?

Elle croise mon regard avec ses yeux bruns profonds. Ils sont si gentils que je croirais tout ce qu'elle dit.

— Je sais que tu vas t'en sortir. Tu es assez forte, tu sais.

Nous nous dirigeons vers l'école.

— Hé, tu sais ce que tu devrais faire ? suggère-t-elle. Tu devrais installer une sorte de dispositif d'enregistrement dans la chambre de ta mère. Ce n'est peut-être pas un fantôme. Il y a peut-être une souris dans le grenier ou une lame de parquet mal fixée. Ça pourrait l'effrayer tellement qu'elle a inventé cette histoire d'ombre.

— Tu es un génie, Lish !

8

Il me faut fouiller un peu dans le grenier pour la trouver. À la fin, je suis couverte de toiles d'araignées et mes narines sont obstruées par la poussière. Au fond de l'espace exigu se trouve une boîte contenant les vieilles affaires de maman. J'y trouve de vieux vêtements, des boîtes à bijoux cassées et des cahiers qu'elle utilisait lorsqu'elle était secrétaire à la fin des années 80, avant que les ordinateurs ne deviennent la norme. Au fond de la boîte se trouve un vieux pull. Je le récupère, et quelques mèches de cheveux clairs en tombent. Je les ramasse pour les examiner.

Mon cœur bat plus vite et je jette les cheveux sur le sol du grenier. Un léger filet de sueur perle sur mon front. Qu'est-ce qui m'arrive ? Ce sont seulement des cheveux datant de mon enfance. Je soulève le pull et me souviens de la sensation de démangeaison qu'il provoquait sur ma peau. Pourquoi l'avoir gardé ? On ne pourra jamais accuser maman de sentimentalisme. Elle a jeté toutes mes dents de lait, mes projets scolaires et mes cadeaux de fête des Mères.

Pourquoi avoir gardé cette horrible chose en laine bon marché qui gratte ?

Je le mets de côté et fouille le reste de la boîte. Mes mains rencontrent un objet métallique froid à la forme familière. C'est ce que je cherchais. Une petite clé USB dotée d'un microphone caché qui peut enregistrer jusqu'à vingt heures. C'est Jamie qui l'a achetée. Il voulait piéger maman en mon absence. L'enregistrer en train de lui dire des choses désagréables. J'ai été abasourdie quand j'ai découvert ce qu'il avait fait. Je l'ai jetée dans une boîte de vieilles affaires et j'avais totalement oublié son existence jusqu'à ma conversation avec Alisha.

Je glisse la clé dans ma poche et descends l'échelle pour rejoindre le palier. Plus tard, je fais un test en laissant l'appareil dans la cuisine pendant que je prépare le dîner. Après le repas, pendant que maman regarde ses feuilletons, j'insère la clé USB dans mon ordinateur portable et j'écoute le fichier MP3 avec des écouteurs. Je suis là, en train de couper les légumes, fredonnant une chanson qui passe à la radio. Ça fonctionne.

— Maman, ça va ? lancé-je en direction du salon.

— Qu'est-ce que tu veux ? rétorque-t-elle. Je regarde *Eastenders*.

— D'accord. Je monte prendre une douche.

Pas de réponse. Elle est probablement plongée dans son drame. Je récupère le dispositif d'enregistrement et monte à l'étage. Entrer dans la chambre de maman sans qu'elle soit là me paraît étrange, comme si j'étais une adolescente en train de transgresser une limite. Maman a toujours été très discrète sur sa chambre, mais je n'ai jamais eu envie d'y entrer. J'entendais les bruits qui en provenaient et ils me faisaient peur quand j'étais petite. Il y avait les étranges sanglots la nuit. Puis les petits amis qui venaient dîner et repartaient avant l'aube. Maintenant que je suis plus âgée, je comprends tout. Je sais pourquoi il y avait des soirs où elle me bordait avant de partir et ne rentrait qu'au petit matin. À l'époque, je pensais que c'était parce qu'elle ne m'aimait pas. Peut-être n'était-ce pas la seule raison.

J'ai besoin d'une bonne cachette pour qu'elle ne tombe pas dessus et que le microphone ne soit pas obstrué. Je choisis de placer la clé derrière un cadre sur une étagère haute. Je ne vois pas pourquoi maman viendrait regarder là. C'est sans danger. Il s'agit d'une photo en noir et blanc de mes grands-parents et arrière-grands-parents. Ils ont l'air sévères et se tiennent, le dos droit, debout devant un mur de briques. Un vieux chien est allongé à leurs pieds, sur ce qui semble être un trottoir. La photo a dû être prise devant une maison mitoyenne à Londres. Les femmes sont toutes rondes, les bras croisés et les pieds écartés. Maman disait que j'avais de bons gènes. Je l'ai toujours crue.

J'ai peut-être hérité de tous les gènes de mon père. J'ai ses yeux. J'ai son habitude de me plonger dans mes pensées et de trop réfléchir. Les seuls souvenirs que j'ai de lui, c'est qu'il ne nous a jamais défendues contre elle.

Je fais une pause.

D'où me vient cette pensée ?

Il ne *m'*a jamais défendue.

Je secoue la tête. Je suis trop fatiguée.

Le microphone est caché. Je n'ai plus qu'à attendre de voir ce qu'il va enregistrer.

* * *

Pendant qu'Erin est en bas avec maman le lendemain matin, je récupère le dispositif d'enregistrement et le glisse dans mon sac à main. Il est hors de question que j'attende ce soir pour l'écouter. Il faudra que je trouve quelques heures au travail. Il y a un examen que j'ai l'intention de faire passer aux enfants.

— Sophie ? m'appelle Erin d'en bas.

Je me dépêche de descendre les marches.

— Qu'est-ce que c'est ?

— Quelqu'un a appelé, mais a raccroché sans rien dire. Tu ne m'as pas dit que ça s'était déjà produit ?

— Ce n'est pas rien. Je pense que c'est ce type avec qui j'ai eu un rendez-vous il y a quelques semaines. Il m'a beaucoup appelée ces derniers temps.

— Quoi ? Oh, mon Dieu, est-ce qu'il te harcèle ?

Je marque une pause. Je suppose que je n'y avais pas pensé de cette manière. Pas avec tout ce qui se passe avec maman.

— Non, ce n'est pas du harcèlement, n'est-ce pas ?

— S'il t'appelle non-stop, c'est du harcèlement. Est-ce qu'il sait où tu habites ?

— Je ne crois pas.

Je repense à nos conversations en ligne. Est-ce que j'ai mentionné mon quartier ? Ma rue ? Est-ce que c'est difficile de trouver une adresse ? Je sais que des personnes bien plus douées que moi avec Google parviennent à trouver n'importe quoi sur Internet. Peut-être que Peter a découvert où j'habite. Une sensation de froid s'empare de moi.

— S'il a trouvé mon numéro de téléphone, il a peut-être aussi trouvé mon adresse.

— Peut-être que tu devrais aller voir la police, dit-elle. Ces choses-là peuvent s'aggraver. Ta mère ne s'est pas plainte d'avoir vu quelqu'un dans la maison ? L'histoire de l'ombre ?

Sa simple évocation fait naître des fourmis dans mes jambes.

— Oui, elle en a parlé. Écoute, ne le dis pas à maman, mais j'ai placé un micro dans sa chambre hier soir. Je veux m'assurer qu'il n'y a rien. Elle n'arrive plus à dormir la nuit. Je suis sûre à 90 % que cette histoire d'ombre est le fruit de son imagination débordante, mais je préfère vérifier.

Erin fronce les sourcils.

— Alors, tu t'en fais, toi aussi. Est-ce que je dois m'inquiéter de rester à la maison toute la journée ? Et si ce Peter te harcelait bien ?

— Si j'entends quoi que ce soit de suspect sur l'enregistrement, ou si quelque chose d'autre se produit, j'irai voir la police, je te le promets. Et tu peux m'appeler n'importe quand et je rentrerai.

Je jette un coup d'œil à l'heure sur mon téléphone.

— Je dois aller au travail. Appelle-moi si maman devient trop agitée.

— Je vais la surveiller de près, promet Erin. Je n'arrive toujours pas à croire ce qu'elle a fait avec l'eau de Javel. Je sais que son état se dégrade, mais ça ne lui ressemble pas du tout.

L'entendre énoncer ce fait souligne la triste réalité de la situation. Maman perd la tête. Elle est en train de perdre pied, et son tempérament disparaît peu à peu. Elle n'a plus rien à voir avec la personne qu'elle était.

— À plus tard. Au revoir, maman.

Je lui fais signe, mais elle est perdue dans ses pensées, regardant par la fenêtre de la cuisine.

— Au revoir, Becca.

— C'est nouveau, dis-je en riant.

— Sophie, pas Becca, dit Erin en prononçant chaque mot comme si elle apprenait l'orthographe à une enfant.

— C'est ce que je leur ai dit. Ils se sont trompés et j'ai payé pour ça.

Maman secoue la tête.

Je me retiens de pleurer en quittant la maison. Elle ne sait même plus qui je suis.

* * *

Un grognement collectif se fait entendre dans la salle.

— C'est un contrôle de deux heures, dis-je aux enfants en élevant la voix pour couvrir le grincement des chaises, le bruit des crayons et les chuchotements entre amis. Il reprend seulement tout ce qu'on a vu jusqu'à maintenant.

— Mais, Miss, c'est nul ! s'exclame Noah.

Il y a de nouveau des traces de boue sur son visage. L'envoyer aux toilettes pour qu'il se nettoie ne semble pas suffisant.

— Ça t'aidera pour ton examen de fin d'année.

Ce n'est pas vraiment un mensonge, mais je leur ai déjà fait plus de contrôles que nécessaire depuis le début de l'année. J'ai l'habitude d'ajouter des activités pratiques et des leçons amusantes, mais j'ai hâte d'écouter l'enregistrement du micro. Je n'arrive à en écouter que deux heures au travail. Je devrai passer en revue le reste à la maison.

— On déteste les contrôles, Miss.

Un grand garçon du nom de Sam se prend la tête entre les mains de façon théâtrale. Les enfants peuvent faire des drames pour les choses les plus ridicules.

— Moi, je ne déteste pas les contrôles.

Alice affiche un sourire suffisant sur son petit visage hautain. Je sais que je ne *devrais* pas la détester, mais...

— Très bien, ça suffit, tout le monde. On se calme, maintenant.

Plus ils se plaignent, plus je vais devoir attendre pour écouter le fichier MP3. Je lève les mains pour leur intimer le silence avant de distribuer rapidement le contrôle.

Les enfants enfin concentrés, je sors le dispositif d'enregistrement du tiroir supérieur de mon bureau, où je l'ai mis en sécurité quand j'ai sorti le registre pour faire l'appel. J'ouvre mon ordinateur portable et j'insère la clé USB dans le port approprié. Noah est le premier à lever les yeux. Il me regarde mettre les écouteurs avec intérêt. Je le fixe du regard et il se remet au travail. Chloé a été la seule à ne pas réagir à la nouvelle du contrôle. Au lieu de ça, elle griffonne dans son carnet et s'esclaffe. Je me force à ne pas y prêter attention, me répétant ce qu'Alisha m'a dit. Ce n'est pas à moi de m'en soucier. Je ne peux pas m'impliquer.

J'écoute le fichier. Avant d'aller au travail, j'ai réussi à trouver la partie de l'enregistrement où maman va se coucher. J'ai utilisé l'avance rapide, m'arrêtant quelques instants après l'avoir laissée seule. C'est là que débute l'enregistrement lorsque j'appuie sur « Lecture ».

Il y a un silence. Puis un petit soupir, suivi du bruit des draps qui bougent. Je l'imagine essayant de se mettre à l'aise, se tournant d'un côté puis de l'autre. J'imagine les draps à fleurs, et ses cheveux secs et teints s'étalant sur l'oreiller. Je peux voir la masse de son corps sous la couette et le coussin rose pastel de l'appui-tête. La salle de classe a presque totalement disparu.

La tête penchée sur une pile de copies, j'augmente le volume pour m'assurer de ne rien manquer. Je dois être certaine d'entendre tout ce qui s'est passé dans cette pièce.

Avec horreur, je réalise que je suis surexcitée. La perspective de m'immiscer dans la vie privée de ma mère est délicieuse. Je m'en réjouis. Après des années où elle m'a exclue de sa vie, où je l'ai vue fricoter avec des hommes mariés et me cacher des choses, j'ai enfin un aperçu d'une partie de sa vie dont je ne sais rien. Mais que vais-je apprendre ? Va-t-il s'agir d'un enregistrement de sept heures où elle ronfle toute la nuit ?

Au fur et à mesure que le temps passe et que l'enregistrement reste silencieux, à l'exception des bruits de maman qui bouge dans son sommeil ou qui ronfle, je commence à perdre cette excitation. Je me mets à noter les copies devant moi, avec le fichier audio en bruit de fond. Les enfants bâillent, s'étirent et griffonnent sur leurs pages. Mon attention se porte sur Chloé, qui est penchée sur son travail, mais qui fait tourner son crayon au lieu d'écrire.

L'impatience commence à me gagner. Il ne me reste que quarante-cinq minutes avant la pause. Lorsque j'ai programmé l'enregistrement, je me suis dit que je l'écouterais en entier. Mais peut-être que c'est inutile. C'est au petit matin que maman est entrée dans ma chambre, effrayée. Je peux peut-être avancer jusqu'à environ deux heures du matin. Je calcule l'heure à laquelle j'ai mis maman au lit et l'heure à laquelle je me suis couchée, puis j'avance le fichier jusqu'à atteindre environ deux heures. Puis j'appuie sur « Lecture ».

Toujours rien.

Je réponds à une question d'un élève et retourne à mes corrections. Le cahier de Noah porte une tache orange qui doit provenir d'un verre de jus d'orange ou de sirop. Je lui écris un mot dans la marge pour lui rappeler qu'il doit faire attention à son travail.

Chloé n'a pas terminé l'exercice. Au lieu de ça, elle a

dessiné une fille sur la page. J'examine la fille et me demande si c'est Jessie, son amie imaginaire. Difficile à dire, car l'illustration ressemble à Chloé. Elles ont toutes deux les cheveux longs attachés en queue de cheval. La fille du dessin porte une jupe similaire à celle que Chloé porte actuellement et un sac à dos de la même forme.

J'ai un pincement au cœur. Je veux aider cette enfant. Mais mon désir de l'aider est-il désintéressé ou égoïste ? Est-ce que je projette mon désir d'enfant sur cette élève parce que j'ai toujours voulu avoir une fille ? J'ai toujours eu envie de faire la lecture à une enfant, de lui apprendre l'orthographe, de me promener dans la campagne et de lui montrer de belles fleurs.

Mais la bombe à retardement de cette métaphore sexiste qu'est l'« horloge biologique » a fait son œuvre. Il est temps de l'accepter. Je ne connaîtrais probablement jamais la maternité. Et c'est peut-être mieux ainsi. C'est peut-être ce qui était censé se passer.

J'augmente le volume. Toujours rien. Il ne reste plus que quinze minutes avant la pause. Noah veut aller aux toilettes maintenant. Je roule des yeux et j'acquiesce. Je passe au cahier suivant.

Et puis je l'entends.

— Qu'est-ce que tu fais là ?

Le son me fait sursauter. Je baisse rapidement le volume. Certains enfants se redressent pour me fixer, alors je baisse la tête et je fais semblant de noter leurs exercices.

La voix est celle de ma mère. Mais à qui parle-t-elle ?

— Dis-moi ce que tu fais là. Je veux savoir.

Il y a une pause, une longue pause angoissante. Puis le silence.

— Je... Je... bégaie maman. Je te reconnais...

Le bruit sourd de mon cœur est presque audible. J'ai

l'impression que des insectes rampent sous ma peau. La nausée me gagne. Je veux une réponse, et en même temps, je ne veux pas savoir. Mes doigts tremblent sur le tapis de souris. Je ne peux pas respirer.

— *Tu me reconnaîtras.*

Un cri m'échappe.

9

Alisha fait irruption dans la salle. Des élèves pleurent au dernier rang. Noah me regarde fixement, la mâchoire décrochée. Mes doigts sont agrippés à ma chaise et j'essaie d'aspirer de grandes bouffées d'air. Alisha court vers moi, affolée. J'essaie de lui parler des enfants bouleversés, mais je suis paralysée par les battements de mon cœur. Il est si bruyant que je pense qu'il va éclater.

— C'est l'enregistrement.

Je retrouve enfin ma voix.

— C'est l'enregistrement.

Alisha soulève un de mes bras et m'examine.

— Tu es blessée ? Qu'est-ce qui ne va pas ? Respire, Sophie, respire.

Je l'entends à peine à travers la voix dans ma tête. *Tu me reconnaîtras. Tu me reconnaîtras.* Ce murmure rauque me fait grincer des dents. Mon cœur bat contre mes côtes, menaçant de s'échapper de ma poitrine. Je ne lui en voudrais pas. Je quitterais moi aussi le navire si j'appartenais à cette femme brisée. Je suis une épave. Un véritable désastre.

— Tout va bien, les enfants. Miss Howland ne se sent pas très bien. Vous pouvez rejoindre ma classe. Allez-y.

Les cheveux d'Alisha frôlent ma main lorsqu'elle se penche vers moi.

— Bon sang, Sophie, allez. Ressaisis-toi. Tu es à l'école, tu enseignes à des enfants.

Elle me tapote la main.

J'ai envie de vomir.

* * *

Moira me renvoie chez moi, prétextant l'épuisement. Ils voulaient appeler une ambulance, mais je ne les ai pas laissés faire. Non, je dois rentrer. J'ai besoin de voir cette pièce, d'imaginer cette voix à nouveau, de sentir ce qui est réel et ce qui ne l'est pas. Et je dois m'assurer que maman et Erin sont en sécurité.

Je n'ai aucune idée de qui se trouvait dans la chambre de maman. La voix est si basse et rauque qu'elle pourrait être masculine ou féminine. Sur le chemin du retour, je pose mon ordinateur portable sur le siège passager et je l'écoute à nouveau. Après le chuchotement, maman émet quelques gémissements, puis semble se rendormir. Je me demande si elle s'en souvient.

Tu me reconnaîtras.

Tu me reconnaîtras.

Je n'arrête pas de me repasser cette phrase en boucle dans ma tête.

Elle *connaissait la* personne qui se trouvait dans sa chambre. Elle n'a jamais rencontré Peter, ce ne peut donc pas être lui. Il pourrait s'agir de quelqu'un qu'elle a connu.

Quelqu'un de son passé. C'est peut-être quelqu'un que je n'ai jamais rencontré.

L'ombre.

Pourquoi ne l'ai-je pas prise au sérieux ? Depuis combien de temps cette personne s'introduit-elle dans notre maison la nuit ?

Comment entre-t-elle ?

Les poils de ma nuque se hérissent lorsque ça me revient. *Je ne trouve pas mes clés.* Maman a perdu ses clés il y a peu et les a retrouvées le lendemain matin. Et si on les lui avait volées, qu'on les avait emportées pendant la nuit et que le rôdeur en avait fait une copie ? Erin a dit que maman était sortie dans le jardin ce jour-là. C'est ce soir-là que j'ai trouvé le bouton.

Je m'engage brusquement dans mon allée, manquant de peu le chat de la voisine. Je serre le frein à main. Je détache ma ceinture de sécurité. Je me précipite vers la maison. Mes doigts frénétiques manquent deux fois le trou de la serrure avant que je n'ouvre la porte. Lorsque je fais irruption dans le couloir, j'aperçois la femme à l'air hagard dans le miroir, le visage rose et les yeux injectés de sang.

— Sophie ?

Les pas doux d'Erin résonnent dans la maison.

— C'est toi ?

Je la rejoins à mi-chemin, la heurtant presque dans l'embrasure de la porte du salon. Ses yeux s'écarquillent de peur en me voyant.

— Est-ce que quelqu'un est entré dans la maison ? Tu as remarqué que quelqu'un traînait dans les parages ? demandé-je.

Ses jolis yeux sont ronds comme des soucoupes et sa bouche forme un « O » de stupeur.

— Non, personne. Qu'est-ce qui s'est passé ?

Je suis à bout de souffle. Ma main tremblante se porte à ma poitrine. Je dois me ressaisir si je veux gérer la situation.

— Alisha… Je…

Je respire profondément.

— Comme maman disait qu'il y avait une ombre dans sa chambre, j'ai décidé d'y installer un micro. C'était l'idée d'Alisha. Elle a dit qu'il pourrait y avoir une explication banale à la peur de maman. J'ai mis un micro dans sa chambre hier soir et j'ai écouté le fichier au travail. Erin, il *y avait quelqu'un dans la maison*.

Elle porte la main à sa bouche, réprimant un cri de stupeur.

— Quoi ?

— Je l'ai entendu. J'ai entendu sa voix sur l'enregistrement. Je vais appeler la police.

Erin acquiesce.

— Tu fais bien.

— Tu te souviens du jour où maman a perdu ses clés ? Tu as dit qu'elle était allée au jardin.

— Oui, c'est vrai.

Elle baisse la tête, comme si elle revivait la journée. Puis elle la relève.

— Peu de temps après être rentrée, elle a dit qu'elle les avait perdues. On a fouillé tout le jardin, mais elles n'étaient pas là. Je me souviens qu'elle jouait avec ce jour-là. Elle se promenait dans le jardin et les lançait régulièrement dans les airs. Ça semblait l'occuper, alors je l'ai laissée faire.

— Maman a dit qu'elle avait vu quelqu'un dans le jardin ?

— Non.

Erin se gratte la nuque.

— Non, et je n'ai vu personne.

Je fouille dans mon sac, à la recherche de mon téléphone portable.

— Sur l'enregistrement, on a l'impression qu'elle connaissait la personne qui s'est introduite dans la maison. J'en suis presque certaine.

Erin enroule ses bras autour de son corps.

— J'ai des frissons rien que d'y penser.

Puis elle s'arrête.

— À quelle heure cette personne est entrée dans la maison ?

— Un peu après 2 heures du matin. Vers 2 h 45, je crois. Pourquoi ?

— Ce n'est peut-être rien, mais...

— Continue, lui dis-je.

— Parfois, ta mère fait une sieste l'après-midi. Quand elle se réveille, elle est vraiment désorientée. Elle fixe son reflet dans la fenêtre et dit des choses comme « Que faites-vous ici ? » et « Est-ce que je vous connais ? » Si c'était au milieu de la nuit et qu'elle venait de se réveiller, elle aurait pu dire ça à n'importe qui.

— Alors, ça aurait pu être n'importe qui ?

C'est à ce moment-là que je comprends. Si l'intrus peut être n'importe qui, ça signifie que je ne peux faire confiance à personne. Je me détourne d'Erin, le téléphone à la main. Erin a plus que quiconque accès aux clés de maman. Peut-être que je ne peux pas lui faire confiance non plus.

* * *

Les agents Hollis et Chowdhury sont polis, mais sérieux. Hollis est plus âgé, avec une barbe grise, une mâchoire large et un physique de boxeur. Il ressemble au genre de policier qu'on voit à la télévision. Le bon flic qui travaille avec le franc-tireur. Chowdhury est plus maigre et a de petits yeux sombres qui semblent incapables de se fixer sur un point. Il reste assis pendant que Hollis prend les commandes. Il ne réagit qu'à l'enregistrement, haussant un sourcil.

— Vous avez entendu ? demandé-je avec impatience. La voix ?

— Miss Howland, puis-je vous demander pourquoi vous avez décidé de placer un dispositif d'enregistrement dans la chambre de votre mère ? demande l'agent Hollis.

L'énergie masculine dégagée par les deux officiers semble incongrue, alors qu'ils sont assis sur le canapé fleuri de ma mère, avec leur tasse de thé kitsch à la main.

— Ma mère est atteinte de la maladie d'Alzheimer, expliqué-je. Elle est désorientée et confuse la nuit. Son sommeil est très perturbé et elle n'arrête pas de se plaindre d'une ombre qui la suit. Ce qui, je sais, semble un peu fou.

Je laisse échapper un rire nerveux et je sens ma peau s'embraser.

— Je craignais qu'elle ne se fasse peur la nuit d'une manière ou d'une autre. Je ne m'attendais pas à ça. Je ne m'attendais pas à entendre un intrus.

Chowdhury prend des notes. Hollis demande :

— Et vous, Misss Howland ? Avez-vous entendu quelqu'un entrer dans la maison la nuit dernière ?

— Non. Rien du tout. Mais il y a quelques nuits, maman m'a réveillée et m'a dit qu'il y avait quelqu'un dans sa chambre. Nous avons vérifié toute la maison, mais nous n'avons rien trouvé.

— Et vous n'avez rien entendu non plus cette nuit-là ? demande Hollis.

— Non, dis-je alors qu'une sensation de picotement remonte le long de mes bras.

Ce n'est que lorsque la police a commencé à poser des questions que j'ai réalisé à quel point tout ça était étrange.

— Mais maman a perdu ses clés. L'intrus aurait pu en faire un double. Je suppose que si le rôdeur a les clés, c'est logique que je ne l'aie pas entendu entrer par effraction dans la maison.

— Je devrais peut-être jeter un coup d'œil, suggère Chowdhury. Avez-vous une cave ou un grenier ?

— Oui, les deux, dis-je.

Mon sang se glace.

— Vous ne pensez pas... vous ne pensez pas que l'intrus est encore là, n'est-ce pas ?

— Ne vous inquiétez pas, dit Chowdhury avec un sourire rassurant. S'il y a quelqu'un ici, nous le trouverons.

— Je pourrais peut-être discuter avec votre mère pendant que l'agent Chowdhury fouille la maison ? suggère Hollis.

— Je vais aller la chercher.

Je dirige Chowdhury vers la cave, en m'assurant que la lumière est allumée pour qu'il ne glisse pas sur les marches raides en pierre. Comme dans la plupart des vieilles maisons victoriennes, la cave est froide et peu accueillante. C'est là que l'on conservait la viande pour en préserver la fraîcheur. Il y a même un vieux billot de boucher en pierre. Je ne vais pas souvent à la cave. Je dois prendre mon courage à deux mains quand je dois aller changer un fusible.

Maman est dans la cuisine avec Erin, qui semble à bout de nerfs alors qu'elle répond à une avalanche de questions. *Qui sont ces hommes ? Que font-ils dans ma maison ?* Lorsque j'entre dans la pièce, maman se retourne et me pose les mêmes questions.

— C'est la police, maman. Ils veulent parler de la personne qui s'est introduite dans la maison. Tu te souviens ? Tu dois tout leur raconter.

Le visage de maman devient blême.

— Mais je ne veux pas. Je ne veux pas leur dire.

Elle fait un pas en avant et murmure :

— Ils ne doivent pas savoir. Jamais.

— Maman... Quoi ? Je...

Je jette un coup d'œil à Erin, qui se mordille la lèvre et tapote nerveusement sur la surface du plan de travail. Elle se détourne et s'emploie à laver les tasses.

— De quoi tu parles ?

Mais le charme est rompu. Maman s'éloigne de moi et cligne des yeux.

— Qui sont ces hommes dans ma maison ?

Pendant un bref instant, je me demande si maman est aussi confuse qu'elle en a l'air. Quand elle me regarde avec ses yeux calculateurs, j'ai l'impression qu'elle sait ce qu'elle dit. Puis sa mâchoire se relâche et je me demande si j'ai vu quoi que ce soit.

Je la guide jusqu'au salon, où l'agent Hollis nous attend, et je me sens engourdie de la tête aux pieds. Engourdie et fatiguée par tout ça. Mon esprit dérive vers ma classe, qu'Alisha a de nouveau prise en charge. Je ne peux m'empêcher de ressentir une pointe de jalousie. Alisha enseigne à mes élèves. Elle a aussi la vie de famille que j'ai toujours voulue. Alors que moi, je suis là avec la police, une mère démente et un sentiment de malaise que je n'arrive pas à chasser.

Hollis se lève et tend la main. Maman se tient debout, le dos droit. Elle ne jette même pas un coup d'œil à sa main. Au lieu de ça, elle croise les bras et lève le menton.

— Qu'est-ce que c'est que ces bêtises ? demande-t-elle.

— Mrs Howland, votre fille nous a appelés à propos d'un intrus. Vous avez dit qu'il y avait quelqu'un dans votre chambre ? Il y a un enregistrement...

— Je n'aime pas que vous soyez chez moi.

— Maman ! Je suis vraiment désolée. C'est la maladie d'Alzheimer qui parle, pas elle, dis-je.

— Ce n'est pas grave. Je n'aime pas non plus que la police soit chez moi, déclare Hollis en riant. Mais nous sommes là pour vous aider, Mrs Howland. Je sais que tout cela est très pénible. Peut-être devrions-nous écouter le fichier MP3 que votre fille a enregistré. Peut-être que cela vous rafraîchira la mémoire.

— Un fichier ? Qu'est-ce qu'un MP3 ?

Je déglutis, la gorge sèche. Mes mains sont moites contre mes hanches.

— Maman, j'ai mis un enregistreur dans ta chambre à cause de ce que tu as dit à propos de l'intrus. Je sais que j'aurais dû te le dire, mais je voulais m'assurer que tu allais bien pendant la nuit. Tu étais tellement perturbée ces derniers temps...

— Tu m'as enregistrée ?

Je m'éloigne d'elle en grimaçant, et Hollis bouge les pieds en regardant la tasse de thé sur la table basse. Personne ne peut rester de marbre devant les yeux écarquillés et effrayants de Maureen Howland, m'accusant de cent crimes. Premier crime : la trahison.

— Je pensais que...

— Tu me dégoûtes.

Hollis se racle la gorge.

— Peut-être devrions-nous parler de l'intrus. Le fichier

contient une voix qui ressemble à celle d'une deuxième personne. Mrs Howland, vous souvenez-vous avoir parlé à quelqu'un dans votre chambre tard dans la nuit ? Est-ce qu'on vous a fait du mal ou menacée ?

Maman s'assoit dans le fauteuil et regarde fixement par la fenêtre.

— Je ne sais pas de quoi vous parlez. Je ne m'en souviens pas.

Hollis clique sur le bouton « Lecture » de l'ordinateur portable et la scène se répète. La seule réaction de maman à la voix est de se tourner et de fixer l'ordinateur comme s'il l'appelait par son nom.

— Mrs Howland, est-ce votre voix ?

Hollis rejoue la première partie de l'enregistrement.

— Oui, répond maman.

— Et cette voix ?

Il joue le sifflement qui fait trembler mes genoux de peur.

Maman secoue la tête.

— Je ne me souviens pas. Je ne sais rien de tout ça.

— Prends ton temps, maman, dis-je.

— Toi, ne m'adresse pas la parole.

Les mots de ma mère sont tranchants.

Hollis poursuit l'entretien, ignorant l'atmosphère glaciale. Il lui demande si elle a vu quelque chose d'étrange, s'il y a eu des traces d'effraction et si quelqu'un a traîné dans la rue récemment. Maman ne sait rien. Mes espoirs commencent à s'amenuiser. Quelqu'un *était* là, mais si maman n'est pas assez cohérente pour nous dire qui c'était, la police ne peut rien faire pour nous aider.

Je décide d'ignorer son injonction.

— Et l'ombre ? Parle-leur de l'ombre.

— Il n'y a rien à dire, s'emporte-t-elle. Je suppose que

c'est ce que je pense voir quand je suis confuse. J'ai envie d'aller me coucher maintenant.

— Il y a un policier qui jette un coup d'œil à la maison en ce moment, maman. Tu pourras t'allonger quand il aura fini.

J'adresse un sourire d'excuse à l'agent Hollis, qui me répond par un sourire compatissant.

Un bruit de bottes sur la moquette nous interrompt. L'agent Chowdhury rompt la tension dans la salle avec une entrée en fanfare.

— J'ai vérifié la cave et l'étage. Il n'y a rien d'anormal.

— Je vais vous montrer le grenier, dis-je.

Les tueurs en série se cachent toujours dans le grenier. Un frisson me parcourt l'échine.

— Ne vous perdez pas là-haut.

La voix de maman dégouline de sarcasme. Puis elle rit.

10

L'agent Chowdhury a la gentillesse d'aller voir, mais alors que nous montons les marches du grenier, j'ai le sentiment qu'il n'y a personne et que personne n'est passé par là. Je pense qu'il sait aussi que tout ça est ridicule. Je commence à m'interroger sur cet enregistrement et sur ses implications. En regardant les deux policiers l'écouter, je me suis dit que leurs sourcils levés étaient dus au fait qu'ils étaient choqués par la présence d'un intrus dans ma maison. Je me demande maintenant si ce n'était pas de l'incrédulité. Peut-être pensent-ils que je suis une folle qui a trafiqué l'enregistrement. Ou peut-être pensent-ils que c'était maman.

Alors que je me tiens sous l'unique ampoule du grenier, je repasse la voix dans mon esprit. Je n'ai pas besoin de l'enregistrement. Je sais exactement à quoi ressemble cette voix. Je connais toutes les nuances et tous les tons de ce sifflement de serpent. Je connais chaque mot. *Tu me reconnaîtras.*

Serait-ce elle ?

Serait-ce maman ?

L'air étouffant du grenier me fait suffoquer, et ma nuque se couvre de sueur. Et si maman avait parlé sur l'enregistrement pour me faire peur ? Et si tout ça n'était qu'une plaisanterie cruelle ? Je voudrais pouvoir écarter cette pensée, mais je ne peux pas. Ça pourrait bien être sa revanche. Ça lui ressemblerait. Elle veut me rendre plus folle qu'elle ne l'est parce qu'elle me déteste. Ma main remonte le long de ma poitrine et se porte à ma gorge. Je pense à elle et je serre jusqu'à ce que je ne puisse plus respirer.

— Je crois que j'ai terminé.

Ma main retombe, et je cligne des yeux. L'agent Chowdhury se tourne vers moi avec un sourire de pitié. J'ai envie de le gifler, mais je me contente de serrer les poings.

— Il n'y a rien ici, dit-il en haussant les épaules. Votre mère s'est souvenue de quelque chose ?

Je secoue la tête.

— C'est dommage. Elle aurait pu nous aider.

Il penche la tête en enjambant le bric-à-brac qui jonche le sol du grenier. Je parviens enfin à me reprendre et à le conduire vers la sortie. Il descend en premier. Je jette un coup d'œil au grenier. Il n'y a rien ici, seulement tout notre bric-à-brac collecté au fil des ans. De vieux albums de photos, des boîtes de vêtements d'hiver, mes travaux universitaires. J'éteins l'ampoule et je suis Chowdhury qui redescend.

* * *

La police décide d'ouvrir une enquête, mais le temps que les agents partent, je doute déjà de ce que j'ai entendu sur l'enregistrement. Ils me demandent de consigner tout ce qui sort de l'ordinaire, comme les appels téléphoniques inopportuns. Ces mots me font frissonner. C'est ce qu'on fait quand on est traqué et harcelé. Les femmes harcelées n'ont jamais de fin heureuse dans les films.

Je ne veux prendre aucun risque. J'appelle le serrurier pour qu'il change nos serrures. Maman lui tourne autour à son arrivée, lui soufflant dans le dos et le regardant travailler. J'ai à peine l'énergie de la détourner de lui. Elle passe le reste de la journée confuse. Elle semble oublier que la police est venue et me demande pourquoi cet homme change nos serrures plus d'une demi-douzaine de fois.

Je réponds à ses questions et prépare des tasses de thé. Le tout dans un état de profonde hébétude. Mon corps est déconnecté de mon esprit et je marche dans la cuisine comme un zombie. Erin s'en va, visiblement soulagée, et je me dirige mollement vers la fenêtre. Le serrurier se dépêche de passer la porte, lui aussi soulagé de s'éloigner de la vieille dame démente aux drôles de questions.

Et la vie continue malgré cette petite interruption. Nous dînons dans un silence relatif, en discutant de choses banales comme du temps qu'il fait et de la nourriture insipide qui se trouve dans nos assiettes. Nous nous couchons en même temps. Nous nous allongeons sur notre lit, chacune dans sa chambre, et nous faisons comme si tout était normal. Mais ce n'est pas le cas. Soit quelqu'un était dans notre maison, soit maman essaie délibérément de me rendre folle, soit la maladie d'Alzheimer l'a rendue suffisamment confuse pour qu'elle invente des voix dans la nuit. Aucune de ces options ne m'apporte le moindre réconfort.

Mes rêves sont aussi flous que mon esprit. Ils nagent et tourbillonnent. J'entends des voix. *La* voix. Des portes s'ouvrent et se ferment dans mon esprit. Une main obscure flotte le long des murs de notre maison, les transformant en une substance sombre et crayeuse, comme de la cendre.

J'appelle Alisha et Moira à mon réveil, et elles conviennent que j'ai besoin d'un autre jour de congé pour récupérer. Je leur explique ce qui s'est passé et elles se montrent très compréhensives, exprimant la bonne dose d'inquiétude et d'alarme. Pour une raison ou une autre, ça ne semble pas authentique. Pas même venant d'Alisha, ma meilleure amie et la personne que je considère comme ma seule alliée dans ce monde.

Le problème lorsque le monde implose autour de vous et que votre vie se transforme en une série de problèmes, c'est qu'il arrive un moment où vos proches en ont assez d'en entendre parler, mais sont trop polis pour vous dire qu'ils en ont assez. Vous êtes le point noir qui obscurcit leur journée. Vous avez une influence négative sur leur vie et vous ne pouvez rien y faire, sauf vous taire. Nul ne veut être cette personne. Lorsque vous ne l'êtes pas, vous l'évitez comme la peste. Et puis, un jour, cette personne, c'est vous, et vous restez seule.

Je passe encore un coup de fil avant le petit déjeuner. À Erin, pour lui dire de prendre un jour de congé. Je veux passer du temps avec maman pour digérer les événements de ces derniers jours. C'est du moins ce que je lui dis. Ensuite, je vérifie mon solde bancaire en ligne et je passe quelques coups de fil. Il est temps d'apporter quelques changements.

Maman est calme, ce qui est une bonne chose. Je lui prépare du thé et des toasts et lui suggère de se reposer après ce qui s'est passé. Elle rejoint le salon pour lire son livre quand on sonne à la porte.

J'ouvre la porte à un homme maigre en bleu de travail.

— Vous avez appelé pour mettre en place le système de sécurité ?

— En effet. Entrez.

Il jette un coup d'œil sur un morceau de papier qu'il tient dans sa main.

— Il s'agit donc d'une vidéosurveillance à l'extérieur de la maison et de caméras dans chaque pièce.

Il ne dit pas ce qu'il pense. Mais je précise quand même :

— Ma mère est atteinte de la maladie d'Alzheimer et je veux garder un œil sur elle pendant que je suis au travail.

— Oh, dit-il, apparemment soulagé qu'il y ait une explication à mes besoins en matière de sécurité.

Je ne lui dis pas que je veux surveiller ma mère, ou que je veux aussi surveiller l'infirmière de ma mère. Je ne lui dis pas que je ne fais plus confiance à personne. Au lieu de ça, je rejoins maman dans le salon pour la distraire pendant qu'il s'affaire dans le reste de la maison.

Lorsqu'il a terminé l'étage, je propose à maman de faire un tri de vêtements. S'il y a bien une chose qui fait briller ses yeux, c'est l'occasion de critiquer et de jeter mes vêtements. Elle est tout à fait disposée à s'asseoir sur le lit pendant que je lui présente robes, hauts et jupes, pour me dire quelle partie de mon corps ils « mettent en valeur ». Certains me font de grosses chevilles. D'autres soulignent mes hanches larges ou mes bras potelés. Le temps que l'employé ait terminé, j'ai emballé deux gros sacs de vêtements pour une association de lutte contre le cancer.

— N'oublie pas de les mettre sur le perron, dit maman tandis que je m'apprête à quitter la pièce. La collecte a lieu demain.

Elle montre l'étiquette du sac pour illustrer son propos.

Je ravale ma réponse hargneuse et je descends. Le type de la sécurité est déjà en train de ranger ses affaires.

— Vous avez terminé ? Je suis désolée, j'ai complètement oublié de vous proposer une tasse de thé, dis-je.

— Ne vous en faites pas. De toute façon, je suis plutôt du genre à boire du jus de fruits.

Il me passe un livret.

— Tout ce que vous devez savoir devrait se trouver ici. Mon numéro est sur le devant, si vous avez des questions.

Je remercie l'homme et le raccompagne jusqu'à la porte. Lorsque cette dernière se referme derrière lui, je ne peux m'empêcher de me demander si j'ai bien fait. Ai-je dépassé les bornes ? Si maman ou Erin l'apprennent, je devrais couper les ponts à la hâte. Mais en y regardant de plus près, je ne peux m'empêcher de me demander si l'une ou l'autre de ces relations est particulièrement solide.

Lorsque les pas de maman retentissent dans l'escalier, je glisse le livret dans le tiroir supérieur du meuble et j'essaie de ne pas fixer les caméras cachées. Il faut que je tire les choses au clair. Ma réaction n'est pas excessive. Ça doit être fait, même si ce système de sécurité est coûteux.

— Il y avait quelqu'un dans la maison ? demande maman.

— Non, affirmé-je.

— Mais j'ai entendu...

— Il n'y avait personne. N'est-ce pas, maman ?

Pour une fois, c'est elle qui s'éloigne de moi. C'est elle qui reste là, bouche bée. C'est elle qui est vulnérable.

* * *

Le retour d'Erin est un soulagement. Une journée entière avec maman, surtout avec tout ce qui se passe, peut être éprouvante. Je suis plus qu'heureuse de la lui confier et de me rendre à l'école. Mais Erin fronce les sourcils en arrivant. Elle laisse la porte d'entrée ouverte et me fait signe de la suivre.

— Je ne sais pas ce qui s'est passé, mais…

Elle montre du doigt l'allée.

— Qu'est-ce que c'est que ça ?

Notre allée est couverte des vêtements que j'ai laissés pour l'organisation caritative hier soir. Je me penche et ramasse l'un des sacs.

— Il est lacéré, dis-je. Comme si quelqu'un avait déchiré le plastique.

Erin se penche vers moi.

— Tu es sûre que ce n'est pas un animal ?

Je ne suis pas une experte en traces d'animaux, mais un animal aurait plutôt déchiqueté le sac, au lieu de l'ouvrir comme ça. Je ramasse un chemisier bleu au milieu des restes – un haut qui, selon ma mère, révélait la peau lâche au niveau de mes bras. Il est découpé. Fendu de haut en bas.

Je me tourne vers Erin.

— Les animaux ont des ciseaux, maintenant ?

— Putain de merde, Soph.

Nous restons là, à regarder les vêtements qui jonchent le sol. Il y a quelques semaines, j'aurais mis ça sur le compte d'adolescents qui s'ennuyaient, mais maintenant je n'en suis plus si sûre. Ma tête fourmille de possibilités.

Je suis vraiment harcelée. Mais par qui ? Peter est le premier nom qui me vient à l'esprit. Il n'a pas cessé de m'appeler. Mais qu'en est-il des autres personnes qui font partie de ma vie ? Erin ? Alisha ? La voisine au chat d'en face ? Ma patronne, Moira ? Mon ex-petit ami, Jamie ?

Maman. Maman simule l'étendue de sa maladie, me

fait tourner en bourrique en mentionnant une ombre, prétend voir des gens la nuit, fait cette voix terrible sur le fichier MP3... Tout ça pour me punir.

Je sors enfin de ma transe et prends quelques photos avec mon téléphone. Il faudra que je garde ça dans mon registre des « choses inhabituelles » pour le montrer à la police. Je ramasse ensuite mes vêtements à la hâte, les glissant dans les sacs en plastique déchirés. L'idée que quelqu'un puisse délibérément attendre la nuit pour prendre une paire de ciseaux et découper mes vêtements me donne la nausée.

Puis je me souviens. Les caméras.

Les battements de mon cœur s'accélèrent.

— Je suis en retard pour le travail.

— Je vais finir de ranger, dit Erin. Je suis désolée. Je ne comprends pas ce qui s'est passé. Pourquoi quelqu'un ferait ça ?

Je croise les bras, tressaillant en réalisant à quel point la situation est effrayante. J'ai la sensation d'avoir été violée.

— Sois prudente. Ferme bien les portes, d'accord ? Qui que soit le rôdeur, il ne semble venir que la nuit, mais on ne sait jamais.

— Fais attention toi aussi, dit-elle.

Le soleil matinal fait ressortir les poils fins sur sa peau. Elle passe une main dans ses cheveux.

— Peut-être qu'on te suit.

Je me précipite vers ma voiture, impatiente de quitter cette maison.

11

— Sophie, comment vas-tu ?

Dans ma hâte de rejoindre ma salle de classe, je manque d'ignorer d'Alisha. Elle fronce les sourcils quand elle me voit, ce qui montre bien à quel point je dois avoir l'air épuisé. Je passe ma main sur mon front, étalant la sueur sur ma peau. Mon bras gauche tient des livres et mon ordinateur portable. Mon sac en bandoulière est à deux doigts de glisser. Je n'ose pas jeter un coup d'œil à mes vêtements. Est-ce que je les ai repassés ce matin ? Je ne m'en souviens plus.

— Beaucoup mieux, merci.

Je me force à sourire.

Alisha ne semble pas convaincue. Son froncement de sourcils ne fait que s'accentuer, et un sillon apparaît entre ses sourcils. Soit elle est inquiète, soit elle est dégoûtée par mon apparence.

— Tu es sûre ? Tu as l'air stressée. Tu veux prendre une tasse dans la salle des profs ? On a dix minutes avant le début des cours.

Ça me fait mal de voir l'espoir dans ses yeux. J'adore

Alisha. C'est ma meilleure amie. Mais il y aura toujours une barrière entre nous, un mur que je n'arriverai pas à abattre. C'est de la jalousie. Je suis jalouse de sa vie, de son mari et de ses enfants, et du fait qu'elle n'a pas à s'occuper d'une mère amère qui se désagrège lentement. Aujourd'hui, je suis amère, parce que je dois aller en classe, brancher mon ordinateur et regarder les images des caméras de sécurité pour savoir si cette même femme qui se délite a ouvert mon sac de vêtements et les a découpés pour me contrarier, parce qu'elle me déteste.

— Je ne peux pas, désolée, j'ai des copies à corriger.

Mon ton est inutilement brusque. Je m'éloigne d'elle tandis qu'elle me suit du regard. Elle veut juste m'aider, mais je n'arrive pas à trouver le moyen d'être reconnaissante. Ça me fait mal d'être près d'elle alors que ma vie est en train de s'effondrer. Ça me fait mal d'être entourée de personnes heureuses, parce que je vois la façon dont j'aspire le bonheur de la pièce.

C'est un soulagement d'ouvrir la porte de ma salle, et un soulagement de la refermer derrière moi. Je jette les livres sur mon bureau et j'installe rapidement mon ordinateur. Je n'ai pas beaucoup de temps et j'ai un système compliqué à mettre en place. J'ai passé la majeure partie de la nuit à lire et relire le livret que l'installateur m'a remis.

Je me connecte et j'affiche le flux de la caméra de l'avant de la maison. Il me faut quelques tentatives, mais j'arrive rapidement à rembobiner l'enregistrement et à passer de courtes séquences de la nuit, avançant rapidement jusqu'à ce que je trouve des traces d'activité. Il y a encore le chat du voisin ; un renard s'approche du sac, le reniflant et je me fige, me demandant si j'ai été paranoïaque... mais le renard s'éloigne et s'enfuit dans la nuit.

Ce n'est que vers 4 heures du matin qu'il y a à nouveau

du mouvement. C'est tellement rapide que je manque de passer à côté. Je rembobine et me repasse la séquence. C'est très fugace.

Une silhouette s'élance de la haie à gauche de l'écran vers notre porte. Puis elle disparaît. Je reprends mon souffle, j'essaie de calmer les battements de mon cœur et je regarde à nouveau. La silhouette est presque entièrement tapie dans l'ombre et n'est guère plus qu'une tache noire dans l'obscurité. Mais, bien qu'elle soit recroquevillée, on voit bien qu'il s'agit d'une personne. Le problème est qu'elle disparaît sous la caméra, fixée au mur au-dessus de la porte. Elle doit être accroupie à côté de la marche où se trouvent encore mes affaires pour l'organisation caritative.

Je continue à visionner l'enregistrement. Pendant près de trente secondes, il ne se passe rien. Je sursaute alors qu'une main gantée se tend et saisit le sac de vêtements. Je sens la bile monter. Je mets une main sur ma bouche pour me calmer. Je dois garder les idées claires. Je dois regarder le reste de cet enregistrement et découvrir exactement qui me harcèle et pourquoi. Mais il n'y a pas grand-chose d'autre à voir. À un moment donné, certains de mes vêtements volent en l'air, ce qui me fait sursauter. J'observe une personne détruire mes habits sans raison apparente. D'autres vêtements sont projetés en l'air, puis le vandale disparaît.

Je suis assise sur ma chaise, en sueur, vaincue et vidée. J'étais tellement persuadée que j'allais voir maman me faire une blague cruelle. Au lieu de ça, je ne suis pas plus avancée qu'hier. La silhouette était si courbée et se déplaçait si rapidement qu'il aurait pu s'agir de n'importe qui. Je n'ai même pas pu voir son physique. Le vandale pourrait être gros ou mince. Ce pourrait très bien être un homme ou une femme.

Les enfants commencent à entrer dans la salle de classe tandis que je regarde les images de la chambre de maman en accéléré. Au bout de deux heures environ, la caméra s'éteint. Je mets le flux en pause et j'essaie de le rembobiner.

— Miss, allez-vous faire l'appel ? Dois-je le faire pour vous ?

Alice joue encore une fois les lèche-bottes.

Je prends mon registre d'appel et j'énonce les noms des élèves, mais pendant tout ce temps – même lorsque je coche leurs noms – je ne pense qu'au flux vidéo. Pourquoi n'y a-t-il rien dessus ? Maman aurait-elle pu comprendre ce que je tramais ? A-t-elle éteint la caméra d'une manière ou d'une autre ? Et si elle l'a fait, comment a-t-elle procédé sans s'approcher de la caméra ? Je l'aurais vue faire. La caméra est peut-être défectueuse. Le timing serait désastreux, mais ce sont des choses qui arrivent.

Je me concentre difficilement sur les enfants. Ce n'est pas leur faute s'il se passe tant de choses dans ma vie privée. Ils méritent tout de même de recevoir une bonne éducation. Ils ont donc mon attention pendant toute la matinée. Il y a des moments où je m'égare, où je pense au harceleur, aux vêtements et à maman, mais je parviens à être suffisamment cohérente pour respecter le plan de séance. Mais dès que mes cours sont terminés, je me rue sur mon ordinateur portable pour regarder les images. La caméra de maman n'a rien filmé pendant le reste de la nuit. Je passe au reste de la maison. Je ressens un soudain électrochoc. Je ne m'attendais pas vraiment au sentiment de honte qui m'envahit alors que je regarde Erin faire chauffer la soupe de maman, assise à table. C'est tellement intime. C'est du voyeurisme. Et c'est étrangement grisant.

Erin semble discuter, tandis que maman reste stoïquement assise. Lorsqu'Erin apporte la soupe à table, maman est renfrognée. Elle croise les bras et se détourne tandis qu'Erin place patiemment le bol devant elle, avec la cuillère à droite. Erin s'assoit à côté de maman avec son sandwich, le sourire aux lèvres. Mais maman est toujours renfrognée. Elle finit par prendre la cuillère et la laisse tomber dans le bol. La soupe éclabousse la table et je reste assise à les regarder, observant l'entêtement de ma mère qui refuse de manger. Erin lui propose même son propre sandwich, mais maman détourne toujours le regard.

Je suis tellement captivée par le flux vidéo que je remarque à peine le retour des enfants. Je ne les ai pas surveillés dans la cour de récréation. Je rougis d'embarras. Je ne me souviens plus qui devait être mon binôme pour la surveillance. C'est peut-être Samuel, le seul enseignant masculin de notre équipe, un homme âgé aux cheveux gris et à la cravate tachetée de thé. Je me frotte les yeux sans parvenir à chasser ces pensées de mon esprit.

Le reste de l'après-midi est une version diluée de mon plan de cours. Je laisse les enfants se débrouiller seuls pendant la partie travail individuel, tout en regardant Erin et maman vaquer à leurs occupations. Je ne vois rien d'extraordinaire sur le flux vidéo. Maman est comme d'habitude, têtue, presque toujours assise ou debout, les bras croisés, le menton relevé et arrogant. Erin passe le plus clair de son temps à parler, tout sourire et avec patience. Je n'entends pas ce qu'elle dit, mais j'imagine que c'est le même genre de bavardage que quand je suis avec elles, des commentaires sur le temps qu'il fait ou des compliments sur la tenue de maman, des choses légères.

À la fin de la journée, je n'ai aucune envie de m'arrêter pour discuter avec mes collègues et je veux à tout prix éviter Moira. Je récupère donc mes affaires et me précipite vers ma voiture.

Le temps estival a disparu. Des nuages sombres planent au-dessus de ma tête. Une tempête se profile. Toute cette humidité ambiante rend ma peau moite. À cette époque, où le temps change si rapidement, je n'ai plus l'impression d'être en Angleterre. La bruine grise des deux tiers de l'année me manque. Cette atmosphère-là a sa place dans un pays exotique loin d'ici. Je veux retrouver le confort de ma patrie. Je veux un parapluie détrempé et des pieds humides, pas une pression mortelle qui me fait mal aux sinus.

Je veux que les choses redeviennent normales.

Je passe mes doigts dans mes cheveux et je respire profondément.

* * *

L'agent Hollis promet de visionner la vidéo de l'avant de la maison. Mais je sais qu'il ne trouvera rien de significatif à propos de l'ombre qui apparaît dans la haie. Je vérifie la caméra de la chambre de maman et je m'aperçois qu'un fil s'est détaché à l'arrière. J'envoie un e-mail au type de la sécurité, qui ne peut pas résoudre le problème avant une semaine. J'échange donc la caméra de ma mère avec une autre pendant qu'elle prend son bain.

J'ai encore quelques appels de Peter. Je fais des captures d'écran comme demandé par la police. J'espérais qu'il se serait lassé de moi et serait passé à autre chose, mais il semble plus difficile à décourager que ça.

Il est tard lorsque je me pose enfin. Je m'enfonce dans le lit et sombre dans un profond sommeil, rêvant que je sors et que je trouve maman penchée sur le sac de vêtements. Sa tête s'incline vers la gauche, comme celle d'un animal effrayé. Je fais un pas en avant, lui tendant la main comme je le ferais à un cerf sauvage ou à un cheval effrayé. Elle ouvre le sac et en sort une de mes chemises. Je ne peux que la regarder placer le revers dans sa bouche et commencer à le mâcher.

— Arrête ! m'écrié-je.

Mais elle continue à mordiller ma chemise jusqu'à ce que de la salive coule sur son menton.

Je recule d'un pas, horrifiée par ce spectacle, lorsqu'une autre silhouette surgit de la haie. On ne dirait pas une personne. C'est une ombre, dépourvue de caractéristiques, mais elle semble si familière. Ignorant maman, je m'approche de l'ombre, mais on agrippe ma tête par-derrière.

Je me réveille en sursaut, assise bien droite dans mon lit. Mon alarme retentit. En tendant la main pour l'éteindre, je m'aperçois que ma main est serrée. Lorsque j'ouvre le poing, de petits fils bruns s'échappent de mes doigts.

Des mèches de cheveux. Mes cheveux.

Je saute du lit et j'examine le matelas. Il y a une touffe de cheveux éparpillée sur le lit et une tache de sang qui sèche sur mon oreiller. Lentement, redoutant ce que je sais que je vais trouver, et avec une sensation d'engourdissement qui se répand sur ma chair, je porte ma main à l'arrière de mon crâne. Lorsque je la trouve, je laisse échapper un petit souffle. Du sang. Je regarde les cheveux dans ma main avec incrédulité. Suis-je vraiment devenue folle au point de m'arracher les cheveux ? Dans mon sommeil ?

Et pourtant… il y a quelque chose… de si familier à voir des cheveux dans ma main. Je ferme les doigts et je serre le poing, et ce faisant, j'éprouve une intense sensation de déjà-vu, comme si j'avais déjà fait ça à un moment de ma vie.

— Tu veux bien éteindre cette alarme ?

Maman entre en trombe dans la pièce, me sortant de ma torpeur. Elle prend mon téléphone sur la table de chevet et me le fourre dans la main.

— Allez !

Les doigts tremblants, je fais glisser la barre à l'écran pour éteindre l'alarme. Puis je me tourne vers ma mère.

Elle secoue la tête.

— Reprends-toi !

Et elle sort de la pièce.

Je me précipite vers le miroir pour examiner les dégâts. Heureusement, j'ai arraché la plupart des cheveux à l'arrière de ma tête et l'hémorragie s'est déjà arrêtée. Si je parviens à me laver les cheveux et à appliquer un pansement sur la coupure, je pourrai faire une queue de cheval et cacher le problème.

Je laisse tomber les cheveux sur ma table de nuit et les fixe une dernière fois. Qu'est-ce que j'ai oublié de mon passé ?

L'idée que je puisse m'arracher les cheveux me hante sous la douche et ne me quitte pas alors que je prépare le petit déjeuner. Le moindre bruit me fait sursauter. Le son du grille-pain est un coup de feu. Le raclement d'une chaise est un intrus. J'avance sur une corde raide et je ne vois pas comment descendre.

Lorsque j'ouvre à Erin, je m'attends à être réconfortée par sa présence. Au lieu de ça, je trouve une femme renfermée aux yeux rougis. Son maquillage a coulé. Elle me passe devant sans même me saluer.

— Ce sera mon dernier jour, annonce-t-elle.

— Qu'est-ce que tu veux dire ? Qu'est-ce qui s'est passé ?

Elle retire sa veste, humide à cause de la pluie qui a enfin commencé à tomber aux premières heures de la matinée.

— Je ne sais pas comment tu as le culot de me demander ça.

— Je... je ne comprends pas...

— Tu as été parfaitement claire dans ton e-mail. Je ne comprends pas comment tu as pu m'accuser d'une telle chose. Je m'occupe *bien* de ta mère. Je n'ai jamais rien fait... Je... Je pensais qu'on était amies...

— Erin, attends. Dis-moi ce que tu penses que j'ai fait.

— Ça ne sert à rien de le nier, dit-elle. Je sais que tu ne voulais pas me l'envoyer, mais tu l'as fait. C'est terminé, Sophie. Je travaillerai encore aujourd'hui parce que je sais que tu ne peux pas trouver une autre infirmière avec un préavis aussi court, mais demain tu devras trouver quelqu'un d'autre. Je suis désolée, mais j'ai pris ma décision. Je ne peux pas travailler avec quelqu'un qui me poignarde dans le dos comme ça.

Avant que je puisse répondre, elle entre à grands pas dans la cuisine et claque la porte derrière elle, me signifiant clairement de la laisser tranquille. Et je suis en retard pour le travail. Mais en sortant, je consulte ma messagerie pour savoir de quoi elle parle. Là, dans les messages envoyés, se trouve un e-mail provenant de mon compte et envoyé à Erin et son patron, avec pour objet : *Erin Jones maltraite ma mère.*

EDDINGTON, 1997

— C'est du bon travail, Sophie.

Mrs Vaughan me rend ma copie et étire son dos. Comme toujours. Elle nous met régulièrement en garde, nous les « jeunes ». Nous devons veiller à adopter une bonne posture, sinon nous finirons par avoir mal au dos quand nous serons vieux. Comme elle.

— Il faut qu'on parle de l'université.

Je fixe mon bureau, en espérant que personne ne remarque la rougeur qui gagne mon cou. Même si le reste de la classe est occupé à travailler, mon cuir chevelu me picote. J'ai la sensation qu'ils me regardent tous.

— Oh, je ne vais pas m'inscrire à l'université.

Mes mots semblent maladroits. Je tire sur mes manches, cachant mes mains. Je ne veux pas avoir cette conversation, pas maintenant. Pourquoi ai-je ouvert la bouche ?

Mrs Vaughan croise les bras, écrasant les papiers contre sa poitrine.

— Qu'est-ce que tu veux dire ?

— Je ne peux pas me permettre de déménager.

Une fois de plus, je sens que tous les regards se posent sur moi. J'ai envie de disparaître dans le sol, ou au moins de faire taire Mrs Vaughan.

— Tu peux postuler à une bourse, poursuit-elle. Ne t'inquiète pas, je peux te montrer comment faire, et t'aider à remplir les papiers, si tu veux.

Elle s'interrompt alors que je tente de trouver quoi répondre.

— Attends. Je vais te trouver une brochure.

Je fixe le « A » encerclé en haut à droite de ma copie, me demandant comment je vais expliquer à Mrs Vaughan qu'il est impossible que ma mère me laisse aller à l'université. Comment exprimer par des mots que ma mère ne veut que mon bien ? Tout ce qui me vient à l'esprit me semble bizarre. Je suis un monstre avec une mère monstrueuse. Tout le monde le pense. Je les entends chuchoter quand je les croise dans les couloirs. Ils sont au courant pour ma mère, ses liaisons et ses licenciements. C'est un petit village, et les gens parlent.

Elle veut le meilleur pour moi. C'est ma mère. Je devrais peut-être faire confiance à maman quand elle me dit que l'université n'est pas faite pour moi. Elle sait probablement ce que je devrais faire ou non.

— Tiens.

Mrs Vaughan me tend le dépliant et je la remercie. Puis elle s'éloigne et se remet à distribuer les copies. Je suppose qu'elle estime qu'elle en a assez dit.

Je glisse le dépliant dans mon sac. La cloche sonne et je sors de la salle de classe. Le soleil bas me fait plisser les yeux alors que je m'empresse de traverser le parking pour rejoindre le bus. Les vacances de Noël approchent, tout comme la date limite de dépôt des demandes d'inscription à l'université. Mes notes sont bonnes. Je peux aller où je veux. Je pourrais quitter Eddington et faire mon chemin dans le monde. Et si l'université s'avérait être comme l'école ? Et si je ne me faisais pas d'amis, ou s'ils me traitaient de tous les noms derrière mon dos ? Et si je n'étais pas assez intelligente et que toutes mes notes étaient le fruit du hasard jusqu'à présent ?

L'air froid de l'hiver me mord la peau lorsque je descends du bus à mon arrêt. Maman n'est pas encore là. Elle est toujours au travail. De quel travail s'agit-il aujourd'hui ? Un autre emploi de secrétaire ? Ou peut-être des ménages ? Je ne me souviens plus. Tout ce que je sais, c'est que je peux manger autant de sandwichs à la confiture que je veux quand elle n'est pas là, même si mon jean devient un peu serré. Maintenant que je suis assez grande, je peux choisir mes vêtements, mais le problème, c'est que je n'ai rien de cool à me mettre. Toutes mes tenues proviennent de boutiques d'associations et de magasins de déstockage. Je n'ai pas de vêtements de marque ni de chaussures à la mode.

Après avoir avalé mon deuxième sandwich à la confiture, je sors le dépliant de mon sac et commence à le lire. Il y a beaucoup de chiffres et de faits. Je préfère les mots aux chiffres. Ils me font tourner la tête.

Mais je continue à lire, malgré tout. Mon excitation ne cesse de croître. Je vois les visages heureux des étudiants sur le recto du dépliant et je me demande si ça pourrait être moi. Je pourrais être cette fille souriante entourée d'amis. Je pourrais travailler, apprendre, vivre avec des gens de mon âge, écouter de la musique forte et aller à des concerts. Je me ferais une meilleure amie et je mangerais des glaces avec elle en parlant de garçons et d'examens. Nous nous disputerions à propos de la vaisselle ou de qui a fini le lait, mais ensuite nous ouvririons une bouteille de vin bon marché ou sortirions boire des shots jusqu'à nous effondrer sur le canapé dans une crise de fou rire.

Je suis tellement plongée dans mes fantasmes que je n'entends pas la porte s'ouvrir. Ce n'est que lorsque maman entre à grands pas dans la cuisine que je réalise qu'elle est rentrée et que je ne peux plus cacher le dépliant. Je me fige.

— Des salopards. Tous autant qu'ils sont.

Elle jette son sac sur la table et enlève ses talons.

— Cette foutue Tracy avec ses petits seins et ses longs cils. Elle n'a qu'à les agiter devant Bob pour qu'il bave comme un enfant obèse dans une pâtisserie. Mais qu'est-ce que tu fabriques ? Qu'est-ce que tu manges, encore ?

Elle m'arrache l'assiette des mains et la jette sur le plan de travail de la cuisine. La pièce est si petite qu'elle n'a qu'à se tourner et à tendre le bras. Le mouvement est si rapide qu'elle me surprend en train d'essayer de cacher le dépliant alors qu'elle se retourne vers moi.

— Qu'est-ce que tu as là ?

Je cache la brochure sous mon bras, ignorant les battements de mon cœur.

— Qu'est-ce que c'est ? Pourquoi tu le caches ? demande-t-elle.

— Ce n'est rien. Des trucs d'école.

— Quoi, ils t'apprennent comment fonctionnent les règles ? Allez, montre-moi.

Ses doigts manucurés saisissent mon bras et l'éloignent de mon corps. Puis elle arrache le dépliant avec son autre main.

— Aide financière pour...

Ses yeux parcourent rapidement la première page. Elle laisse mon bras retomber sur la table et je frotte l'endroit douloureux où ses longs ongles rouges m'ont griffé.

— Qu'est-ce que c'est que ça ? Tu penses qu'on est pauvres ? Tu crois qu'on est suffisamment pauvres pour que tu doives demander de l'*aide* ? Malgré tous les boulots que je fais pour toi ? Deux emplois. Deux emplois, Sophie, tout ça pour te remplir le ventre de sandwichs à la confiture. Espèce de petite ingrate obèse.

Je fixe mes mains qui tremblent contre le plateau de la table. Je n'aurais jamais dû rapporter le dépliant. Je suis vraiment bête.

— Aide financière pour les candidats à l'université, lit-elle d'une voix moqueuse. Alors comme ça, Miss Je-sais-tout veut aller à l'université ? Elle veut faire partie de tous ces étudiants arrogants. Elle veut laisser sa mère pourrir ici toute seule parce que c'est une petite égoïste. Après tout ce que j'ai fait pour toi ? Je me tue à la tâche pour toi.

Elle secoue la tête et s'éloigne de la table, commençant à faire les cent pas dans la pièce.

— Je ne peux pas croire que tu sois prête à me laisser comme ça.

Elle claque des doigts.

— Toute seule. Tu sais à quel point je me sens seule depuis que c'est fini avec Mark. Et tu sais que tout est de ta faute. Personne ne veut d'une belle-fille adolescente qui se morfond en permanence. Pourquoi tu refuses de te maquiller et te coiffer ? Arrête un peu de t'empiffrer et fais du sport. Tu crois que j'ai eu ce physique comment ? Je travaille pour ça. Et si je n'avais pas eu à t'expulser il y a dix-sept ans, j'aurais bien meilleure allure.

Elle se passe les mains dans les cheveux.

— J'ai franchi le cap maintenant, Sophie. Tu ne comprends pas ? Je ne trouverai jamais d'homme. Je serai seule pour le reste de ma vie, et tu vas me *laisser* pourrir ici pendant que tu vas batifoler avec des *étudiants*.

Elle se met à pleurer, de grands sanglots déchirants.

— Maman, dis-je doucement en retenant mes larmes.

Je suis figée comme toujours, surprise par son emportement et trop terrifiée pour bouger.

— Je suis désolée d'avoir ramené le dépliant à la maison. Ne pleure pas.

Je ne supporte pas qu'elle pleure. La culpabilité est insupportable. Je n'ai jamais voulu qu'elle se sente ainsi.

Elle s'essuie les yeux et étale du mascara sur ses tempes.

— Je veux juste te protéger, ma chérie. Je veux te protéger parce que je t'aime. Tu ne sais pas ce qui arrive aux filles comme toi qui vont à l'université ? Il y a des hommes. Des prédateurs. Ils attendent que tu sois ivre et mettent de la drogue dans ton verre. Ensuite, ils te ramènent chez toi et te violent...

— Maman, arrête !

— C'est vrai ! C'est arrivé à mon amie. Sophie, si tu vas là-bas, tu seras blessée. Je ne veux pas que ça t'arrive.

Elle se précipite vers moi et m'entoure de ses bras, m'étouffant contre son chemisier en satin.

— Je veux que tu sois en sécurité. Tu es en sécurité à la maison avec moi. Si tu savais ce que j'ai fait pour toi, tu n'en douterais pas. Tu ne désobéirais pas. Si tu savais ce à quoi j'ai renoncé...

12

L'orage se calme, et la chaleur étouffante revient, rendant les enfants intenables et les adultes irritables. Cette semaine, deux bagarres ont lieu dans la cour de récréation, ce qui incite Moira à organiser une réunion d'urgence sur les brimades et la violence. Alisha et moi restons à l'écart pendant que la directrice explique comment se comporter de manière appropriée et comment « se servir des mots. »

Si l'atmosphère à l'école est tendue, celle à la maison est bien pire. Malgré un appel téléphonique au supérieur d'Erin – et plusieurs e-mails à tous les deux, expliquant qu'il y a eu une terrible erreur et que je ne crois pas qu'Erin ait fait du mal à maman –, elle refuse toujours de revenir travailler pour nous. À la place, nous écopons de Susanne, une femme d'une quarantaine d'années qui ne fait jamais la causette et se plaint de problèmes de voiture à chaque fois qu'elle franchit le seuil de la porte, faisant entrer une odeur de cigarette dans notre maison.

J'ai même essayé de laisser un message vocal à Erin pour lui expliquer que je crois que maman a envoyé ce message pendant un de ses moments de confusion, mais Erin n'a jamais répondu. Je ne lui en veux pas. Je ne voudrais pas non plus travailler dans un tel environnement. Si l'un de mes élèves m'accusait d'une chose d'aussi terrible, je ne pense pas que je serais capable de venir à l'école et de regarder les gens dans les yeux. Nous nous retrouvons donc avec Susanne, une femme dont le visage austère fait passer l'infirmière Ratched pour Mary Poppins. À la fin de chaque journée, Maman semble relativement calme. Moi aussi. Nous mangeons dans un quasi-silence.

Les agents Hollis et Chowdhury m'appellent pour me dire qu'ils ont examiné la vidéo et qu'ils n'ont rien vu d'utile, mais qu'ils vont quadriller le quartier et contacter Peter. Ils n'ont aucune preuve que c'était lui ; ce n'est pas comme s'ils pouvaient l'arrêter. Mais ils considèrent ça comme du harcèlement et tiennent à me dire qu'ils prennent ce type de comportement au sérieux. En soi, ça me préoccupe. Pourquoi ressentent-ils le besoin de me rassurer ? Je vois bien qu'ils pensent qu'ils ont mieux à faire que de suivre une affaire de vandalisme contre un sac de vêtements destiné à une organisation caritative. Ils essaient juste de m'apaiser.

Je décide de ne pas leur faire part de mes soupçons à l'égard de maman. Si c'est bien elle, il s'agit d'une affaire privée.

Toute la journée à l'école, je regarde les enregistrements des caméras. Susanne n'est pas aussi patiente qu'Erin. Elle jette la nourriture devant maman avant de s'asseoir avec un magazine. Je vois maman agiter les bras, manifestement en train de crier, tandis que Susanne se détourne et quitte la pièce. Quelques instants plus tard, maman semble avoir oublié ce qui la mettait en colère et

Susanne revient. Je devrais m'inspirer de cette femme. Elle ne tolère pas le comportement que maman a avec moi.

Mais la plupart du temps, je pense à tout ce qui s'est passé, depuis le bouton devant la maison jusqu'à la fois où maman a bu de l'eau de Javel, en passant par la voix de l'enregistrement et les vêtements déchiquetés. Est-ce que je pense honnêtement que maman pourrait être responsable de tous ces événements ? Est-ce que je l'imagine réellement en train d'orchestrer tout ça ? Se moquer de moi à propos de l'ombre parce qu'elle sait qu'il y a un souvenir de mon passé auquel je n'ai pas accès ? Trouver un moyen de détériorer la caméra, se connecter à ma messagerie et envoyer cet e-mail désagréable au patron d'Erin ? Sortir en douce de la maison la nuit ? Prétendre avoir perdu ses clés ? Boire de l'eau de Javel ?

Je n'arrive pas à déterminer si je crois ma mère capable de telles choses. Certes, elle peut être manipulatrice et méchante. Certes, elle peut être cruelle lorsqu'elle se sent lésée. Mais qu'est-ce que j'ai fait pour mériter ça ?

Je ferme l'ordinateur portable. Mon soupir est noyé dans le bruit de la salle. Les élèves sont censés lire *Le Hobbit*, mais ils préférèrent bavarder et se passer des petits mots. J'élève la voix et leur intime le silence.

Seule Chloé ne parlait à personne. Mes yeux s'attardent sur elle. Assise dans un coin, elle regarde par la fenêtre. Avec tout ce qui se passe, j'ai oublié de garder un œil sur elle comme prévu. Je ne sais pas si elle parle encore à son amie imaginaire.

Je ne suis pas inscrite sur le tableau de service de la cour de récréation à l'heure du déjeuner. Je mange donc mon sandwich dans ma salle. Lorsque je consulte mon portable, je constate des appels manqués d'un numéro inconnu. En temps normal, je n'y accorderais pas grand intérêt, mais avec tout ce qui se passe, ça me fait froid dans le dos. Il pourrait s'agir à nouveau de Peter, bien que ses appels semblent s'être calmés. J'ai donné ses coordonnées à la police, et il y a des chances qu'ils l'aient dissuadé de continuer. C'est peut-être encore lui, masquant cette fois son numéro pour que je décroche. Je devrais en prendre note. La police dispose peut-être d'un moyen de tracer l'appel.

Mes doigts me démangent d'ouvrir l'ordinateur sur mon bureau. Si je pouvais regarder davantage d'enregistrements, je pourrais peut-être tirer tout ça au clair. Il me manque une pièce importante du puzzle, je le sais. J'aimerais savoir de quoi il s'agit.

Chloé est la première à revenir en classe. À la façon dont elle tend son bras droit, je vois qu'elle fait semblant de tenir la main de quelqu'un. Ses lèvres bougent, mais elle parle si doucement que je n'arrive pas à comprendre ce qu'elle dit. Je suis sur le point de l'appeler pour lui parler quand le reste de la classe entre, et je me lance dans un cours sur l'Égypte ancienne.

C'est un sujet que j'aime enseigner. J'adore raconter aux enfants le processus de momification et voir les expressions de joie et de dégoût sur leurs visages lorsqu'ils découvrent comment le cerveau du défunt est extrait de son crâne. Mais aujourd'hui, tout semble tomber à plat. Les élèves sont perturbateurs et moqueurs, je n'arrive pas à détourner mon attention de Chloé, et mon cours tombe à plat alors que j'arrive habituellement à captiver les élèves avec. L'après-midi se passe mal jusqu'à ce que je répartisse les enfants en groupes et les laisse s'essayer à dessiner leurs propres hiéroglyphes.

Sauf Chloé. Je simule une tâche spéciale pour elle et la fais venir devant le bureau, en attendant que le reste de la classe soit trop occupé pour remarquer que je lui parle individuellement. Je déteste l'isoler comme ça, mais je ressens le besoin de prendre de ses nouvelles. Et pour être honnête, j'ai besoin de me distraire des enregistrements. Ça devient une obsession.

— Alors, tu aimes les Égyptiens ? lui demandé-je pour briser la glace.

— Ils adoraient les chats, répond-elle. C'est cool.

— Ah oui ? Tu as un chat à la maison ?

Elle acquiesce.

— Il s'appelle Boule de poils. Je l'ai baptisé comme ça quand c'était un chaton.

— Bien trouvé pour un chat. Je suppose qu'il est à la hauteur de son nom ?

Elle sourit.

— Oui. Maman devient folle. Elle doit passer l'aspirateur tous les jours. Mais il est tellement doux à câliner.

— Qu'est-ce que Jessie pense de Boule de poils ? Est-ce qu'elle l'aime aussi ?

J'essaie d'évoquer son amie imaginaire avec le plus de désinvolture possible, comme s'il était tout à fait normal de faire comme si Jessie était réelle.

— Jessie aime aussi Boule de poils.

Elle parle la tête baissée, se concentrant sur le dessin des hiéroglyphes que je lui propose.

— Mais parfois, elle est un peu jalouse, reprend-elle.

— Pourquoi ça ?

— Jessie aime passer du temps avec moi toute seule. Parfois, elle trouve que je passe trop de temps avec Boule de poils.

— Jessie est contrariée si tu passes du temps avec tes amis ?

— Je suppose.

Elle semble moins sûre d'elle aujourd'hui.

Ça me fait mal au cœur d'entendre cette note d'incertitude dans sa voix. Elle est au moins consciente qu'elle n'a pas d'amis à part Jessie. Je pourrai peut-être transmettre cette information aux parents de Chloé ou à son psy.

— Jessie te permet-elle d'avoir des amis, Chloé ? demandé-je.

Elle hausse les épaules.

— Oui.

— De quoi vous parlez, avec Jessie ?

Elle lève la tête et sourit. Je vois qu'elle se sent plus à l'aise quand elle parle de son amie imaginaire.

— De tout. Ce qu'on a mangé à midi. Oh, et on joue aussi à des jeux. Par exemple, je cache des choses et Jessie doit les retrouver. Ou bien on joue à cache-cache et Jessie doit *me* trouver.

À la façon dont Chloé parle d'elle, Jessie a l'air si réelle. Bien que j'essaie de garder un visage impassible devant elle, un léger frémissement me parcourt l'échine. Un frisson se répand sur ma peau. J'essaie de m'en défaire. Je ne veux pas qu'elle pense que je la trouve bizarre ou effrayante. Ça ne l'aidera pas.

L'étrangeté de Chloé n'est pas la seule chose qui me dérange. Lorsqu'elle a parlé de jouer à cache-cache, j'ai entendu un ricanement lointain dans mon esprit. C'était si réel que j'ai failli me retourner pour vérifier que l'un des élèves ne s'était pas glissé derrière moi. En même temps, j'étais consciente qu'il s'agissait d'un souvenir. Un souvenir lointain.

Je secoue la tête et j'essaie de me concentrer sur Chloé. Lorsque je ferme les yeux un court instant, un puissant parfum de fraises embrase mes sens. Ce n'est pas l'odeur des fraises fraîches. C'est plutôt le parfum chimique et trop sucré d'une sucette.

— Que peux-tu me dire d'autre sur Jessie ? demandé-je.

— Elle aime le violet, Minecraft et les One Direction, mais elle déteste Little Mix et Elsa de *La Reine des neiges*. Parfois, elle aime couper les cheveux de ma Barbie ou me faire les ongles en rouge. Mais maman déteste ça.

J'acquiesce et je souris, essayant de me concentrer. Tout ce à quoi je pense, c'est à ce moment fugace où les choses ont soudain pris un sens. Je me force à y repenser. À m'en souvenir.

Il y a un jardin et du soleil. Ce n'est pas notre jardin à Eddington. Non, il est moins entretenu, plus poussiéreux. L'herbe est inégale et jaunie. Il y a un vieux seau rouillé dans le coin et...

— On prépare le thé ensemble, dit Chloé. On le boit dans le jardin avec les ours en peluche. Maman dit que je suis trop vieille pour ça...

Un, deux, trois. À toi.

Un, deux, trois. À toi.

Je me lève d'un bond. J'ai les mains dans les cheveux. La salle devient silencieuse. Tous les enfants se retournent pour me fixer. Chloé s'éclipse au fond de la pièce.

Un, deux, trois. À toi.

J'entends la voix enfantine dans mon esprit. De qui s'agit-il ? Est-ce moi ?

Le souvenir me frappe. Ça ne dure que quelques instants, mais je suis submergée par la puissance émotionnelle qui s'en dégage. La douleur est comme un coup de poignard dans le ventre.

C'est un souvenir court. Je suis dehors dans le jardin et je joue avec mon amie imaginaire, que j'ai appelée Ombre.

Nous avions une petite ritournelle : *Un, deux, trois. À toi.* Ensuite, l'une d'entre nous devait relever un défi. Je venais de prononcer ces mots quand maman est entrée dans le jardin, bouleversée et échevelée. Elle m'a demandé à qui je parlais et je lui ai dit que c'était mon ombre. Je me souviens qu'elle s'est mise en colère contre moi et m'a dit que je ne devais plus jamais, jamais, jouer avec mon ombre.

L'ombre.

Je dois rentrer à la maison. Heureusement, la cloche sonne.

13

Susanne ne reste jamais discuter. Elle attend généralement près de la porte, avec son manteau et une cigarette aux lèvres, prête à me saluer d'un signe de tête et à partir. La plupart du temps, ma tasse de thé et ma conversation avec Erin après le travail me manquent. Mais aujourd'hui, je suis soulagée que Susanne n'attende qu'une chose : quitter la maison. Ça me laisse seule avec maman. J'ai des questions à lui poser.

Elle est assise sur le canapé devant la télévision, regardant un de ces feuilletons australiens de début de soirée. Je meurs d'envie de lui raconter ce souvenir. J'ai envie de la saisir par les épaules, de la secouer et de la forcer à me dire ce qu'il signifie. Au lieu de ça, je repense à ma conversation avec Chloé. Maman est un peu comme une enfant : elle va se méfier si j'ai l'air trop enthousiaste. Je sais déjà qu'elle m'a délibérément caché des choses. Je dois y aller en douceur.

J'enfile mes pantoufles en exagérant le trait.

— Ça a été une longue journée. Comment ça va, maman ? Tu t'entends bien avec Susanne ?

— Je préférais l'autre, dit maman sans même lever les yeux de la télévision. Au moins celle-là prenait la peine de s'assurer que ma soupe était chaude.

— Je peux lui en parler si tu veux.

Je n'ai pas l'intention de le faire à moins d'y être obligée. Susanne est presque aussi intimidante que maman, et je n'ai jamais pu lui tenir tête.

— Une bonne tasse de thé, ça te dit ?

— Pourquoi pas.

— Je te prépare ça.

Je me dirige vers la cuisine, chassant mon impatience croissante. Mes pensées tournent en boucle. J'essaie d'accélérer le temps.

— Ne me prépare pas un thé insipide, comme d'habitude, crie-t-elle à travers le mur. Laisse-le infuser, comme je t'ai expliqué.

Sa voix s'estompe pour laisser place à un marmonnement. Elle me reproche probablement de ne jamais l'écouter.

Sa voix est étouffée alors que je fais les cent pas dans la cuisine, attendant que l'eau se mette à bouillir. Une critique de plus à ajouter à la pile. Je ne peux même pas préparer une tasse de thé sans qu'elle me dise comment faire. Ça a toujours été notre mode de fonctionnement. Elle me critique et je l'accepte. Si elle me dit que mes cheveux sont trop longs, je vais chez le coiffeur. Puis elle prétend qu'ils sont trop courts et qu'ils ne vont pas avec mon visage. Elle affirme que mes vêtements sont vieux et minables et que je ne trouverai jamais d'homme. J'achète une nouvelle robe, et elle dit que je suis habillée comme une prostituée bon marché. Et puis il y a ma mâchoire, contre laquelle elle s'acharne en permanence.

Mais bien sûr, je dois laisser le thé infuser. Je verse de

l'eau sur le sachet et reprends mes déambulations dans la cuisine. D'autres que moi ne la supporteraient pas. Ils s'en iraient et la laisseraient à son amertume. Petite, je croyais qu'elle voulait vraiment le meilleur pour moi, parce qu'elle me le répétait sans cesse. Elle m'expliquait que le monde voulait ma peau et qu'elle pouvait l'empêcher si je restais avec elle. Et me voilà maintenant en train de laisser infuser son thé comme la bonne fille que je suis. Je respire profondément et plonge la cuillère dans l'eau.

Tiens bon, Sophie. Je ne risque pas d'obtenir de réponses si je perds mon sang-froid. En plus de trente ans, je n'ai jamais pu lui tenir tête. Un de ces jours, je crains de craquer. De libérer un monstre. Un monstre tordu et amer qui en a assez de tout. Mais pas aujourd'hui.

Une goutte de lait. Un peu, mais pas trop. J'en ajoute davantage au mien. Je réussis à m'empêcher de claquer la porte du réfrigérateur. Au dernier moment.

Il est temps d'afficher un sourire. Je retourne dans le salon.

— Qu'est-ce que tu regardes ? demandé-je en posant le thé sur la table basse.

— *Les Voisins*. C'est une rediffusion.

— Tu n'as qu'à éteindre, suggéré-je.

Elle plisse les yeux.

— Est-ce une façon de parler à ta mère ?

Elle lève sa tasse de thé. Je ne peux m'empêcher de remarquer que ce geste lui demande plus d'efforts qu'il y a quelques mois. Elle souffle sur le liquide chaud.

— Je t'ai donné naissance, après tout. Et je n'ai jamais retrouvé ma taille de guêpe après ça.

Elle boit une gorgée et secoue la tête.

— Tu ne l'as pas laissé infuser. Il fallait que j'écope de

la seule fille au monde qui ne sait pas préparer une tasse de thé.

Je serre le poing si fort, près de mes jambes sur le canapé, que mes ongles s'enfoncent dans ma peau. Les jointures de la main qui tient ma tasse deviennent blanches. J'inspire profondément.

— J'ai repensé à Londres l'autre jour, me risqué-je à dire en testant la température de l'eau.

— Quelle idée ? C'est un vilain endroit. Rempli de mauvais souvenirs. Comme ton père qui baise la fille de la boulangerie dans mon dos.

Je sursaute. C'est mauvais signe que maman parle de papa. Elle peut facilement déraper, s'égarer sur le sujet de son suicide – causé par moi, bien sûr ; j'étais une fille si terrible que je l'ai poussé à commettre l'irréparable –, de l'infidélité et du crime. Mais Geoff Howland était un voyou bien avant que je vienne au monde. À ma naissance, mon père avait déjà été arrêté à trois reprises pour des délits mineurs. Il n'a jamais été emprisonné, mais il l'a échappé belle. En dehors de ses erreurs, je ne sais pas grand-chose de lui. Quelqu'un pourrait me montrer une photo de cet homme et je ne le reconnaîtrais pas.

— N'épouse jamais un homme prêt à voler pour toi. Les hommes qui volent et mentent trompent aussi. Ensuite, ils te laissent une fille ingrate qui ne sait pas faire le thé.

— En fait, c'était un bon souvenir que j'avais de Londres, continué-je, espérant que la conversation est encore possible. J'étais dans notre jardin, je jouais toute seule…

— Tu n'avais pas d'amis, de toute façon.

— En fait, je crois que j'en avais une.

Je sirote nonchalamment mon thé.

— Tu t'en souviens ? On jouait ensemble au jardin.

Le dos de maman se raidit. Elle repose sa tasse sur la table basse et se tourne à nouveau vers la télévision. Je vois que l'ambiance a changé à la façon dont elle serre les mains et à la tension de ses membres.

— Mais je ne pense pas que c'était une véritable amie. C'était une amie imaginaire, dis-je. Tu ne te souviens pas que je l'appelais mon ombre ? Je crois qu'on avait cette petite comptine qu'on récitait avant de nous lancer des défis stupides : *Un, deux, trois. À toi.* Tu t'en souviens ?

On pourrait penser qu'elle ne m'écoute pas, mais je ne suis pas dupe. Je vois le sang quitter son visage et le tic nerveux discret qui s'empare de sa mâchoire.

— Je pense que je vais éteindre cette rediffusion. Et je vais verser ça dans l'évier parce que c'est dégoûtant. Ensuite, je vais aller chercher mes clés. Je les ai laissées quelque part, mais je ne sais pas où. Peut-être sur la table de la cuisine...

— Tu es allée sur Facebook aujourd'hui ? demandé-je.

Maman est – ou était – une grande utilisatrice de Facebook. Elle aimait partager des vidéos de chats et des mèmes évoquant tous le fait de « retrouver la grandeur de la Grande-Bretagne. » Avant que la maladie d'Alzheimer ne frappe, elle jouait presque tous les jours à Words with Friends.

— C'est formidable que tu sois si douée en informatique.

Je sirote mon thé avec nonchalance.

Elle émet un son guttural avant de répondre.

— Ça, c'était quand je pouvais utiliser ce foutu truc. Maintenant, j'oublie tous mes mots de passe.

Elle rit, mais ça me semble forcé. Je cherche le mensonge partout à présent. Je ne lui fais pas confiance.

— Oh, je pense que tu es encore assez douée dans ce domaine. Hé, on ne parlait pas de mon amie imaginaire ?

J'essaie de garder un ton léger malgré la tentation grandissante de crier.

— Tu ne te souviens pas de l'ombre ?

— Où est ma soupe, Erin ? Ce n'est pas l'heure du déjeuner ?

— Maman, c'est Sophie. Erin était ton infirmière. Tu te souviens ? On parlait de mon amie imaginaire.

— Je n'ai jamais supporté ce genre d'absurdités, réplique-t-elle. Les amis imaginaires sont pour les enfants bizarres, ceux qui ont de grosses lunettes et qui se font dessus au moindre bruit. Je n'aurais jamais laissé ma fille devenir comme ça.

— Mais j'avais une amie imaginaire, insisté-je. Je m'en souviens. L'ombre. Je me rappelle qu'on jouait ensemble dans le jardin. Je pense que c'est pour ça que ça m'a dit quelque chose quand tu as mentionné une ombre dans la maison.

— Je ne sais pas de quoi tu parles. Je n'ai jamais dit ça, et je n'oublie jamais ce que je dis.

— Tu me l'as dit, maman. À plusieurs reprises. Tu as dit que l'ombre était venue dans le jardin une nuit, puis dans ta chambre. Tu ne te souviens pas m'avoir demandé de t'aider à vérifier s'il y avait des intrus dans la maison ?

— Tu veux bien te taire, Becca ?

Maman se lève, les bras serrés le long du corps. Elle se lève si brusquement que la tasse de thé tombe de la table basse et que le liquide se déverse sur le tapis.

Pourtant, aucune de nous ne se précipite pour nettoyer. Nous nous regardons, les yeux écarquillés.

— Qui est Becca ? finis-je par le dire.

Le charme est rompu.

— Tu dois nettoyer ça. Ça va tacher le tapis.

— Pas tant que tu n'auras pas répondu à ma question.

Je tremble tellement que des ondulations apparaissent dans le thé que je pose sur mon genou.

— Qui est Becca ?

— Une vieille amie d'enfance. À l'époque où j'avais encore des amis. Très bien, si tu ne le fais pas, je m'en charge.

Elle se penche, exagérant clairement son mal de dos.

Je pose ma tasse sur la table basse.

— C'est bon. Je vais le faire.

* * *

Une fois maman couchée, je retourne au salon avec un grand verre de Pinot Grigio. Avant de m'installer sur le canapé, je jette un coup d'œil à mon reflet dans le miroir suspendu au-dessus de la cheminée. La femme que j'y vois est une épave. Le stress, l'âge et l'épuisement marquent sa peau, comme des griffes lacérant la chair. Mais ce n'est pas tout ce que je vois. Il y a une nouvelle étincelle de détermination dans ses yeux. Elle n'a plus l'expression impassible qu'elle arborait pour essayer de se faire aimer. À la place, elle fronce les sourcils. Cette femme va rassembler toutes les pièces du puzzle et comprendre ce qui se passe. Et elle va commencer dès ce soir.

Je pose mon verre de vin sur la table basse et sors deux gros albums photos des étagères au-dessus de la télévision. Malgré leur volume et leur poids, ils semblent représenter bien peu à l'échelle d'une vie. La couche de poussière qui les recouvre se répand sur ma chemise. En m'asseyant sur le canapé, je passe ma main sur la couverture de l'album, puis fais tomber la poussière sur le tapis. Maman serait furieuse, mais elle n'est pas là pour le voir. Elle n'approuverait pas non plus le grand verre de vin. Je prends une longue gorgée et lève le verre comme pour porter un toast. Puis j'ouvre l'album.

Il est rempli de photos d'avant ma naissance. Je suis déçue. C'est le plus épais des deux, et j'espérais y voir davantage de photos de moi enfant. Mais je repense à la mystérieuse Becca et je commence à fouiller dans les vieilles photos de ma mère pour voir si je peux trouver des photos de ses anciens amis.

L'album commence par des photos en noir et blanc de maman enfant, avec ses cheveux bouclés et ses joues potelées. J'avais espéré la voir bébé, pour vérifier si elle me ressemblait, bien que je ne me souvienne pas de ce à quoi je ressemblais quand j'étais bébé. Mais je me reconnais dans la façon dont elle sourit, comme si elle n'était pas sûre d'elle. C'est étrange de voir maman avec cette expression, parce qu'elle a toujours semblé si sûre d'elle, au point d'être arrogante. Se pourrait-il que ma mère ait été à l'origine aussi peu sûre d'elle que le reste d'entre nous ? Je n'arrive pas à y croire.

Pendant un petit moment, je me laisse distraire par les photos de mes grands-parents. J'étais trop jeune pour me souvenir d'eux quand ils sont morts. Ces photos offrent un aperçu fascinant d'une partie de la vie de maman que je ne connais pas. Nous n'avons jamais été du style à nous asseoir autour d'un album photo pour nous remémorer le passé. Nous n'étions pas une famille classique. Mes grands-parents étaient des gens intelligents, bien habillés et bien coiffés. Ils étaient beaux. Normaux. Je sais qu'il y a eu une grosse rupture entre maman et ses parents lorsqu'elle a épousé mon père. Ils n'ont jamais approuvé et, franchement, je ne leur en veux pas.

Je feuillette les pages, prêtant attention à toutes les photos où maman semble être avec d'autres enfants, mais il n'y en a pas beaucoup. Quelqu'un a écrit des dates et des noms à côté des photos. Ça ne peut pas être l'écriture de grand-mère ; l'album n'a pas l'air assez ancien. Même si j'ai dû mal à l'imaginer s'adonner à cette activité, maman a dû, à un moment donné, coller ces photos dans l'album, en écrivant diligemment une légende à côté de chacune d'entre elles.

Il n'y a pas de Becca. Pas même une Rebecca ou une Becky. Je passe à l'album suivant.

Il commence par la photo de mariage de mes parents. La première chose dont je me rends compte, c'est qu'ils étaient tous les deux très jeunes. Maman n'avait que vingt ans quand je suis née, mais j'étais déjà dans son ventre lorsque cette photo a été prise. Ça ne se voit pas encore. Je suis de la taille d'un haricot, blottie à l'intérieur. Attendant de naître.

Je repousse l'album un instant, étouffée par une envie soudaine de fondre en larmes. Après une nouvelle gorgée de vin et une profonde inspiration, je repose l'album. Il faut que je tienne bon si je veux arriver à quelque chose.

Après la photo du mariage, il y a deux photos de mes parents, avec maman qui porte des vêtements de maternité du début des années 80. Les photographies sont souvent floues. Ils rient et plaisantent tous les deux. Papa semble toujours avoir un verre ou une cigarette à la main. Ils sont parfois avec d'autres personnes, mais il n'y a pas de légende dans cet album, et je ne peux donc pas trouver de Becca.

Puis les souvenirs s'arrêtent.

Je saute plusieurs pages vierges, le cœur battant la chamade. Il y avait des photos à cet endroit, mais elles ont toutes été retirées. On voit encore les lignes de colle avec des morceaux déchirés. Je saute au moins vingt pages avant de trouver une photo de moi.

Je marque une pause. Les doigts tremblants, je tends la main et touche la photo. Je suis seule, j'ai peut-être six ou sept ans et je porte mon uniforme d'écolière. Mes cheveux sont coiffés en une longue tresse et j'ai une frange étrange que je me souviens que maman m'avait coupée : *Ne bouge pas ou je te donne une fessée.* Je souris de la même façon que j'ai vu maman sourire lorsqu'elle était enfant, incertaine, hésitante et anxieuse.

Je tourne la page. Il y a une autre photo de moi. Cette fois, j'ai dix ou onze ans et je tiens un trophée. Maman est à côté de moi. Je me souviens de la raison d'être du trophée. J'avais gagné un prix pour un projet scientifique sur les volcans lors de la fête de l'école. Je me souviens que l'une des enseignantes a suggéré de prendre une photo et que maman l'a laissée faire à contrecœur.

La page suivante est une photo de moi, de maman et de l'un de ses petits amis. Bob ? Bill ? Frank ? Ils avaient tous des noms comme ça. Ils étaient généralement mariés, et je ne m'attends donc pas à voir beaucoup d'autres photos d'eux. Le reste de l'album est un mélange de photos maladroites de moi lors d'une rare journée à Blackpool, ou participant à une sorte d'événement scolaire, ou de maman buvant du vin et fumant avec ses copines avec qui elle se disputait chaque semaine. Il y a de temps à autre des photos de son petit ami de l'époque, presque toujours chauve et cramé par des vacances en Espagne ou les cabines UV. Il n'y a pas de photos de moi après l'âge de quinze ans.

Dans mon enfance, nous fêtions à peine les anniversaires et nous n'organisions jamais de grand repas pour

Noël. Je suppose que je n'ai jamais vraiment réalisé – jusqu'à maintenant – à quel point c'était étrange. Mais ce qui me choque le plus, ce sont les photos manquantes, datant à peu près de l'époque de ma naissance. Il n'y a aucune photo de moi bébé. Rien avant mes six ans. Où sont passés ces clichés ?

14

Je cherche, mais je ne sais pas quoi. En fait, si, je le sais : des preuves. J'ai besoin de le voir de mes propres yeux. J'ai besoin de voir ma mère simuler l'étendue de sa maladie et faire ces choses pour me faire du mal. J'ai besoin d'une preuve. À l'école, j'ai hâte d'ouvrir mon ordinateur et de brancher mes écouteurs pour écouter l'enregistrement de la soirée. J'ouvre grand les oreilles pendant que je regarde maman à travers l'écran. J'écoute cette voix en boucle, l'imaginant se pencher vers le micro et émettre ce râle pour me tromper.

Tu me reconnaîtras.

C'est peut-être ce que ça signifie, sa révélation finale. Je découvre la véritable bassesse de sa nature. Je découvre qui elle est vraiment. Quel est son secret ? Trahison ? Meurtre ? Toutes sortes d'idées folles me traversent l'esprit lorsque je pense aux photos manquantes, aux vêtements déchiquetés, à la voix dans la nuit.

Le soir, j'emporte mon ordinateur au lit et je garde une bouteille de vin sur ma table de chevet. Je regarde les flux des caméras, je sirote mon vin et j'aimerais presque que ma mère agisse de façon suspecte. Un soir, elle se lève vraiment du lit. Je suis tellement excitée que je renverse du Chardonnay sur les draps. Il s'avère qu'elle va seulement aux toilettes. Mais, confuse de s'être réveillée dans son sommeil, elle s'endort sur le palier. Je dois la réveiller et la ramener au lit. Au début, elle ne sait pas qui je suis.

Du moins, c'est l'impression qu'elle donne.

Dans ma salle, je prends ma tête entre mes mains et frotte mes yeux fatigués. Comment est-ce que je peux sérieusement envisager ça ? Elle a subi des examens et des scanners. Il ne fait aucun doute que maman est atteinte de la maladie d'Alzheimer. Mais il est possible qu'elle fasse paraître la situation plus grave qu'elle ne l'est, en prétendant que la maladie progresse rapidement alors qu'elle est encore relativement lucide. Tout ça pour me rendre folle avant que la démence n'ait raison d'elle.

La cloche sonne et les élèves sortent pour le déjeuner. C'est seulement à ce moment-là que je me rends compte que je ne leur ai pas donné de travail depuis vingt minutes. J'étais assise à l'avant de la classe, les yeux rivés sur mon écran, tandis que les enfants parlaient entre eux. Je regarde Chloé suivre le reste des élèves hors de la classe et je n'ai même plus l'énergie de m'inquiéter pour elle.

Lorsque la porte s'ouvre et que Moira entre, je ferme rapidement mon ordinateur portable et je souris, en espérant que ça ne paraisse pas trop faux.

— Les cours se sont bien passés ? demande-t-elle. Il y avait beaucoup de bruit par ici.

— Oh, oui, c'était un cours formidable, dis-je. Tout le monde s'est beaucoup amusé. Nous jouions des scènes de *Roméo et Juliette*.

J'espère que mon visage rouge vif n'est pas une indication évidente de mon incapacité à mentir.

— Bien, bien.

Les talons de Moira claquent sur le sol de la salle alors qu'elle se dirige vers la première rangée de bureaux. D'habitude, je range la classe pendant que les enfants déjeunent, mais je n'ai pas pris la peine de le faire aujourd'hui. Les chaises et les bureaux sont de travers. Je la regarde passer un doigt sur le dossier d'une chaise, le cœur battant et la gorge sèche.

Elle écarte l'une des chaises de la première rangée et la ramène vers mon bureau. Elle s'assoit dessus et se penche sur mon bureau, m'adressant un sourire de pitié suivi d'un hochement de tête compatissant.

— Comment va votre mère ?

J'ai l'impression qu'elle a une idée en tête. En fait, je le sais. Je tire sur les manches de mon haut, cherchant nerveusement à m'occuper les mains.

— La maladie progresse plus rapidement que je ne l'espérais. Et nous avons eu quelques problèmes avec les infirmières. Nous avons récemment dû en changer, et ça a été une transition difficile pour elle.

J'oublie de préciser qu'il est possible que je sois harcelée par ma propre mère.

— Et vous ? Vous allez bien ? Vous vous en sortez ?

L'inclinaison de la tête devient plus prononcée et son sourire semble se figer.

L'irritation me gagne et me fait grincer des dents.

— Je vais bien.

Elle redresse le cou.

— Vous êtes sûre, Sophie ? Je veux que vous soyez complètement honnête avec moi, parce que c'est important.

— Honnêtement, je vais bien. Je suis fatiguée, bien sûr, et je suis stressée. Mais je suis toujours à l'heure. Je sais que j'ai manqué quelques jours, mais le trimestre est presque terminé et je vais pouvoir rattraper mon sommeil et me préparer pour le prochain trimestre.

— Bien. C'est une bonne chose. Parce que, en toute honnêteté, nous avons reçu quelques plaintes de la part des autres enseignants. Et de quelques parents.

Ma mâchoire se décroche.

— Quoi ?

— Votre classe a été un peu perturbée ces derniers temps. Vous faites beaucoup de bruit. Et vous avez oublié de surveiller la cour à plusieurs reprises. De plus, certains élèves n'ont pas rendu leurs devoirs depuis plusieurs semaines et leurs travaux n'ont pas été notés.

— Je... Je sais que je suis un peu en retard, mais...

Je ne termine pas ma phrase. Elle a raison. Je me suis laissée déborder. Ce n'est pas la faute des élèves si ma vie personnelle est en train de s'effondrer ou si je suis une épave.

— Je n'avais pas réalisé que c'était allé aussi loin

— Sophie, vous avez l'air épuisée. Ce n'est pas de gaieté de cœur que je le souligne, mais vous avez l'air mal en point. Nous nous inquiétons tous pour vous parce que nous tenons à vous. Vous comprenez ? Si vous souhaitez prendre le reste du trimestre pour cause de stress, nous pouvons trouver un enseignant remplaçant pour quelques semaines. Vous pourrez ainsi vous reposer pendant les vacances d'été et revenir en pleine forme l'année prochaine. Qu'en pensez-vous ?

— Je... Je ne...

— Pourquoi ne pas y réfléchir aujourd'hui et me retrouver demain midi pour en discuter ? J'ai déjà une remplaçante en attente au cas où vous voudriez opter pour cette solution.

La chaise racle le linoléum lorsqu'elle se lève.

— Nous voulons ce qu'il y a de mieux pour vous. J'espère que vous savez à quel point vous êtes appréciée.

Mais alors qu'elle quitte ma salle, je n'arrive pas à me défaire de l'idée que ses mots sonnent creux.

* * *

Pour couronner le tout, un numéro inconnu m'appelle à plusieurs reprises jusqu'à ce que j'éteigne mon téléphone. Il se trouve que je n'ai jamais regardé la caméra lorsque le téléphone sonnait. Ça s'est toujours produit lorsque je conduisais ou que j'avais le téléphone dans mon sac. Je ne peux pas affirmer avec certitude que ce n'est pas maman qui appelle, du moins parfois. Il pourrait également s'agir de Peter, ou de n'importe qui d'autre d'ailleurs.

À la fin de la journée, je m'attarde en classe. Je prends mon temps pour ranger la salle. Je corrige quelques questions de mathématiques du contrôle que j'ai donné aux élèves cet après-midi. Je jette un coup d'œil à mon maigre plan de cours pour demain, que j'aurais dû étoffer. C'est alors qu'Alisha entre.

— Hé, Soph.

Elle se tord les mains et se tient maladroitement à quelques mètres de moi. Ça ne ressemble pas à Alisha. Elle est plutôt du genre tactile. C'est une personne qui ignore tout du concept d'espace personnel. C'est l'une des choses que j'aime chez elle, le fait qu'elle soit toujours tactile, avec ses petites attentions et ses baisers sur la joue. Après une vie de froideur, sa chaleur est bienvenue.

Mais pas aujourd'hui. Toute cette chaleur a disparu, laissant un grand vide à la place de notre amitié.

— Tu savais que la direction allait avoir une petite

« conversation » avec moi ? demandé-je, ma voix dégoulinant de venin. Tu fais partie des enseignants qui se sont plaints du bruit provenant de ma salle de classe ?

— Non. Non, je ne me suis pas plainte, mais j'ai dit que je m'inquiétais pour toi...

— Quoi ?

— Écoute-moi, d'accord ? Tu ne me parles plus ces derniers temps. En fait, tu ne parles pratiquement à personne. Tu es toujours enfermée dans ta salle, à regarder ce fichu ordinateur. Je pensais qu'on était amies, mais tu me repousses constamment. Je veux t'aider.

Elle fait un pas en avant et tend les mains. Son expression de supplique me pousse à détourner le regard.

— Alors, trouve un autre moyen de me soutenir, parce qu'à chaque fois qu'on parle, tout ce que tu fais, c'est essayer de me faire jeter ma mère dans une maison de retraite.

En prononçant ces mots, je réalise qu'il s'agit d'une réaction de défense instinctive et rien de plus. J'ai tellement changé ces derniers mois que je n'ai plus envie d'aider maman. Non. Ce n'est pas pour ça que je veux la garder à la maison. C'est parce que je veux *des réponses* de sa part. Je veux la vérité. Mais Alisha ne sait rien de tout ça, et je ne peux pas le lui dire. Si je le lui expliquais, elle risquerait de trouver que je suis encore plus folle qu'elle ne le pense.

— Sophie, je suis désolée... Oh, Sophie. Ne pleure pas.

Je finis par craquer et je n'arrive pas à m'arrêter. Je me réfugie dans les bras d'Alisha et sanglote sur son épaule, laissant libre cours à mes larmes. Mais si je m'abandonne totalement, je crains de ne jamais m'arrêter de pleurer.

— On est brisées, murmuré-je alors que les sanglots

commencent enfin à se calmer. On est toutes les deux brisées, et je ne sais pas comment réparer ça.

— Je ferais tout pour te faire comprendre que tu ne peux pas garder cette femme dans ta vie. Tout, dit Alisha.

* * *

Je refuse la tasse de thé qu'elle m'offre, même si j'étais tentée d'accepter, et me dirige vers ma voiture, J'aimerais plus que tout m'asseoir avec mon amie et discuter. Parler jusqu'à en avoir mal à la mâchoire. J'aimerais me débarrasser de tout ce qui m'oppresse. Mais je ne peux pas. Ce poids, je dois le porter seule, et je ne pourrai m'en débarrasser que lorsque j'aurai découvert ce dernier morceau de mon passé. Seule maman peut m'y aider, mais je dois le lui faire comprendre gentiment avant qu'elle n'emporte l'information pour toujours. Parfois, je me demande qui chasse qui. Il y a des moments où je me sens comme un animal pris au piège et d'autres où j'ai l'impression d'être un chasseur traquant un animal sauvage dangereux, progressant lentement dans la forêt.

— Vous êtes en retard, me lance Susanne, la cigarette à la bouche.

Elle l'allume en s'empressant de sortir.

Je suis presque désolée de la voir partir ; tant qu'elle est là, je n'ai pas à être seule avec maman.

— Je ne supporte pas cette femme.

Maman apparaît dans l'embrasure de la porte entre le hall d'entrée et le salon alors que j'enlève mes chaussures.

— Elle sent le cendrier.

— Tu fumais, avant, lui rappelé-je. Je pensais que l'odeur ne te dérangerait pas.

— Eh bien, si. Qu'est-il arrivé à l'autre, celle avec les

piercings ? Je ne l'aimais pas beaucoup non plus, mais au moins elle ne sentait pas aussi mauvais.

— On l'a contrariée, expliqué-je, sans entrer dans les détails.

— Les jeunes filles s'effraient trop facilement de nos jours. Nous sommes faites d'une étoffe plus solide.

Son regard parcourt mon corps de haut en bas.

— Moi, en tout cas. Tu as une mine affreuse, de ton côté.

Je la dépasse et me dirige vers la cuisine pour me servir un verre d'eau.

— C'est parce que je dois m'occuper de toi tout en gardant mon travail.

— Oh, je suis un fardeau, n'est-ce pas ? Pourquoi ne pas me jeter dans une maison de retraite, alors ? Condamne-moi à mort. Je sais que tu meurs d'envie de le faire.

Ses yeux brillent. Elle a trouvé un sujet de dispute, ce qu'elle aime par-dessus tout.

— Laisse-moi mourir et finis-en.

Je m'appuie sur la table de la cuisine, plantant mes ongles dans le bois. La chaleur qui se répand sur ma peau me donne envie de tout laisser sortir, de lui hurler dessus, de lui dire ce qu'elle m'a fait pendant des années, de l'accuser de me rendre folle en jouant de sa maladie aussi cruellement qu'elle le peut. J'aimerais tellement pouvoir vider mon sac. Mes ongles s'enfoncent plus fort jusqu'à ce que le bout de mes doigts soit douloureux.

Nous nous tenons là, face à face. Deux femmes séparées par un canyon de dommages irréparables. Elle est là, les épaules relevées, arrogante, me défiant presque de me défendre, comme elle l'a fait toute ma vie. La seule différence, c'est que son sourire sardonique – celui qui s'étale sur son visage lorsqu'elle réalise que je suis trop trouillarde pour lui tenir tête – n'apparaît pas. Il n'y a que de la méfiance dans son regard. Je n'ai pas l'air aussi abattue et pathétique que d'habitude, et ça l'effraie.

Lorsque le téléphone sonne, nous sursautons toutes les deux. Mais ça fait naître en moi une colère bouillante. Je pense aux appels manqués et aux textos incessants de Peter. J'en ai assez d'être dérangée.

J'attrape le téléphone et j'aboie dans le combiné :

— Laissez-moi tranquille !

Seulement, au lieu de la respiration lourde à laquelle je m'attendais, c'est une voix féminine douce qui répond :

— Sophie Howland ? Je suis désolée de vous déranger. Je m'appelle Eileen Woods. Je suis la mère de Peter. Je pense qu'il faut qu'on parle.

15

Eileen est le genre de femme que l'on s'attend à trouver dans une bibliothèque en train de tamponner des livres. Elle a l'apparence d'une souris docile, avec des lunettes à verres épais et des cheveux courts et grisonnants qui s'enroulent en boucles lâches autour de son visage. Elle me salue en entrant dans le café. Lorsque je fronce les sourcils, elle m'explique que Peter lui a montré la photo de mon profil sur le site de rencontres.

— Je sais que mon fils est un homme compliqué.

Elle s'agite sur sa chaise, comme si ces mots la mettaient mal à l'aise.

— Je suis désolée s'il vous a dérangée. Il a tendance à s'accrocher aux gens. Mais vous devez savoir qu'il est inoffensif.

Je continue à remuer mon thé pour calmer ma nervosité.

— Vous en êtes sûre ? Quelqu'un s'est introduit dans ma maison. J'ai laissé un sac de vêtements devant chez moi pour une œuvre de charité, et quelqu'un les a mis en lambeaux.

Eileen se penche en arrière, les yeux écarquillés par le choc.

— Cela ne ressemble pas du tout à Peter. Il n'a jamais rien fait de tel.

— Que vous sachiez, fais-je remarquer.

— Oui, c'est vrai.

Elle casse un biscuit en deux et le regarde fixement.

— Il a toujours été un peu différent. Je sais que les gens ont peur des solitaires. Je me dis que mon Peter n'est pas un de ces hommes qui finissent aux informations, qu'il ne ferait jamais de mal à une mouche. Mais c'est ce qu'elles disent toutes, n'est-ce pas ? Les mères.

— Pourquoi vouliez-vous me rencontrer ? demandé-je.

— J'essaie de contacter toutes les femmes dont Peter aurait pu s'enticher. Je veux qu'elles sachent qu'il a quelqu'un dans sa vie pour l'aider. Il est aimé.

Elle sourit, et la chaleur de son expression est authentique. Pendant un bref instant, je me dis que cette femme pourrait empêcher son fils perturbé de faire du mal à qui que ce soit.

— Il n'est pas violent, insiste-t-elle. Tout ce qu'il fait, c'est appeler les femmes avec lesquelles il a essayé de sortir. Il les appelle pendant un certain temps, mais il se lasse vite.

— Et il passe à la suivante.

Je hausse un sourcil pour illustrer l'étrangeté de son comportement.

— J'ai essayé de l'empêcher d'aller à ces rendez-vous, explique-t-elle. Mais il se sent si seul.

— Je suis désolée, mais je pense que votre fils a besoin d'aide. Il a besoin de parler à un professionnel.

— Oh, il l'a fait par le passé. Il est un peu autiste. Il est capable de garder un emploi, mais aucune de ses relations n'a jamais fonctionné.

L'idée que cet homme puisse vieillir seul me fait froid dans le dos. Bien sûr, je suis désolée pour lui, mais j'ai aussi peur de l'effet que la solitude peut avoir sur quelqu'un. Que se passera-t-il lorsqu'Eileen mourra et qu'il se retrouvera livré à lui-même ?

— L'une de ces femmes a-t-elle demandé une ordonnance restrictive à son encontre ?

Elle soupire.

— Oui. Une. C'était il y a quelques années, et je dois dire qu'il va beaucoup mieux maintenant. Mais à l'époque, il a commencé à suivre cette femme. Les choses sont allées plus loin avec elle qu'avec n'importe qui d'autre.

Eileen pince les lèvres.

— Elle était ce que j'appellerais une femme libre. Le pauvre Peter pensait qu'il était amoureux. Il a continué à se présenter chez elle bien après que la femme a mis fin à leur relation. Mais il a failli devenir intime avec elle.

— A-t-il déjà vandalisé sa propriété ? demandé-je.

— Non, jamais.

Elle secoue fermement la tête.

— Écoutez, pour ce que ça vaut, je ne pense pas que Peter ait découpé mes vêtements. Je pense qu'il se passe autre chose. Mais il m'appelle souvent, et si vous pouviez faire en sorte qu'il arrête… C'est juste que je suis très stressée en ce moment.

Ma voix se brise. Je suis au comble de l'embarras.

— Oh, non, ma belle.

Eileen fouille dans son sac à main et en sort un paquet de mouchoirs.

— Après votre café, Peter a mentionné que vous deviez

vous occuper d'une mère malade. Je ne savais pas si c'était vrai ou...

— C'est vrai, dis-je. Elle est atteinte de démence précoce. C'est assez éprouvant, et avec ces appels téléphoniques et tout le reste...

Eileen se penche en avant et me serre le bras.

— N'en dites pas plus. Ne vous inquiétez pas pour mon fils. Je m'en occupe.

Sur le chemin du retour, je ne peux m'empêcher de me demander ce qu'aurait été ma vie si j'avais eu une mère comme Eileen. Quelqu'un qui m'aurait tendu des mouchoirs quand j'étais bouleversée, qui m'aurait appelée « ma belle » et m'aurait préparé des tasses de thé.

Je rentre à la maison pour récupérer quelques copies avant le début des cours. Eileen a accepté de me rencontrer à 7 h 30, avant que nous ne commencions toutes les deux le travail. Mais alors que je m'approche de la voiture, Susanne sort en trombe de la maison en tirant une cigarette de son paquet.

— Elle est frappée, celle-là, dit-elle.

La porte d'entrée est grande ouverte. Maman sort en titubant dans l'allée, pieds nus.

— Ne reviens jamais, saleté. Je sais que tu me l'as volé.

Je ne sais pas trop à qui m'adresser en premier, alors je me tourne vers Susanne.

— Qu'est-ce qui s'est passé ? Vous savez qu'elle est confuse. Elle est atteinte de la maladie d'Alzheimer.

— Oui, ça, je peux m'en accommoder, répond Susanne en essayant d'allumer sa cigarette. Mais me donner un coup de poing en pleine face ? Me balancer sa tasse de thé à la figure ? Regardez-moi ce bleu ! Je ne sais pas comment elle peut avoir cette force. C'est un environnement de travail hostile. Votre mère a besoin de deux personnes en permanence. Je rentre chez moi.

Je soupire, complètement dépassée par la tournure des événements. Je ne peux pas discuter avec Susanne, pas devant l'ecchymose qui apparaît sur sa pommette gauche.

— Très bien, allez-y. Je suis désolée qu'elle vous ait frappée. Elle n'est pas dans son état normal.

— C'est ça le problème, dit Susanne. Elle n'était même pas confuse à ce moment-là. Elle m'en voulait tout simplement de m'être trompée de thé. C'était déjà une femme cruelle au cœur de pierre bien avant la maladie d'Alzheimer.

J'ouvre la bouche pour la défendre. C'est ce que je fais. Défendre maman. Je l'ai fait toute ma vie. Mais ce n'est plus le cas. J'ai changé. La partie de moi qui a été enchaînée à elle toute ma vie est maintenant libre.

Il n'y a pas moyen de la défendre, alors je me tais et je laisse partir Susanne.

— Viens, maman. Il n'y a plus que toi et moi maintenant.

* * *

Après l'avoir calmée, je prends le téléphone et j'appelle l'école pour demander qu'on me passe la directrice.

La voix de Moira est toujours aussi sèche lorsqu'elle répond. Mais je perçois un léger ton de pitié, car elle utilise un registre plus aigu et parle plus lentement que d'habitude.

— Sophie. Tout va bien ?

— Cette offre de congé maladie est-elle toujours d'actualité ?

— Bien sûr, répond-elle.

— J'aimerais l'accepter. Dès aujourd'hui.

Je lui parle de l'infirmière, de l'agression de maman et du fait que je dois rester avec elle toute la journée. Elle se montre calme, patiente et gentille avec moi, des qualités que je n'attendais pas d'elle. Lorsque je raccroche, je sais que je devrais être soulagée, mais je ne le suis pas. Outre la tristesse, je me sens flouée, comme si on m'avait arraché un cadeau des doigts. Toute ma vie, je me suis sentie mal dans ma peau, comme si je n'étais pas vraiment celle que je prétendais être. C'est la véritable raison pour laquelle les gens m'évitent et que la plupart de mes amitiés et de mes relations s'étiolent. Je pense que Jamie a vu ça en moi et qu'il a été attiré par ça. Attiré par mon insécurité.

Mais le fait d'être à l'école m'a donné une identité. J'étais Miss Howland. J'étais appréciée et respectée par mes élèves. Je suis une bonne professeure, confiante dans ce que je fais sans être désagréable. Aujourd'hui, ce n'est plus le cas – du moins pour l'instant – et je me sens comme une adolescente perdue sans but dans la vie.

— Je me suis fait pipi dessus.

Je me retourne et je trouve maman debout dans la cuisine en train de se tenir l'entrejambe. L'air est imprégné de l'odeur de l'urine. Ses pieds nus sont au centre d'une flaque, sa peau en est couverte.

— Tout va bien. Ce n'est qu'un petit accident. On va te nettoyer.

Je l'aide à monter les escaliers. Elle est plus frêle que jamais et des larmes mouillent son nez. J'ai pitié d'elle. Mais surtout, je me demande si cette femme courbée et souillée pourrait être la même personne qui me harcèle et me fait tourner en bourrique. Elle a bu de l'eau de Javel il y a quelques semaines. Elle oublie mon nom et celui de ses infirmières. Elle se fait pipi dessus et a besoin d'aide pour entrer dans le bain. Comment peut-il s'agir de la même personne qui découpe mes vêtements et pirate mon compte de messagerie ?

Je récupère les vêtements souillés et les mets directement dans la machine à laver pendant que maman prend son bain. Ensuite, je nettoie le sol et désinfecte tout ce qu'elle a touché. Puis, je l'aide à sortir du bain, je la sèche et je l'aide à enfiler une chemise de nuit. Pendant tout ce temps, elle m'appelle maman.

Ce sera la seule fois que j'entendrai ce mot. Prononcé par ma propre mère. Pourtant, même dans ces moments sombres, j'aimerais tant qu'une petite fille me les dise à moi.

Après avoir remis maman au lit, je descends, fais couler le robinet pour remplir l'évier et pleure jusqu'à en avoir mal aux yeux.

Je veux que cette douleur disparaisse. J'aimerais plus que tout – plus que je ne veux connaître le sombre secret de mon passé – me sentir entière. Parce que je ne me suis jamais sentie entière. J'ai toujours eu l'impression qu'il me manquait une partie de moi.

Une fois que j'ai fait la vaisselle du petit déjeuner, j'apporte un verre d'eau à maman.

Elle se tient droite dans son lit. Pour une fois, elle affiche un sourire radieux. Je pose le verre sur la table de nuit et la regarde ouvrir le tiroir du haut et en sortir un flacon de pilules.

— Tu as vu, Sophie, je les prends toutes en même temps, comme tu me l'as dit, dit-elle.

Je la regarde ouvrir le flacon et prendre une pilule. Elle la glisse dans sa bouche et l'avale avec l'eau. Elle en prend ensuite une autre et ouvre la bouche pour l'avaler.

Je sors de ma transe.

— Non ! Maman, non. Ne fais pas ça. Je ne t'ai jamais dit de prendre toutes les pilules en même temps. Ne fais jamais ça.

D'une main tremblante, je lui arrache le flacon et quitte la pièce.

16

Mon rire résonne. Chaque fois que je ris, un écho me parvient, comme un oiseau imitant la voix humaine. Ce rire me fait me sentir plus légère. C'est un rire jeune. Un rire d'enfant. Je suis une enfant.

Il y a une main dans la mienne, qui me tire vers l'avant.

— Allez, viens, Ombre.

Je trottine, plus vite. Je cours. C'est la fin de l'été, et j'ai envie d'une glace à la fraise, mais je suis aussi triste. Je me sens seule.

Puis le ciel s'assombrit et je cours plus vite. La main qui était dans la mienne a disparu et j'éprouve une douleur sourde dans la poitrine. Je crie, mais ce dernier ne trouve pas d'écho. Je regarde mon corps, m'attendant, d'une manière ou d'une autre, à être coupée en deux. Déchirée.

J'ai l'impression soudaine et réelle d'être poursuivie, et je jette un coup d'œil derrière moi pour voir la silhouette d'un homme qui me suit. La lune souligne ses contours, révélant sa corpulence. Je pousse sur mes jambes, trébuchant sur les bosses du trottoir. Même s'il fait nuit, je sais où je vais.

Je serre les poings en courant. Je lève ma main droite, et la lumière de la lune éclaire les mèches de cheveux dans mon poing. La douleur dans ma poitrine devient de plus en plus forte, jusqu'à ce que des larmes coulent sur mes joues.

— Maman ? dis-je à personne en particulier.

L'homme gagne du terrain. Je sais qu'il va me rattraper.

Je fixe les cheveux dans ma main pendant que je tombe, et je sais que je ne serai plus jamais la même ; j'ai perdu ce que j'étais.

* * *

Je me réveille en sursaut, empêtrée dans les draps. Je touche mon visage. Ma peau est brûlante de fièvre et humide de sueur. Des cheveux fins tombent sur mon visage et je me rends compte que j'en ai encore arraché dans mon sommeil. Je touche l'arrière de mon crâne et j'obtiens confirmation. Il y a une légère pellicule de sang sur le bout de mes doigts.

L'horloge indique 6 h 15. Je n'ai pas besoin de me lever pour aller travailler aujourd'hui, mais je dois préparer le petit déjeuner pour maman, et comme je lui ai imposé cette routine matinale, elle m'attend sûrement. Mais d'abord, mon cœur doit reprendre un rythme normal. Et l'ombre de mon rêve doit disparaître lorsque je ferme les yeux.

Chaque image de mon rêve évoque un vague souvenir. Cette impression de déjà-vu se répand sur ma peau comme de la crème anglaise froide. La signification de chacune des pièces du puzzle est claire, mais je n'arrive pas à les assembler toutes pour obtenir les réponses à mes questions.

Allez, viens, Ombre.

Est-ce que quelqu'un m'a parlé ? Dans mon souvenir,

l'ombre était quelqu'un ou *quelque chose* d'autre. Rien n'a de sens. Peut-être que m'arracher les cheveux est un tic ou une habitude qui date de mon enfance. Le secret que ma mère me cache... serait-ce parce que j'ai été perturbée dans mon enfance ? Est-ce que je suis malade mentale ?

Je réprime un frisson à cette idée. Je la chasse de mon esprit. Rien de tout ça n'explique l'homme qui me poursuivait dans mon rêve, ni les rues familières, ni le rire de petite fille que j'ai entendu. Mon esprit est envahi par toutes les images décousues qui se fragmentent et s'estompent. J'ai envie de me précipiter dans le salon et de les écrire sur le bloc-notes que je garde à côté du téléphone, mais j'ai peur de tout oublier si je bouge. Je reste fixer les cheveux dans ma main jusqu'à ce que j'aie mémorisé le plus de choses possible de ce rêve. Puis je me lève. En sortant de la chambre, je laisse tomber les mèches sur ma coiffeuse.

Maman dort encore quand je passe la tête par la porte, ce qui me surprend. Je décide qu'il est inutile de la réveiller, puisqu'il n'y aura pas d'infirmière ce matin. Et je ne travaille pas, ce qui signifie que je peux passer autant de temps que je le souhaite sous la douche. Je suppose qu'il y a un avantage à prendre un congé.

La chaleur de l'eau redonne vie à mon corps, même si l'abrasion à l'arrière de ma tête m'arrache une grimace lorsque je me shampouine. Si je continue à faire ces cauchemars, je finirai chauve. Je devrais peut-être en parler à mon médecin. Je dois de toute façon aller chercher un certificat d'arrêt de travail pour cause de stress. Ça ne devrait pas être trop difficile d'en obtenir un, vu l'inquiétude de mes collègues. Si tout le monde pense que je suis stressée, je suppose que je dois l'être.

Je ne parviens pas à chasser mon amertume. Elle est suivie de ce coup de poing familier dans les tripes lorsque je pleure la perte de mon emploi. Y retournerai-je un jour ? Voudront-ils encore de moi ?

Je repense au cauchemar. La même douleur sourde me cueille à la poitrine. Je me souviens avoir regardé mon corps et m'être attendue à être déchirée en deux. Au plus profond de moi, je sais que c'est important – aussi vital que la prise de conscience de ma propre fragilité. Il doit y avoir une cause à toute cette angoisse interne, et elle doit être liée à mon enfance. Ma maturité a été salement amochée par l'éducation de maman, et je n'arrive pas à m'en dépêtrer.

Elle dort encore une demi-heure plus tard, alors que je m'habille et que je me sèche les cheveux. Je pourrai peut-être encore avoir un moment pour moi, même si je m'occupe d'elle à plein temps cet été. Peut-être parviendrons-nous à nous rapprocher, à réparer ce qui a été brisé entre nous avant que la maladie ne l'emporte pour toujours. Ou peut-être ne s'agit-il que de chimères.

J'attache mes cheveux en arrière pour dissimuler ma calvitie naissante et je descends préparer le petit déjeuner. Pendant que l'eau bout, je démarre mon ordinateur portable et je vérifie la caméra dans la chambre de maman. Tout semble normal. Rien n'a été modifié cette fois-ci. Je reviens un peu en arrière et je la regarde dormir pendant un moment. Je ferme ensuite l'ordinateur. Peut-être que tout s'est arrêté, et que ce que maman essayait de faire est maintenant terminé. Je prépare ma tasse de thé, je pense à mes cauchemars et à mes étranges souvenirs, et je me demande dans quelle mesure tout ça n'est pas le fruit de mon imagination.

Avant, j'étais une personne positive et optimiste qui voyait toujours le bon côté des choses. Mais ces derniers mois, j'ai perdu ça. J'ai beaucoup perdu. Si seulement je pouvais prendre un nouveau départ, peut-être pourrais-je retrouver cette partie manquante que j'ai cherchée toute ma vie.

C'est une belle matinée, et le chant des oiseaux s'infiltre dans la maison. Je me dirige vers les portes vitrées de la cuisine qui s'ouvrent sur le jardin avec l'intention de profiter de mon thé et mes toasts dans le patio.

Je n'arrive jamais jusqu'à la table. Je n'ouvre même pas les portes-fenêtres qui donnent sur le jardin. Mon poignet me lâche et le thé chaud m'éclabousse les tibias. À mes pieds, la tasse se brise en petits morceaux. Malgré la douleur du liquide brûlant sur mes jambes, je reste transie, immobile. Un petit cri s'échappe de mes lèvres.

Là, sur les portes vitrées, il y a une empreinte de main. Quelqu'un a pénétré dans le jardin. L'intrus s'est approché des portes vitrées, a posé sa main dessus et a regardé fixement dans la maison.

* * *

Les agents Hollis et Chowdhury arrivent rapidement, dès neuf heures. J'ai réussi à ne pas penser à l'empreinte en sortant maman du lit, en l'habillant et en lui préparant son petit déjeuner. Je lui explique que deux hommes vont venir me poser quelques questions, mais qu'elle n'a pas besoin d'être là. Elle peut emporter son puzzle dans le salon. Pour une fois, elle s'exécute sans poser de questions, et j'en suis heureuse.

Les deux agents examinent l'empreinte, prennent des photos et recherchent des traces de chaussures dans le jardin.

— A-t-on volé quelque chose dans le jardin ou dans l'abri ? demande l'agent Chowdhury.

— J'ai vérifié tout à l'heure, dis-je. Rien n'a disparu.

— Est-on entré par effraction dans la maison ?

— Non. Du moins, je ne le pense pas. Il y avait juste cette empreinte. Ce n'est pas une violation de domicile ? demandé-je.

Hollis acquiesce.

— La violation de domicile est une affaire civile plutôt que pénale. Mais compte tenu des autres incidents qui se sont produits ici récemment, vous pouvez être assurée que nous prendrons cette affaire au sérieux. Vous êtes harcelée, Miss Howland.

Je pousse un soupir de soulagement.

— Je suis contente que vous me preniez au sérieux. J'avais peur que vous ne trouviez pas ça important.

— Détrompez-vous. Il y aura une enquête. Vous avez dit que vous aviez une caméra de sécurité à l'arrière de la maison ?

— Oui. Je n'ai pas encore visionné les images. Ça peut paraître idiot, mais je ne voulais pas les regarder seule, dis-je.

— C'est tout à fait compréhensible.

Hollis sourit.

Je charge le système de sécurité sur mon ordinateur portable et j'affiche les données de la nuit dernière. Je rembobine la séquence jusqu'à ce que Hollis me dise d'arrêter et de cliquer sur « Lecture ». Il a l'œil. Il a saisi le mouvement avant que je ne l'aperçoive.

Je laisse la vidéo avancer. Nous entourons tous les trois l'ordinateur portable, chacun absorbé par les images qui s'affichent à l'écran. Mon cœur martèle mes côtes tandis que je regarde les événements de la nuit dernière se dérouler. Au fur et à mesure que les images défilent, je sens mon sang quitter mon visage et la nausée monter. Hollis me jette un rapide coup d'œil inquiet et m'adresse un demi-sourire. Ça m'aide, mais ça n'arrête pas les vertiges. Je m'agrippe à la chaise de la cuisine, ayant désespérément besoin de cette force supplémentaire.

C'est une nuit noire, sans lune, et la caméra ne détecte d'abord aucun mouvement. Mais alors, une voiture passe dans la rue parallèle à notre jardin et ses phares éclairent une silhouette qui se tient tout au bout de la pelouse. Je dois plaquer ma main sur ma bouche pour m'empêcher de crier quand je la vois.

La silhouette ressemble vaguement à une personne. Elle est de petite taille, porte un long manteau de couleur sombre, son visage est penché vers le bas et elle porte un bonnet. Le manteau est volumineux et cache ses formes.

C'est un aperçu fugace et terrifiant. La voiture poursuit sa route et la vidéo redevient sombre. Mes yeux sont toujours fixés sur l'endroit où se tenait la personne.

Lorsque la lumière extérieure se déclenche, j'émets un son qui ressemble à un gémissement. Cette fois, je ne parviens pas à me retenir. L'agent Hollis se retourne et me demande si je vais bien. J'acquiesce et je continue à regarder l'enregistrement.

La silhouette est maintenant proche de notre cuisine et la lumière extérieure éclaire bien notre intrus. Il se tient debout, les pieds bien écartés, les mains gantées le long du corps et le visage penché pour cacher ses traits. Si j'ai cru un jour pouvoir expliquer tout ça en rejetant la faute sur les enfants du coin, j'ai aujourd'hui la confirmation que ce n'est pas le cas. Il y a une détermination calculée derrière tout ça. Je le vois à sa façon de se tenir, d'attendre… Tout laisse entendre que l'intrus est conscient de la présence de la caméra et sait exactement ce qu'il fait.

Lorsque la silhouette s'approche de la porte, nous

sommes tirés de notre torpeur. Nous sursautons tous devant ce mouvement soudain. Même Chowdhury laisse échapper un petit rire nerveux. Sans lever la tête, l'intrus commence lentement à retirer le gant de sa main gauche. Mon cœur s'emballe lorsque je le vois se pencher en avant, cachant sa main à la caméra. Il appuie alors sa main sur la vitre, masquant son action.

Une fois l'acte accompli, l'intrus s'enfuit rapidement, en tournant vite et en gardant la tête penchée pendant toute la durée de l'opération. Je pousse un long soupir de soulagement doux-amer.

— Qui que ce soit, il était au courant pour votre caméra de sécurité, dit Hollis en fronçant les sourcils. Pouvons-nous garder une copie des images de la nuit ?

— Bien sûr. Vous pensez pouvoir trouver quelque chose de plus ?

— Nous ne pouvons pas améliorer davantage les images. Ce n'est pas comme dans les séries policières à la télévision, j'en ai peur, dit-il en souriant. Mais nous pourrions repérer de petits détails qui pourraient nous aider. Nous devrions notamment pouvoir déterminer la taille du suspect.

— On aurait dit qu'il avait à peu près ma taille, dis-je.

Il acquiesce.

— C'est ce que je pense aussi.

— Peter était petit, marmonné-je.

— Nous avons parlé à Peter Woods après l'incident avec vos vêtements. Je crains que nous n'ayons pu faire grand-chose d'autre que de le dissuader de passer ces appels téléphoniques, explique Hollis. Mais nous n'avions aucune preuve qu'il était le vandale à ce moment-là. Peut-être trouverons-nous d'autres preuves après cet incident. Les appels téléphoniques à eux seuls pourraient suffire à obtenir une ordonnance restrictive, si c'est ce que vous voulez.

Chowdhury prend des notes et fait un signe de tête à son partenaire.

— Sa mère m'a appelée l'autre jour et je l'ai retrouvée autour d'un café. Je pense qu'elle était préoccupée par le fait que Peter s'était, comme elle l'a dit, « accroché » à moi. Elle a dit qu'il faisait souvent ça avec les femmes. Il fait une fixation sur toutes les personnes avec qui il a un rendez-vous et les appelle et leur envoie des messages jusqu'à ce qu'elles en aient assez de lui.

— Nous retournerons lui parler, assure l'agent Chowdhury.

— Si vous avez besoin de quoi que ce soit, Miss Howland, ajoute l'agent Hollis tandis qu'ils sortent de la maison, n'hésitez pas à nous appeler. Essayez de ne pas vous inquiéter. Rien n'indique que cette personne vous veuille du mal. Mais pour plus de sécurité, gardez fenêtres et portes fermées la nuit. Et faites attention à vous.

Peut-être est-ce parce qu'il semble se soucier de moi, ou peut-être est-ce parce qu'il est policier et qu'il a un air protecteur, mais je ne peux m'empêcher de me sentir soudain intimidée, comme si j'avais envie de mettre du rouge à lèvres ou de me recoiffer. C'est une sensation étrange que je n'ai pas ressentie depuis ma rencontre avec Jamie.

Je les remercie tous les deux et referme la porte derrière eux, puis tourne la clé dans la serrure.

Je me sers un verre d'eau et je passe dans le salon pour voir comment va maman. Elle est assise sur le canapé, son puzzle posé sur un plateau sur ses genoux. Mais au lieu de se concentrer sur le puzzle, elle regarde par la fenêtre les voitures qui passent. Je décide de la laisser faire.

De retour dans la cuisine, je démarre l'ordinateur portable et vérifie les images des autres caméras de la maison de la nuit dernière. Avant l'arrivée de la police, j'avais brièvement visionné la vidéo de la chambre de maman, mais je n'y avais pas prêté grande attention.

L'appétit venant enfin, je m'installe sur une des chaises de la cuisine avec un sandwich et je commence à regarder. Maman se couche à l'heure dont je me souviens. Elle s'endort presque immédiatement.

Elle ne bouge presque pas. Je la regarde se retourner de temps à autre. Parfois, elle s'agrippe à la couette. Puis elle reste immobile pendant un certain temps. Je secoue la tête. C'est ridicule. Est-ce que je crois sincèrement que maman est la personne dans le jardin ?

Je suis sur le point d'abandonner quand je la vois se retourner et s'agripper à nouveau à la couette. Presque comme avant. Je reviens en arrière et je regarde à nouveau la scène. Puis je rembobine davantage, jusqu'à la dernière fois où elle a bougé. La scène est identique. La même boucle d'une heure se répète à l'infini. Il n'y a pas de phares qui traversent les rideaux en tissu léger. Les ombres dans la pièce ne changent pas. Les images de la nuit entière ont été trafiquées.

Et si les images de la chambre de maman sont des mensonges, ça signifie que je ne peux pas faire confiance à ce que je vois sur les caméras.

— Sophie.

Je me lève si brusquement que la chaise bascule derrière moi.

— Qu'est-ce qu'il y a, maman ?

Ma voix tremble lorsque je lui réponds.

— Viens voir une minute, crie-t-elle.

Je ferme l'ordinateur et me dirige vers le salon. En

entrant dans la même pièce que ma mère, je suis malade d'impatience. Elle doit savoir pour les caméras. Elle sait que je l'observe. Je ne sais pas comment elle a fait, mais elle a encore déjoué mes plans. Que va-t-elle faire ensuite ?

— Approche, Sophie, dit-elle.

— Qu'est-ce qu'il y a, maman ?

Bien que j'essaie d'avoir l'air confiante, ma voix me trahit. Je couine comme une souris effrayée.

— Tu vois ça ? demande-t-elle en montrant la fenêtre.

Je suis son doigt. Il y a une tache sur la fenêtre. J'oublie soudain mes préoccupations. Je tourne le dos à maman et m'approche de la vitre.

Elle a raison. Il y a quelque chose. C'est un mot, tracé par un doigt, en tout petit.

Ombre.

17

J'ai pris l'habitude de garder les mèches de cheveux dans ma poche, et chaque fois que je m'assois pour regarder la caméra, j'entortille les cheveux autour de mes doigts. Ça a quelque chose de réconfortant.

Je ne fais plus confiance à ce que les caméras enregistrent. Au lieu de ça, je m'assois à la table de la cuisine pendant que maman travaille sur son puzzle dans la pièce voisine, et je regarde la retransmission en direct. Je prends l'ordinateur et le place sur le lit à côté de moi, buvant du vin pendant que je regarde maman dormir, vérifiant qu'elle n'a pas, d'une manière ou d'une autre, remplacé le direct par un enregistrement.

Maman est plutôt douée pour naviguer sur Internet, mais est-elle capable de s'enregistrer en train de dormir, de créer une boucle et de la télécharger sur l'ordinateur ? J'ai passé quelques heures à en discuter avec le service d'assistance du système de sécurité que j'ai acheté, et ils ont employé un tel jargon que j'en avais la tête qui tournait.

Le problème avec ma mère, c'est qu'on *ne peut jamais* rien exclure. Lorsque j'ai été refusée par toutes les universités auxquelles j'avais postulé, j'ai pensé que je n'étais pas assez douée. Ce n'est que bien plus tard, lorsque j'ai croisé Mrs Vaughan, qu'elle m'a dit à quel point elle avait été surprise de voir que j'avais été recalée. J'étais une bonne élève, a-t-elle dit, et c'est pourquoi elle n'a jamais compris la piètre présentation que j'avais jointe à mes notes. Elle est même allée jusqu'à ressortir ma candidature des dossiers pour me la montrer. Ce n'était pas la présentation que j'avais écrite. C'était un texte truffé de fautes d'orthographe et de frappe, avec un long paragraphe sur mon désir d'aller à l'université pour faire la fête. À ce moment-là, j'avais déjà terminé ma formation d'enseignante et j'avais commencé à travailler à Eddington. Si j'avais découvert la trahison de ma mère à l'adolescence, j'aurais peut-être finalement décidé de la quitter pour vivre ma propre vie. Je me souviens de l'énorme dispute que j'ai eue avec Jamie lorsque j'ai avoué que je savais ce qu'elle avait fait. Il n'arrivait pas à croire que je ne l'avais jamais confrontée. Mais je n'en voyais pas l'intérêt. Le passé est passé. On ne peut rien y changer.

Je sais maintenant que j'avais tort. Le passé vous rattrape toujours, c'est du moins ce que je pense.

Il est onze heures du matin et je lorgne déjà la bouteille de vin entamée dans le réfrigérateur lorsque je vais prendre du lait pour mon thé. Depuis que je m'occupe de ma mère à plein temps, j'ai passé une grosse commande de provisions chez Tesco. Faire les courses avec maman est un véritable cauchemar. La dernière fois, elle s'est faufilée dans le rayon des surgelés et a volé une barre Mars. Je ne m'en suis rendu compte qu'une fois à la maison. Ça ne valait pas la peine de la ramener, alors je l'ai laissée la manger.

Au lieu de prendre la bouteille de vin, je sors les restes d'un gâteau au chocolat que j'ai commencé à minuit et j'en avale une généreuse bouchée. Alors que je lèche la crème sur mes doigts, on sonne à la porte.

— Qui est-ce ? aboie Maman.

— Comment le saurais-je ? rétorqué-je.

Je me demande si ce n'est pas la police qui vient m'en dire plus sur l'intrus. Les empreintes digitales ont été effacées, ainsi que ce mot qui fait froid dans le dos. *Ombre.*

La police a relevé les empreintes, bien sûr, mais je n'ai pas eu de nouvelles. L'agent Hollis m'a prévenue qu'il n'y avait qu'une infime chance qu'ils trouvent notre intrus dans le « système ».

Mes doigts sont encore partiellement couverts de gâteau et de glaçage lorsque j'ouvre la porte. Je trouve Peter debout sur le perron. Mon premier réflexe est d'essayer de claquer la porte, mais il est trop rapide. Il passe sa grosse botte dans l'embrasure. Puis il plaque une main sur la porte, la poussant vers moi.

— S'il te plaît, Sophie. Je veux juste te parler.

Ses yeux sont grands et suppliants, mais aussi légèrement dérangés.

Je m'éloigne de sa peau et de ses cheveux sales. À en juger à son odeur, il ne s'est pas douché depuis des jours.

— Si tu entres de force dans la maison, j'appelle la police. Maman ! Maman, va chercher le téléphone.

— Bon, très bien.

Il recule en levant les mains dans un geste d'apaisement.

— Mais s'il te plaît, écoute-moi quelques secondes. S'il te plaît

Je mets la chaîne et j'incline la tête pour le voir à travers la fente.

— Fais vite.

Il secoue la tête et ses épaules s'affaissent, me rappelant un chien errant avant qu'il ne soit sauvé.

— Je... Je ne comprends pas comment tu as pu me faire ça. Tu imagines ce que ça m'a fait ? Tu m'as complètement foutu en l'air ! Comment tu as pu me mener en bateau comme ça et ne jamais me rappeler ? Tu l'as fait pour me faire du mal ? C'est ça ? Tu voulais me briser le cœur ? Je t'aime, Sophie. Ce qu'on avait, c'était spécial.

— C'était juste un café, Peter, dis-je. Je vais appeler ta mère, d'accord ? Je devrais appeler la police, mais je ne le ferai pas si tu pars et que tu ne me contactes plus jamais.

— Comment peux-tu être aussi cruelle ? Après tout ce qu'on a vécu... Me traiter comme ça alors qu'on a fait l'amour...

Il fait un pas vers la maison et je recule.

— Qu'est-ce que tu as dit ? chuchoté-je.

— Je ne comprends pas pourquoi tu as accepté de faire l'amour pour m'ignorer royalement après ? C'était une nuit merveilleuse. Je sais que tu as passé un bon moment, toi aussi.

Sa vue, son odeur, et ces mots – ces mots terrifiants – me donnent des haut-le-cœur. Le gâteau au chocolat est dangereusement proche d'atterrir sur la moquette du couloir. Comment peut-il croire tout ça ? Je le vois dans ses yeux. Il est persuadé que nous avons fait l'amour.

— Peter, écoute-moi attentivement. Nous n'avons jamais eu de rapports sexuels. Nous ne nous sommes même pas embrassés. C'était juste un café...

— Tu as l'air différente.

Il fait un pas de plus vers la porte, et je m'éloigne de lui en me cachant derrière la chaîne.

— Tes cheveux, ou... autre chose.

À force de manger pour évacuer mon stress, j'ai pris

beaucoup de poids et la consommation d'alcool a fait gonfler mes yeux. C'est sûrement ça. Bon sang, je dois être encore plus affreuse que je ne le pensais.

— Je vais fermer la porte et je veux que tu partes. Mais nous n'avons jamais eu de relations sexuelles. Je pense que tu dois être confus.

Alors que je ferme la porte à clé, j'entends Peter insister sur le fait qu'il n'en est rien. Je m'empresse d'emprunter le couloir pour me rendre au salon.

— Qui est-ce que tu as baisé ? me demande maman avec un sourire sardonique.

— Pourquoi tu ne m'as pas apporté le téléphone quand je te l'ai demandé ? Tu ne vois pas que cet homme est fou ? Je n'ai *baisé* personne. J'étais coincée ici à m'occuper de toi.

Le visage de maman se contorsionne en une expression de haine.

— Tu n'es pas la fille que je voulais. *Rien* ne va chez toi.

Alors que je cherche mon portable, je me retourne et la regarde fixement. Elle cligne des yeux, et son regard se perd dans le vide. Elle commence ensuite à déplacer les pièces du puzzle sur le plateau posé sur ses genoux. J'inspecte alors le reste du salon et trouve mon téléphone sur l'accoudoir du canapé. Je me préoccuperai plus tard de ces étranges crises de maman.

En retournant dans la cuisine, je fais défiler mes contacts jusqu'à trouver Eileen, la mère de Peter. La caméra placée à l'avant de la maison montre qu'il a fini par s'en aller. Le simple fait de penser à lui me donne la chair de poule. J'époussette les dernières miettes de mon gâteau au chocolat et tente de garder mon petit déjeuner.

Eileen répond par un « allô » affable.

— Votre fils est allé trop loin.

— Qui est-ce ?

Son ton est toujours aussi enjoué.

— C'est Sophie Howland. Votre fils est venu chez moi en racontant toutes sortes de mensonges.

— Oh, non.

— C'est un peu plus grave que ça, dis-je. Il a inventé une sorte de relation entre nous. Je n'ai pas encore appelé la police, mais je vais devoir le faire.

— S'il vous plaît, ne...

— C'est allé trop loin. De toute façon, ils doivent lui parler du harceleur qui est venu chez moi. Je pense que c'est lui, et vous devez arrêter de le couvrir.

— Mais il ne ferait de mal à personne...

Elle pleure quand je raccroche, et je tremble. Je ne sais pas si c'est par peur, par colère ou même par pitié. J'inspire profondément et j'appelle l'agent Hollis.

Il m'écoute patiemment lui raconter tout ce qui s'est passé, même si plus j'en dis, plus ça semble fou. Et s'il pense que c'est *moi* qui invente tout ? Et s'il croit que j'ai couché avec Peter et que je l'ai traité comme une merde, ou que c'est moi qui ai découpé mes vêtements ? Au moins, je n'ai pas pu simuler l'empreinte de main sur la fenêtre ou la silhouette qui s'approchait de la maison. À moins qu'il ne croie que c'est moi qui l'ai fait en cachette. Non, il a pris mes empreintes digitales et celles de ma mère. Ils peuvent nous exclure des suspects.

Je suis soulagée lorsqu'il m'assure que j'avais raison de m'inquiéter et qu'ils interrogeront Peter dès que possible.

— Mrs Howland, même si je pense que votre affaire est extrêmement importante et que je la traiterai en priorité, vous devez savoir que nous sommes particulièrement sollicités en ce moment. Je ne peux évidemment pas entrer dans les détails, mais vous devez savoir qu'il nous faudra peut-être quelques jours pour traiter votre dossier.

Le peu d'espoir que je m'étais autorisée à ressentir se réduit comme peau de chagrin.

— Ce n'est pas grave. Je sais que vous faites tout ce que vous pouvez.

— Rien n'indique que Peter fera quoi que ce soit pour vous blesser, poursuit-il. Continuez à tout noter. Prévenez-nous s'il entre en contact avec vous et gardez vos portes et fenêtres fermées. Nous pourrons discuter plus en détail d'une ordonnance restrictive en temps voulu.

Je raccroche, ne me sentant guère mieux que lorsque j'ai appelé.

* * *

Je ferme les fenêtres et les portes à clé, mais j'ai plus l'impression de m'enfermer avec maman que de verrouiller les portes pour empêcher les gens d'entrer. J'ai constamment besoin de vérifier si je n'ai pas d'appel en absence, mais ce n'est pas le cas. Eileen ne me rappelle pas.

Tout en préparant le déjeuner pour maman et en rangeant la cuisine, je fais face à un déluge de pensées disparates. Les mots de Peter et ses yeux dérangés ne cessent de tourner en boucle dans mon esprit. Et puis le commentaire de maman : je ne suis pas comme il faut. Et si quelque chose n'allait pas chez moi ? Et si tout ça était dans ma tête ?

Je n'arrive pas à manger. Je fixe les caméras. Le chat du voisin me fait une peur bleue lorsqu'il saute par-dessus le mur pour entrer dans le jardin. Je n'ai même pas l'énergie de frapper à la fenêtre lorsqu'il commence à faire ses besoins dans nos parterres de fleurs.

Maman retourne à son canapé tandis que j'ouvre enfin

cette bouteille de vin. Après le premier verre, je passe la tête par la porte.

— Tout va bien ?

Je ne peux m'empêcher de remarquer qu'elle a à peine progressé dans son puzzle de ce matin. Mais ses capacités de réflexion diminuent de jour en jour.

— Oui, Becca, dit-elle. Je travaille sur mon puzzle.

— Sophie.

— Non. Becca.

Elle sourit comme si c'était moi qui étais stupide.

Peut-être que cette Becca est plus importante qu'elle ne le laisse entendre. Parler à maman revient de plus en plus à se taper la tête contre un mur, et je n'ai rien trouvé au sujet d'une Becca lorsque j'ai parcouru les albums photo. Mais il pourrait y avoir une autre option. Mon ordinateur portable sous un bras et mon verre de vin dans l'autre main, je monte jusqu'à la chambre de maman.

En franchir le seuil avec l'intention de fouiller dans ses affaires est à la fois exaltant et terrifiant. Quand j'étais enfant, je n'avais jamais le droit d'entrer dans la chambre de maman. Depuis qu'elle est malade, j'y pénètre régulièrement pour m'occuper d'elle et, bien sûr, j'ai installé la caméra pour la surveiller. Mais je n'ai jamais vraiment fouillé dans ses affaires. J'ai toujours eu trop peur de faire ce genre de choses.

Maman est beaucoup plus ordonnée qu'avant. Il m'arrive de faire la poussière et de passer l'aspirateur dans la pièce, mais c'est elle qui veille à ce que tout soit bien rangé. Elle range toujours ses vêtements et ses tiroirs sont bien fermés. Depuis des semaines que je regarde les caméras, je ne l'ai jamais vue faire quoi que ce soit d'étrange dans cette pièce. Elle ne sort rien de sous le lit la nuit et n'a pas d'attitude suspecte. Mais j'ai un vague souvenir d'il y a quelques mois. Je suis entrée dans la chambre pour la réveiller et je l'ai trouvée assise sur le coffre à couvertures au bout de son lit, fixant ce que j'ai cru être une photographie. Mais lorsqu'elle s'est aperçue que j'étais là, elle a rapidement caché la photo dans la poche de sa robe de chambre. Je ne lui en ai jamais parlé, pour ne pas l'embarrasser. Il était clair pour moi que je m'étais immiscé dans un moment intime, et je n'ai pas voulu insister. Je me sentais trop étrangère pour avoir ne serait-ce qu'un semblant de conversation à cœur ouvert avec ma mère.

Je me dirige droit vers le coffre en question. C'est là que je l'ai vue avec la photo. C'est par là que je commence. Lorsque je le soulève délicatement, le couvercle s'ouvre avec un léger craquement. L'odeur qui m'accueille est celle du talc et de la poussière. Je n'ai jamais ouvert ce coffre auparavant, je ne sais donc pas à quoi m'attendre. Je pensais que c'était là que maman rangeait les draps et les couvertures de rechange. Je me suis trompée.

Il s'agit plutôt d'une boîte à souvenirs. Il y a quelques vieilles boîtes à biscuits rouillées et un coffret fermé à clé. Je sors l'une des boîtes à biscuits et j'ouvre le couvercle. Elle est remplie de lettres. Je réalise alors qu'il s'agit de lettres non envoyées à sa mère, ma grand-mère. Chacune d'entre elles est datée. Je lis la lettre du dessus :

20 janvier 1990

Tout est de ta faute. Si tu n'avais pas été une si mauvaise mère, si tu ne m'avais pas chassée, je n'aurais jamais eu à faire ça. Je n'aurais jamais eu à prendre cette décision. Je te déteste de tout mon être. Tu étais une sorcière haineuse et rancunière, et j'espère que tu pourriras en enfer avec papa.

J'aurais eu dix ans. Cinq ans après notre déménagement à Eddington, donc cinq ans après que maman a parlé à ma grand-mère pour la dernière fois. J'ai toujours pensé que maman était allée voir grand-mère pour lui emprunter de l'argent pour le déménagement, mais d'après cette lettre, ça semble peu probable, à moins que maman n'ait réussi à cacher ses véritables sentiments lorsqu'elle lui a demandé de l'argent. Maman peut être manipulatrice quand elle le veut, mais je ne l'ai jamais vue cacher sa colère. Elle est trop entière pour ça. Elle est en ébullition, et que Dieu ait pitié de quiconque se mettrait en travers de son chemin. Son tempérament a une personnalité à part entière.

Mes doigts tremblent tandis que je feuillette le reste des lettres. Elles débordent toutes du même vitriol. Certaines sont adressées à grand-mère, d'autres à mon père. Aucune n'entre dans les détails de ce que maman a dû faire, mais elles mentionnent toutes un événement « impardonnable ». C'est la lettre du haut qui a été la plus ouverte et la plus lue. Les pages sont fines et froissées, avec des taches jaunies sur les bords. C'est la lettre que maman ouvre et lit le plus souvent. Je referme la boîte et la replace à l'intérieur.

Je suis surprise de trouver un vieux pull en laine dans le coffre. Avec un sursaut, je me souviens d'avoir trouvé le même dans le grenier il y a quelques semaines. Quand maman est-elle allée le récupérer là-haut ? Sa sensation sous mes doigts, son odeur me rappellent des souvenirs. Maman affirmait toujours que c'était mon pull préféré, mais je le détestais. Je me souviens qu'à l'âge de six ans, il était déjà trop petit pour moi. Elle insistait sur le fait que c'était mon préféré, mais il me démangeait et je détestais son odeur. Ça me rendait triste. Je porte le pull à mon visage et j'inspire.

Le coup de poing dans mes tripes est instantané. Elle est de retour : cette douleur sourde, comme si je portais le deuil d'une vie que je n'ai jamais eue. Peut-être que je ressentirai toujours ce sentiment lorsque je tiendrai un vêtement d'enfant. Peut-être que j'aurai toujours cette sensation de déchirure dans mon corps, comme si j'allais être coupée en deux par la douleur. Comment est-ce possible ? Comment se fait-il que la force de cette émotion soit si intense pour une expérience que je n'ai jamais vécue ?

Lorsque j'entends des pas monter l'escalier, l'enfant en moi reprend le dessus. Je me dépêche de tout remettre dans le coffre et de sortir de la chambre quand j'aperçois maman en haut des escaliers.

— Qu'est-ce que tu fais ? demande-t-elle.

— Juste un peu la poussière.

Elle plisse les yeux un instant, comme sur le point de me faire remarquer que je n'ai pas de plumeau.

— Le chat est de nouveau dans le jardin

— Oh, ignore-le, dis-je.

— D'accord. Mais il est mort.

PAYS DE GALLES, JUIN 2014

Les nuages sont bas dans le ciel, comme des ballons sombres et dégonflés. Notre voiture est entourée de longues étendues de champs qui disparaissent dans la mer au loin. Je porte une veste imperméable et j'attends la pluie. Jamie consulte l'application météo de son téléphone pour la troisième fois en cinq minutes.

— On n'aurait jamais dû choisir le Pembrokeshire en juin, déclare-t-il. Le seul endroit où on est sûr qu'il fasse beau à cette époque de l'année, c'est à l'étranger.

— Maman ne veut pas prendre l'avion, rétorqué-je. Et je voulais venir ici. Je n'y avais encore jamais mis les pieds. La campagne est magnifique. Tu ne trouves pas ?

— Ça ne change pas trop du Yorkshire, si tu veux mon avis.

Il prononce ces mots entre ses dents serrées. Il remet son smartphone dans la poche de son jean et croise les bras.

— Ils devraient être là à l'heure qu'il est. Leurs publicités indiquent qu'ils arrivent toujours dans l'heure. Que des menteurs. C'est un véritable désastre. Comment on a cru que ça pourrait fonctionner ? Et pourquoi diable as-tu laissé ta mère mettre du diesel dans la voiture ?

Je roule des yeux pour la troisième ou quatrième fois en dix minutes. Ma patience s'épuise au fur et à mesure que Jamie s'emporte.

— Arrête de tourner en boucle, pour l'amour de Dieu. Tu étais aux toilettes et elle a accepté de le faire pendant que j'allais chercher un café en face. Je pensais qu'elle savait ce qu'elle faisait. Elle a déjà eu des voitures.

— Elle savait exactement ce qu'elle faisait, murmure Jamie.

— Ne sois pas ridicule. Pourquoi voudrait-elle que la voiture tombe en panne ? Qui voudrait être coincé à attendre une dépanneuse alors qu'il est sur le point de pleuvoir ?

Je fais un geste rageur vers les nuages qui s'amoncellent.

Lorsque Jamie se rapproche, un brin de salive s'échappe de sa bouche et atterrit sur ma joue.

— Pourquoi ? Parce qu'elle ne voulait pas venir. Parce qu'elle me déteste et qu'elle veut me briser. Parce que c'est une salope vindicative. Au choix.

— Tu peux baisser d'un ton ? Elle n'est qu'à quelques mètres.

J'essuie son postillon et resserre ma veste, en essayant de ne pas regarder maman, assise bien au chaud dans la voiture.

— Tu ne peux pas parler comme ça de ma mère. C'est injuste. Je sais qu'elle est difficile, mais j'ai besoin que vous vous entendiez tous les deux.

Jamie laisse échapper un rire dépourvu de toute bonne humeur.

— Difficile ? Impossible, plutôt.

— Tu dois essayer.

Je n'arrive pas à savoir si j'ai froid à cause de la brise fraîche qui vient de la mer ou du regard glacial de Jamie. Maman et Jamie sont en guerre depuis qu'ils se sont rencontrés. Elle a une façon bien à elle de l'énerver, et il n'a aucune patience avec elle. Jusqu'à présent, il y a eu des repas tendus, presque douloureux, qui se sont soldés par un départ en trombe de l'un ou de l'autre, des soirées silencieuses devant la télévision ponctuées de remarques amères, et des moments où les plaintes incessantes de chacun devenaient trop pesantes pour moi.

— Je ne sais pas ce que je peux faire d'autre. J'essaie d'être gentil avec elle et elle me traite de faible. Je lui tiens tête et je suis agressif. Elle trouve à redire à tout ce que je fais. Et franchement, Sophie, j'en ai assez de la laisser te reprocher tout ce que tu fais. Elle n'a de respect pour aucun d'entre nous, et je commence à penser qu'elle n'a de respect pour personne. Tu ferais mieux de déménager.

Comme je ne réponds pas, les yeux bleus de Jamie plongent dans les miens. J'ouvre la bouche pour parler, mais rien ne sort.

Les épaules de Jamie s'affaissent.

— Tu serais plus heureuse avec moi. On pourrait s'installer et fonder une famille. Je croyais que c'était ce que tu voulais ?

— C'est vrai, mais...

— Mais quoi ?

— Je ne peux pas la laisser.

— Sophie, c'est ce que font les enfants. Ils grandissent et vivent leur propre vie. Tu es encore une enfant. Du moins, tu agis comme tel. C'est pathétique.

Le vent me gifle en même temps que ses paroles. La pluie commence enfin à tomber, mais aucun de nous ne bouge. Dans la voiture, maman est assise, la tête contre la vitre. Elle fait la sieste.

— Tu sais que tu aurais une meilleure vie avec moi, poursuit Jamie.

Sa peau brille sous la pluie. Ses cheveux blonds sont plaqués sur son front. Il a l'air plus âgé. Je ne l'avais jamais remarqué avant. Il a quelques années de plus que moi, mais il a un visage de bébé. C'est la première fois que je le regarde et que je vois son vrai âge.

— Je peux te donner ce que tu veux, mais pas avec elle dans ma vie. Je ne peux pas élever des enfants avec elle dans les parages.

— Quoi ?

— Tu m'as entendu. Elle est toxique. Je ne veux pas de cette influence sur mes enfants.

— Mais...

— Il est temps de prendre une décision, Sophie. Tu ne peux pas vivre heureuse avec cette femme dans ta vie. C'est elle ou moi.

— Je n'arrive pas à y croire. Je ne peux pas croire que tu dises ça.

La pluie commence à couler dans mon cou. Elle rebondit sur le capot de la voiture et éclabousse la route. Je n'arrive pas à croire que Jamie me mette dans cette position, et je ne peux pas croire que maman sabote nos vacances juste pour nous contrarier. Est-ce de la bêtise ? Est-ce que je me cache la tête dans le sable en espérant que tout ira bien ? J'ai l'impression d'être la femme la plus seule au monde à cet instant.

La dépanneuse se gare.

18

Les portes de la cuisine sont grandes ouvertes lorsque je me précipite en bas. Maman est déjà sortie. Pourquoi ne l'ai-je pas entendue ? Comment a-t-elle trouvé les clés que j'avais cachées ?

Elle me montre le chat, mais c'est inutile. J'ai du mal à regarder sa forme tordue. Mon souffle se bloque dans ma gorge. Je fais signe à maman de monter, puis je verrouille les portes.

— Combien de temps tu es restée dehors ? demandé-je.

— Quelques minutes.

— Comment tu as ouvert ?

— Avec ma clé, comment veux-tu que j'ai ouvert sinon ?

Elle se détourne et murmure :

— Espèce d'idiote.

Je m'apprête à lui demander comment elle l'a trouvée, puis je me ravise. Je dois appeler l'agent Hollis.

Je tombe sur son répondeur et laisse un message. Lorsque je raccroche, mes doigts s'attardent sur les touches, mais je ne peux pas me résoudre à appeler les secours pour un chat mort. Sans Hollis ou Chowdhury, qui savent ce qui m'est arrivé, je ne suis pas sûre qu'il se passera quoi que ce soit. Je prends quelques photos avec mon téléphone à travers la porte de la cuisine. Une autre entrée sinistre à consigner.

Je redoute le prochain appel téléphonique. J'ai le numéro dans mes contacts après une semaine de vacances désastreuses avec maman, Jamie et moi, au Pays de Galles. J'avais demandé à Mrs Hamilton, la voisine, d'arroser le jardin pour nous. En fin de compte, ça n'a pas été nécessaire. Nous sommes rentrés de vacances après deux jours de disputes incessantes entre maman et Jamie.

Je compose le numéro et je retiens mon souffle. Lorsqu'il s'agit d'expliquer ce qui s'est passé, les mots me manquent. Au lieu de ça, je me dégonfle et je lui dis que son chat est couché dans notre jardin et qu'il n'a pas l'air bien, et que je serais bien venue la voir, mais que maman et moi avons un virus et que je ne veux pas le lui transmettre. Elle peut venir chercher le chat. Ensuite, j'emmène maman dans le salon et je ferme la porte de la cuisine pour ne pas voir la réaction de Mrs Hamilton lorsqu'elle retrouvera son chat.

J'ai la gorge serrée et les mains qui tremblent. Je regrette de ne pas avoir eu la prévoyance d'emporter une bouteille de vin. Heureusement, j'ai apporté mon ordinateur portable. Je l'ouvre et consulte frénétiquement les images des caméras.

Elles sont toutes vierges.

Comment est-ce possible ?

— Tu es toujours sur ce truc, fait remarquer maman. Tu t'es trouvé un autre type, c'est ça ?

— Tais-toi, dis-je d'un ton sec.

Ses dents se serrent dans un craquement audible.

— Tu seras contente quand je serai morte, n'est-ce pas ?

Je répète :

— Tais-toi. J'en ai assez de t'entendre.

— Je ne vais pas rester ici et te laisser me parler comme ça.

Elle se lève et se dirige vers la porte de la cuisine.

— Très bien. Monte dans ta chambre, mais ne sors *pas*. Où sont tes clés ?

— Quoi ?

Son visage se relâche.

Si c'est de la comédie, elle est sacrément douée.

— Donne-moi tes clés.

— Je ne vois pas ce que tu veux dire.

Je pose l'ordinateur et m'approche d'elle. Il doit y avoir une nouvelle détermination dans ma posture, car pour la première fois, maman semble avoir peur de moi. Elle recule contre le mur et lève les mains.

— Je ne vais pas te faire de mal, dis-je. Je veux juste tes clés.

Je fouille dans la poche de son pantalon et les récupère. Il s'agit du jeu de rechange que j'avais caché dans le tiroir de la table de cuisine. Maman a dû les remarquer et les prendre.

— Rien ne t'échappe, n'est-ce pas ? Tu es vraiment malade, maman ? Quelle est la part de comédie dans tout ça ? Est-ce que tu te moques de moi ? Tu essaies de me rendre aussi folle que toi ?

La gifle manque de me faire perdre l'équilibre. Ma joue est brûlante. Les larmes me montent aux yeux. Pliée en deux et vulnérable, je lève la tête et me retrouve face à son regard dur et impitoyable.

— Un peu de respect pour ta mère, dit-elle.

Puis elle quitte la pièce.

* * *

Je me tiens dans le salon, serrant ma joue blessée, me demandant que retenir de ces dernières semaines. Ma mère démente ? Mon harceleur taré ? Ou ma propre folie ? Je commence à me demander si mon esprit n'est pas à l'origine de la moitié des choses qui m'arrivent. Et si j'*avais* couché avec Peter, mais que je ne me souvenais pas de l'avoir fait ?

Et si j'étais à l'origine de tout ça ? C'est moi qui me suis fait virer de l'école, et c'est moi qui ai installé ces stupides caméras qui, au lieu de me tranquilliser, m'ont transformée en paranoïaque obsessionnelle. Je ne sais même pas comment le chat de Mrs Hamilton est mort. Il a pu faire une attaque.

Ça aurait pu être maman. Ça aurait pu être Peter.

J'attrape mon portable sur la table basse et décide de passer un dernier coup de fil.

Je manque de m'arrêter à mi-chemin, mais je me ressaisis et je continue à composer le numéro. Je ne sais pas ce que ça va donner, mais je dois faire *quelque chose*, et ça pourrait m'aider à me sentir mieux.

— Allô ?

— Votre fils est malade.

— Sophie ?

— J'ai trouvé un chat mort dans mon jardin.

Il y a une inspiration, suivie d'une pause.

— Il n'a pas pu faire ça. Il n'est pas comme ça.

— Il est temps de sortir la tête du sable et de se réveiller, dis-je.

Sa voix se durcit.

— L'avez-vous vu tuer le chat ?

— Non, mais...

— Avez-vous la moindre preuve ?

— Non...

— Je suis désolée pour ce que vous traversez, mais franchement, vous semblez un peu déséquilibrée, et vous avez eu des relations sexuelles avec mon fils sans daigner le rappeler.

J'essaie d'intervenir, mais elle continue.

— Vous êtes une traînée, et vous n'avez que ce que vous méritez. Maintenant, laissez-moi tranquille. Oh, et Peter est végétarien. Il ne ferait jamais de mal à un animal.

Lorsqu'elle raccroche, je me rends compte que je suis en train de rire. Tout ça est devenu bien trop ridicule.

Le chat n'est plus là, je le vois en regardant par la fenêtre. Je sors une bouteille de vin du réfrigérateur et l'apporte dans le salon. Je me demande si maman lit ses lettres malveillantes pendant qu'elle est à l'étage. Je me sers un grand verre de vin et prends quelques comprimés contre le mal de tête pour calmer la douleur.

Je peux arrêter ça. Je sais que je le peux. Mais ça signifie faire la seule chose que je n'ai pas la force de faire. Y penser me donne la nausée.

Je dois tenir tête à ma mère. Je dois exiger qu'elle me dise ce qui s'est passé. Il me faut oublier Peter. Il est une complication dans ma vie, mais il n'est pas la racine du problème. Je continue seulement d'espérer qu'il le soit. Non, la vraie question est de savoir ce que maman a fait il y a toutes ces années pour que nous quittions Londres. Comment a-t-elle trouvé l'argent pour acheter une maison ici ?

Je bois mon verre de vin et m'en sers un autre. Lorsque

je rouvre l'ordinateur, les caméras ne présentent toujours aucune image. Avec tout ce qui s'est passé cet après-midi, j'ai oublié d'appeler la ligne d'assistance pour leur dire que leur système de vidéosurveillance extrêmement coûteux est une belle merde. Dans mon état d'ébriété, je me demande si je peux me faire rembourser, puis je ris des pensées triviales qui me traversent l'esprit à côté des questions « Qui est mon harceleur ? » et « Ma mère essaie-t-elle de me rendre folle ? »

Mon corps se détend sous l'effet de l'alcool et des analgésiques. Après avoir bu un autre verre, je m'allonge sur le canapé, juste pour reposer ma tête un moment, essayant de calmer les pensées qui m'angoissent. Elles se dissipent au fur et à mesure que je sombre dans l'inconscience.

Un, deux, trois. À toi... C'est la dernière chose que j'entends en m'endormant. Cette voix aigüe et maladivement douce. Je n'ai pas l'esprit clair. C'est *moi* qui disais ces mots à mon amie imaginaire. Pourtant, au milieu de mes pensées éparses, j'ai l'impression qu'ils *me sont* adressés.

Rien ne va. Quelque chose ne tourne pas rond chez moi. Maman l'a dit elle-même. Mon *ombre* est mon amie imaginaire.

Allez, viens, Ombre.

Dans mes rêves, je cours dans la même rue que dans mon cauchemar avec l'homme qui me poursuit. Je serre ma veste pour me protéger du froid. Les grands arbres le long de la chaussée commencent à prendre une teinte dorée en ce début d'automne. Je suis seule. J'ai le vague sentiment que je ne devrais pas l'être, que j'étais avec quelqu'un et que cette personne m'a été enlevée. Je sens encore l'odeur de sa sucette à la fraise, et ma main qui serrait la sienne avec force.

Le soleil se couche lentement, nimbant le ciel d'encre.

De grosses larmes roulent sur mon visage et mon estomac est lourd d'appréhension. Des pensées me traversent l'esprit.

Comment vais-je lui parler du méchant homme ?

Elle ne comprendra pas. Elle me le reprochera.

Tout est de ma faute.

Je ralentis, n'ayant soudain plus envie de rentrer chez moi. Pour la première fois, j'examine l'espace qui m'entoure et je me rends compte que je ne suis pas là où je pensais être. Ma poitrine se serre quand je comprends que j'ai dépassé ma rue. Je cours depuis si longtemps que je suis entrée dans un autre quartier.

Il y a quelqu'un qui marche devant nous. Une femme avec une poussette.

Elle se penche vers moi.

— Tu es perdue ?

J'acquiesce.

Elle m'attrape par les épaules et me secoue. *Secoue. Secoue. Secoue.*

Sa bouche se contorsionne en une grimace de colère.

— Tu dois te réveiller. Réveille-toi et souviens-toi de tout.

Je me redresse d'un bond sur le canapé. Je ne peux pas respirer. J'inspire trois fois, surprise par la fraîcheur de l'air. Et par le bruit strident d'une alarme. Mon cœur bat à tout rompre, martelant mes côtes. *Bang. Bang. Bang.* Je passe mes doigts dans mes cheveux humides et je reprends mon souffle, gémissant sous l'effet de la douleur et de la terreur laissées par mon rêve. *Bang. Bang.*

Ce n'est pas seulement mon cœur. Je me lève d'un bond du canapé, faisant tomber un verre de vin à moitié vide sur le tapis. Il ne me faut pas longtemps pour trouver l'origine du bruit. La porte d'entrée est grande ouverte. L'alarme est celle de *notre* maison.

— Maman ? crié-je dans l'escalier.

Pas de réponse. Je me précipite dans sa chambre pour constater que le lit est vide et que ma mère a disparu.

19

Je ne sais pas combien de temps j'ai dormi, mais il fait nuit noire quand je sors en trombe de la maison. La lumière extérieure doit être aussi défectueuse que les caméras. C'est dans une obscurité presque totale que je trébuche le long de l'allée qui mène à la route. Enfin, en rejoignant le trottoir, je me retrouve éclairée par la lumière du réverbère.

Éméchée et groggy, je cours maladroitement sur la route en criant le nom de maman. La brise ramène sans cesse mes cheveux en bataille sur mon visage. Je ralentis un instant, essayant d'écarter les mèches de mes yeux.

L'air autour de moi semble différent. On dirait un changement d'atmosphère, comme si les atomes mêmes de l'air s'étaient modifiés. Puis, je remarque l'odeur. Un parfum. Poivré et piquant, mais c'est indéniablement du parfum. J'ai le souffle coupé. Un corps murmure contre le mien. Paniquée, je me tourne vers le mouvement. Je me fige en voyant une silhouette sombre passer devant moi. Bouche bée, je la poursuis, mais elle se fond dans l'obscurité comme si elle était le fruit de mon imagination. Le vent soulève mes cheveux alors que je reste immobile au milieu de la route, à la recherche de la mystérieuse silhouette.

— Maman ! m'écrié-je.

Mon sang se glace. Je frissonne en regardant la rue ; je ne vois que la longue route de mon rêve, avec les feuilles qui deviennent dorées et l'odeur d'une sucette à la fraise. Je suis redevenue une enfant, une petite fille effrayée. Je voulais que maman revienne, mais j'avais peur de lui dire ce qui s'était passé.

C'est à ce moment-là que je comprends. Ce rêve n'est pas un cauchemar, il est bien réel. C'est un souvenir.

À Londres, il y a toutes ces années, je courais dans cette rue avec les arbres et les feuilles dorées et j'avais peur que quelqu'un me poursuive. J'avais aussi peur de rentrer à la maison parce que je pensais que maman serait en colère contre moi. J'avais mal, mais je ne pense pas que j'étais blessée. Je ressentais la douleur au plus profond de moi, dans mon ventre. Le même genre de douleur que lorsque j'ai sorti le pull-over du coffre de maman. La même douleur qui me réveille à chaque fois que je fais ce rêve.

J'aimerais pouvoir me rappeler pourquoi je courais dans cette rue et pourquoi j'avais mal.

— Sophie ?

La voix me tire de mes pensées. Je m'empresse de traverser la rue pour me rendre au numéro soixante-seize, où vit une dame âgée. Elle se tient devant la porte ouverte, laissant la lumière de sa maison se répandre dans la rue.

— Sophie, elle est là. J'étais sur le point de venir vous chercher.

Je respire profondément et je me dirige vers la porte en trottinant.

— Oh, merci. Je suis vraiment désolée. Elle a dû trouver mes clés et s'en aller.

Je me creuse la tête pour trouver son nom. Agatha ? Non, Agnès.

— Elle est dans la cuisine et boit un verre d'eau. Entrez.

Agnès a une frêle carrure, et nage dans sa robe de chambre surdimensionnée. Malgré ses quatre-vingts ans, elle se déplace avec aisance lorsqu'elle me fait entrer dans sa maison.

— Maureen, votre fille est là.

Maman est assise à la table de la cuisine, ignorant le chihuahua d'Agnès qui lui jappe dessus. Elle ne semble pas me remarquer lorsque je franchis la porte.

Agnès se tourne vers moi.

— Voudriez-vous une tasse de thé ?

— Oh, je ne vais pas abuser. Il est tard, et nous vous avons déjà réveillée. Je suis vraiment désolée pour tout.

— Sophie, j'ai quatre-vingt-deux ans. Je ne dors plus beaucoup. En fait, la plupart des nuits, je me réveille et je finis par faire mon repassage.

Elle s'esclaffe.

— Tout va bien ces derniers temps ? Je ne voudrais pas passer pour une de ces voisines indiscrètes, mais vous n'avez pas l'air d'être vous-même, et la petite infirmière n'est pas venue aussi souvent que d'habitude.

— C'est gentil de vous en inquiéter.

Je me racle la gorge, espérant que le tremblement de ma voix n'est pas perceptible.

— Tout va bien, vraiment. Les choses ont été assez difficiles ces derniers temps. Maman n'a pas été elle-même. Je devrais la ramener à la maison et la mettre au lit. Merci encore pour tout ce que vous avez fait. Maman, viens. Il est temps de rentrer à la maison.

Mais maman émet un bruit désapprobateur.

— Tu as toujours été la mauvaise, Becca. Pourquoi tu ne peux pas être davantage comme Sophie ?

— Je suis Sophie, maman.

Je souris à Agnès pour essayer de désamorcer la tension. Elle jette un coup d'œil au loin, essayant de nous laisser de l'espace, mais avant ça, j'aperçois une lueur de pitié dans ses yeux.

— Tu n'es pas Sophie, dit maman.

À bout de patience, je saisis le bras de maman, plus brutalement que je n'en avais l'intention, et je la lève de sa chaise. Sans dire un mot de plus, je conduis ma mère hors de la maison et je la ramène chez nous.

La porte est toujours grande ouverte, et l'écho de la silhouette de l'ombre semble planer dans la maison. Je referme derrière moi. Je pense que nous sentons toutes les deux, dans ce silence, que l'essence de la maison a changé de manière irrévocable. Je sais, au fond de moi, qu'une fois que je me souviendrai de tout, nous ne pourrons plus jamais revenir en arrière. Nous nous regardons et nous observons la maison silencieuse. Nous y sommes.

LONDRES, NOVEMBRE 1985

Ce n'est pas notre jardin. Il fait plus froid ici. L'herbe est douce et spongieuse sous mes chaussures. J'attends le retour de maman. Elle est dans cette étrange maison depuis longtemps.

Je suis heureuse que mon ombre ait décidé de m'accompagner. J'aime l'avoir près de moi. Je me sens mieux et je n'ai plus aussi mal qu'avant. La seule chose que je n'aime pas avec l'ombre, c'est qu'elle ne répond pas. J'aimerais plus que tout qu'elle me parle, mais ça n'arrive jamais.

Un, deux, trois. À toi.

Silence.

Bon, tant pis. Je suppose que je devrais le faire moi-même.

— Je te mets au défi de tenir une limace pendant deux secondes. Ok, Sophie, c'est parti.

Je soulève le corps gras et visqueux et le pose sur ma paume.

— Un, deux, trois. À toi.

Je passe la limace à mon ombre, mais elle ne me tend pas la main.

— Je serai courageuse pour nous deux, alors. Un, deux...

Je jette la limace dans l'herbe et secoue la main.

— Beurk !

J'entends le bruit d'une porte qui s'ouvre derrière moi.

— Maman ! m'écrié-je. Je joue avec mon ombre, comme...

— Arrête ça.

Elle s'avance vers moi à grands pas, d'une façon qui ne laisse rien présager de bon.

— Il n'y a pas d'ombre. Arrête ça.

Son visage est rouge de colère lorsqu'elle se penche et comprime ma main.

Je me ratatine. Je préférerais encore être la limace. J'ai envie de pleurer, mais je ne le fais pas. Elle crierait davantage.

— C'est réglé, dit-elle. On part.

— On rentre à la maison ? J'ai froid. J'aime les limaces et mon ombre, mais je n'aime pas le froid d'ici.

— On quitte aussi la maison. On déménage.

Elle me prend le bras et me tire vers la porte.

— Il fera plus chaud là-bas ?

Elle hausse les épaules.

— Je ne sais pas. On verra bien.

— Becca vient avec nous ?

Maman s'arrête net. Son visage pâlit et ses doigts se resserrent autour de mes bras.

— Becca est morte.

Je n'aime pas quand elle dit ça. Ça me donne envie de pleurer.

— Ne parle plus jamais de Becca.

Ses yeux sont si durs que j'ai plus que jamais peur d'elle.

Je ne veux pas arrêter de parler de Becca. Mais peut-être que si je le fais, maman m'aimera à nouveau.

20

C'est la première fois depuis longtemps que je me souviens d'un événement aussi lointain. Je l'ai réalisé alors que je faisais chauffer du lait sur la cuisinière. Je jette un coup d'œil à maman, assise tranquillement à la table. Elle a de nouveau son puzzle devant elle. Je l'ai déplacé du canapé pour qu'elle ait plus de place pour travailler, mais elle n'a pas beaucoup progressé ces derniers jours. Les yeux dans le vide, elle tient une pièce entre ses doigts.

Elle sera toujours la même mère que dans mes souvenirs, du moins pour moi. Elle suscitera toujours chez moi un certain degré de culpabilité et de crainte. Je ne pourrai jamais effacer les cris, la manipulation et la cruauté psychologiques dont j'ai été victime, mais sa maladie la transforme lentement en enfant, et je ne sais pas quelle version d'elle est la pire.

— Tu as faim ? demandé-je.

Elle ne répond pas. Je verse le lait dans une tasse et sors du placard un paquet de biscuits au chocolat. Je les apporte à table et m'assois en face d'elle.

— Maman, je t'ai fait du lait chaud. Laisse-le refroidir quelques minutes, d'accord ?

Elle acquiesce, mais je ne suis pas convaincue qu'elle ait enregistré ce que j'ai dit.

Je pose ma main sur la table.

— Tu fais tout ça pour me rendre folle ? lâché-je. Est-ce que tu es à l'origine de tout ça ? Tu joues la comédie ? C'est toi qui as envoyé cet e-mail à Erin ? Est-ce que tu as fait exprès de découper mes vêtements et de boire de l'eau de Javel ?

Elle me fixe à nouveau. Ses yeux reviennent lentement à la réalité. Son expression passe de la peur à la confusion, puis j'y vois une étincelle de défi. C'est à ce moment-là que je sais qu'elle sort du brouillard de la maladie.

— Maman, qui est Becca ? demandé-je.

— Je ne sais pas.

Elle crispe la mâchoire et croise les bras.

— Tu m'as appelée Becca trois ou quatre fois. Tu ne peux pas continuer à prétendre que tu ne sais pas qui c'est. C'est quelqu'un de ton passé, n'est-ce pas ?

— Becca est morte.

Elle se détourne, toujours les bras croisés.

— D'accord, c'est un début. Mais pourquoi tu m'appelles toujours Becca ? Tu connais mon nom. Je suis ta fille. Je suis Sophie.

— Sophie est morte

Je laisse échapper un gémissement de frustration.

— Non, je ne suis pas morte. Je suis là. Je suis Sophie ! Regarde-moi, maman. Dis-moi à quoi tu joues. C'est pour me punir ? Tu estimes que je n'ai pas été à la hauteur de tes attentes ? Que j'ai fait fuir tous tes petits amis ? Que je suis trop laide pour être ta fille ?

— Arrête ! Arrête de dire ces choses !

— Alors, dis-moi qui est Becca !

Pour la première fois depuis très longtemps, les yeux de maman se remplissent de larmes. Je l'ai déjà vue pleurer, mais c'était généralement au milieu d'une crise de culpabilité, lorsqu'elle prétendait que je voulais sa mort ou que je voulais la quitter. Je ne l'ai jamais vue pleurer comme ça, doucement et à contrecœur, comme si elle essayait de ne pas ouvrir une partie d'elle-même qu'elle a enfermée depuis des années.

— Je ne peux pas te le dire.

Elle ne va pas me le dire, du moins pas comme ça. Je me lève de la table de la cuisine, la laissant à son puzzle inachevé, et je monte dans sa chambre. Puis j'ouvre le coffre à couvertures au bout du lit et je commence à chercher.

— Qu'est-ce que tu fais ? C'est privé. Ce sont mes affaires personnelles.

Maman m'a suivie. Quand elle voit que je fouille dans ses affaires, elle se précipite pour m'arrêter. Ses ongles griffent mes bras alors qu'elle essaie de m'éloigner du coffre. Je la repousse et continue à sortir du coffre des lettres, de vieux documents et des boîtes de biscuits. J'ouvre les boîtes et j'en jette le contenu sur la moquette, tandis que maman essaie de m'arracher les papiers des mains. Elle s'agenouille sur le sol en face de moi, en grognant et en criant. Mais je suis une femme différente aujourd'hui. Je suis une femme qui a besoin de réponses, qui est déterminée à comprendre ce qui lui arrive – et ce qui lui est arrivé par le passé. Je ne me laisserai pas intimider. Je ne me laisserai pas décourager. J'ai désormais une volonté inébranlable à laquelle ma mère n'a jamais eu à faire face de sa vie.

— Qu'y a-t-il dans cette boîte fermée ? demandé-je en la lui tendant.

Cette boîte provoque une réaction encore plus forte de sa part. Elle bondit vers moi. Je repousse sa main et je fracasse la boîte sur le sol de toutes mes forces. La vieille serrure saute, déversant les photographies sur la moquette. Maman laisse échapper un bruit aigu et se jette frénétiquement sur son contenu. Elle prend autant de photos que possible, mais c'est trop tard. Je les ai vues.

J'ai vu les deux enfants qui figurent sur chacune d'elles.

Je récupère une photo et une vague d'émotion m'envahit. Ma gorge se serre sous l'effet du cri inexprimé qui s'y est logé.

Maintenant, je sais.

Je m'en souviens maintenant.

LONDRES, SEPTEMBRE 1985

Ce n'est pas si loin de la maison. Ça ne prendra que dix minutes à pieds. J'en suis sûre. C'est du moins ce que je me répète.

Aujourd'hui, à l'école, Mrs Ellis nous a encore confondues. Comme tout le monde. Mais ce n'est pas grave. J'ai parfois l'impression de me tromper, moi aussi. On m'appelle Sophie *et* Becca tout le temps.

Il n'y a qu'une seule personne qui ne nous confond jamais. Elle sait toujours qui je suis. C'est maman.

Maman a oublié de venir nous chercher à l'école aujourd'hui, mais ce n'est pas grave. On peut rentrer à pied.

On a réussi à s'éclipser avant que les instituteurs ne nous retiennent. On déteste attendre en classe avec eux. On sait que ça cause des ennuis à maman. Elle est probablement encore au travail ou avec Simon, son nouveau petit ami, qui, selon elle, ne sera pas notre nouveau papa. Je n'arrête pas de lui demander quand on aura un nouveau papa digne de ce nom, mais elle me répond que si on n'avait pas conduit l'autre à la mort, on n'aurait pas besoin d'un nouveau papa. Je suppose qu'elle a raison.

Il fait plus froid aujourd'hui. Je crois que maman a oublié de nous mettre nos gros manteaux ce matin. Elle a aussi oublié d'emballer nos biscuits Penguin. Et mon sandwich n'était pas beurré. Je pense que maman est encore triste pour papa. Elle oublie beaucoup de choses. Parfois, elle oublie de nous réveiller pour aller à l'école. D'autres fois, elle oublie de payer les factures. Un homme est venu à la maison et a pris notre télévision. Maman lui a jeté ses pantoufles, mais il a quand même pris la télé, et maintenant on ne peut plus regarder *Coronation Street*.

Même s'il fait un peu froid, il y a encore du soleil et les feuilles deviennent dorées. J'aime quand elles tombent des arbres et qu'on peut les lancer sur les gens. Mes jambes sont lourdes, mais il ne reste que le parc et ensuite la rue pour rentrer à la maison.

— Il fait sombre, non ? chuchoté-je.

Mais elle n'entend pas. Elle me guide, comme toujours. Elle dit que je suis son ombre. Je me sens à la fois bien et mal. J'aime être près d'elle, mais je ne sais pas si je veux la suivre pour toujours. Quand on est ensemble, on dirait qu'on ne forme qu'une seule personne. *SophieBeccaSophie-Becca*. C'est à la fois une bonne et une mauvaise chose. Peut-être que j'ai besoin d'être un peu seule parfois.

— Salut mes mignonnes.

Elle s'arrête avant moi. Elle se retourne en premier. J'aurais continué à marcher, mais elle s'arrête.

— Qui êtes-vous ? demande-t-elle.

C'est toujours elle qui parle en premier. C'est pour ça que je suis étonnée quand les gens nous confondent. C'est toujours elle qui prend la parole d'abord.

— Je suis un ami de votre mère. Elle m'a dit qu'elle

était en retard et que je devais venir vous chercher. J'ai apporté des sucettes. Elles sont à la fraise. Vos préférées.

L'homme est grand et costaud, et ses yeux sont comme des cailloux sales. Je ne l'ai jamais vu avant, et je ne crois pas qu'il soit l'ami de maman, mais je vois bien que Becca veut la sucette parce qu'elle me tire vers lui.

21

C'est la dernière fois que j'ai vu ma sœur jumelle, Becca. L'homme l'a attrapée, et je lui ai serré fort la main. Quand je l'ai lâchée, j'ai essayé de lui attraper les cheveux, mais il l'a éloignée en plaquant sa sale main sur sa bouche. Je suis restée là et je l'ai regardé s'enfuir avec ma sœur dans les bras. La sucette à la fraise est tombée dans l'herbe. J'ai gardé ses cheveux dans mon poing jusqu'à la maison et j'ai raconté à ma mère ce qui s'était passé.

— J'étais son ombre, dis-je.

La photo que je tiens nous montre toutes les deux, bras dessus bras dessous, assises sur le canapé comme si c'était un jour comme les autres.

— Je la suivais partout. Ça a toujours été la meneuse.

— De quoi te souviens-tu ? demande maman.

— Je me souviens du parc. Je me souviens d'avoir couru en larmes jusqu'à la maison. Je me souviens des semaines qui ont suivi, quand les policiers ont fouillé notre maison avec leurs grosses bottes. Je me souviens d'avoir pleuré tous les soirs avant de m'endormir. Je me souviens qu'après son enlèvement, j'ai commencé à parler à mon ombre, parce que c'était la chose la plus proche d'elle que j'avais. Pourquoi ai-je oublié tout ça ?

— Tu étais si jeune. C'était probablement si douloureux.

— C'est pour ça qu'on a déménagé ? Pour fuir les souvenirs ? demandé-je.

— Oui

— Est-ce qu'elle est... morte ? demandé-je.

— Je ne sais pas.

La pièce est silencieuse. Je commence à ramasser d'autres photos de nous ensemble. Des photos de nous bébés. Puis enfants. Avec papa. En famille.

Je commence à parler dans un murmure rauque. Je prononce enfin ces mots gravés en moi depuis que je suis une petite fille, mais qui sont restés inexprimés pendant tout ce temps.

— J'ai toujours eu l'impression d'être une demi-personne. Une partie de moi me manque depuis qu'elle m'a été arrachée dans le parc. Je m'en suis voulu. J'ai porté la culpabilité d'un crime dont je ne me souvenais pas pendant toutes ces années.

Maman ne dit rien, mais elle tend la main et ramasse le pull que j'ai trouvé quand j'ai fouillé le coffre la première fois. Elle frotte le tissu sur son visage, et je frissonne au souvenir de ce tissu qui gratte.

Puis, je me redresse.

— Qu'est-ce que c'est ?

Maman me regarde, les yeux écarquillés.

— Tu... tu me forçais à porter ce pull. Tu disais que c'était mon préféré. Mais ce n'était pas le cas. Je le détestais.

Maman hausse les épaules.

— Alors, je me suis trompée.

Je secoue la tête.

— Non, non, ce n'est pas ça.

Les pièces du puzzle commencent enfin à s'imbriquer.

— Tu me forçais à porter ce pull et tu me disais : « Becca est partie. Becca ne reviendra jamais ».

— Parce qu'elle a été enlevée.

— Non, dis-je. Ce n'est pas ça. Quand je t'ai retrouvée chez Mrs Hamilton tout à l'heure, tu m'as dit que j'avais toujours été la mauvaise et tu m'as demandé pourquoi je ne pouvais pas être plus comme Sophie. Puis tu m'as appelée Becca.

— Sophie...

Son visage pâlit. Dans la lumière tamisée de sa chambre, elle est une goule. Une goule qui a pris la forme de ma mère. Ou peut-être une mère sous la forme d'une goule.

— Ce n'est pas Becca qui a été enlevée.

Ces mots ont un goût amer. Je fais un pas vers elle et je serre les poings.

— Tu m'as habillée comme elle. Tu m'as donné son nom.

— Je... Je n'ai pas...

— Si, tu l'as fait. Tu as toujours su qui était qui. Papa s'embrouillait parfois. Les enseignants à l'école ne s'en sortaient pas. Mais même quand on essayait de te faire des farces, tu savais toujours. Je n'ai jamais pu simuler son assurance, et c'est comme ça que tu la reconnaissais toujours.

La vérité est si horrible qu'elle refuse de sortir. Je ne suis pas sûre de pouvoir prononcer les mots.

— Je ne suis pas Sophie. Je suis Becca. On a enlevé ta préférée, et tu as essayé de me transformer en elle pendant toutes ces années. Mais je n'ai jamais répondu à tes attentes, pas vrai ? Parce que Sophie était la plus sûre de nous deux. C'était la meneuse. J'étais son ombre parce que je la suivais toujours. Si Sophie était restée avec toi, elle aurait été ton égale. Elle aurait répliqué, se serait rebellée, se serait défendue, et tu l'aurais respectée. Mais je ne l'ai jamais fait. Je cherchais ton approbation à tout bout de champ, et tu ne m'as jamais respectée. Tu m'as traitée comme un paillasson toutes ces années parce que *je t'ai laissé faire.*

Lorsque je me tais, mon corps tremble. Mes genoux flanchent, mais je tiens bon. Je veux qu'elle me voie pour une fois dans sa vie.

— Tu as toujours été une victime, dit-elle. Tu ne peux pas m'en vouloir pour ça. À chaque étape de ta vie, tu as pris la décision d'être une victime. D'être une martyre. Tu aurais pu partir il y a des années, mais tu ne l'as jamais fait. Tu as choisi de rester ici. Tu as choisi Jamie comme petit ami. Tu te plains tout le temps, mais tu ne peux t'en prendre qu'à toi-même. Et tu sais quoi ? Je t'en veux aussi. Pour tout. Mais surtout, je t'en veux pour Sophie, parce qu'on était censé t'enlever *toi.*

La pièce se rétrécit et se brouille. Quand je cligne des yeux, je vois la haine dans ses yeux. Je vois son vrai visage. Puis mes genoux s'affaissent et je m'écroule.

— Quoi ?

— Rien. J'en ai trop dit. Remets ces photos dans la boîte. *Maintenant.*

Je saisis son poignet alors qu'elle essaie de ramasser les photos sur la moquette.

— Dans la lettre à grand-mère, tu dis que tu as fait quelque chose d'innommable. D'impardonnable...

— Lâche-moi, Becca.

Elle balance son autre bras vers moi, mais je l'arrête.

— Dis-moi ce que tu as fait !

Je l'enfonce sous mon poids. Je sens presque la peur qui émane d'elle. Une peur aigre, sentant la sueur d'un jour. J'éprouve une satisfaction maladive à la voir effrayée. Pendant toutes ces années, j'ai eu peur d'elle, et maintenant je peux lui rendre la monnaie de sa pièce. J'appuie sur ses bras pour les plaquer contre le sol, me délectant de ses gémissements.

— Dis-le-moi ! exigé-je.

Elle me fixe comme si elle ne me reconnaissait pas. Ses yeux sont écarquillés d'incompréhension. Mais je ne lui fais plus confiance. Je ne crois pas un mot de ce qu'elle dit.

— DIS-MOI !

— Je t'ai vendue.

— *Quoi ?*

— On était affamées, alors je t'ai vendue.

Je la lâche. Je recule en titubant et tombe contre le lit. Quoi ?... Je ne comprends pas. Qu'est-ce que... Qu'est-ce que ça veut dire ? Je... Non.

— Becca. Je...

Elle pleure. Je l'entends dans sa voix. Je ne la vois pas parce que j'ai le visage entre les mains, mais je l'entends.

— Ça a été la décision la plus difficile de ma vie. Ton père s'était suicidé, et j'avais des dettes auprès d'usuriers. On était sur le point de perdre la maison. Je savais qu'on allait se retrouver à la rue dans quelques semaines. Tes grands-parents m'avaient coupé les vivres et refusaient de me voir ou même de me parler.

Elle marque une pause, mais je ne peux me résoudre à parler. Elle poursuit donc.

— C'est dans le vieux troquet de Geoff que j'ai découvert qu'on pouvait faire ça. J'étais ivre, en train de discuter avec un de ses copains douteux. Il m'a parlé de ces gens riches qui ne pouvaient pas avoir d'enfants. Il m'a dit qu'ils seraient prêts à payer cher pour un enfant, encore plus pour des jumelles, mais j'ai dit non, je ne me débarrasserais pas de mes filles.

— Mais tu l'as fait, murmuré-je.

— Je me suis sentie mal toute la journée. J'ai marché jusqu'au bout de la rue. Je venais vous chercher. Mais je n'arrêtais pas de penser à l'hypothèque. On allait perdre la maison.

— Tu m'as choisie. Parmi toutes les choses que tu aurais pu faire. Au lieu de mendier, de te prostituer, de voler, tu as choisi de *me* vendre.

— Ils ont pris la mauvaise, murmure-t-elle.

— On avait échangé nos pulls pour faire une blague à Mrs Ellis à l'école.

— Je n'ai jamais voulu que...

— Aussi bien, c'est devenu une esclave sexuelle. Elle a pu être vendue à des pédophiles et tomber dans la drogue...

— Non, m'interrompt maman. C'était une riche famille américaine qui voulait adopter, mais qui ne pouvait pas le faire à cause des formalités administratives. Il me l'a dit.

— Et tu as cru un homme qui faisait du trafic de petites filles ? Vraiment ? m'écrié-je. Tu as cru cette ordure. Je n'arrive pas à le croire... Je ne peux pas.

La vérité est encore pire que ce que j'aurais pu imaginer. Ma mère est un monstre.

La rage s'infiltre par tous mes pores, me remplissant entièrement. Elle devient une chose vivante qui grandit en moi, prenant la place de mes organes et de mes veines, bouchant mon cœur et mon âme. Elle exige un exutoire. J'attrape un coussin au bout du lit et je plonge vers le monstre qu'est ma mère.

Elle hoquette et s'éloigne de moi. Je tiens le coussin à un centimètre de son visage, le cœur battant à tout rompre. Ses yeux m'implorent.

Je pourrais y mettre un terme en quelques minutes. Je pourrais mettre fin à tout ça. Je serais libre.

— Fais-le.

Je crois d'abord que c'est la voix de maman, mais je réalise que ses lèvres n'ont pas bougé. Ensuite, je pense que je me le suis chuchoté à moi-même.

Mais il n'en est rien.

La voix provient de l'embrasure de la porte. Je laisse tomber le coussin et je me retourne pour me retrouver face à l'ombre qui me harcèle depuis des mois.

DEUXIÈME PARTIE

22

ADELINE

Qui serai-je aujourd'hui ?

Il y a le petit ami de Brooklyn qui pense que je suis Katie. La gentille petite Katie. Qui lui prépare des macaronis et lui fait son lit. Qui illumine son appartement miteux de son sourire radieux et laisse sa culotte sécher sur le rebord de sa baignoire. Il y a aussi le mec de l'été dans les Hamptons qui pense que je suis Serena, une fille de la haute société qui met des perles le jour, mais se lâche la nuit. Et puis je suis Roxanne pour le fêtard. On baise sous ecsta jusqu'au lever du jour.

Pour papa et maman, j'ai toujours été Addy. Ils ne connaissaient pas mes alter ego. J'étais leur douce et miraculée Addy qui est arrivée alors qu'ils pensaient ne jamais avoir d'enfants. Mais ils ne sont plus là, maintenant.

À leur enterrement, je n'étais plus Addy, du moins pas

pour eux. J'étais Adeline Burke, la fille éplorée, obligée d'étreindre et de serrer la main de tous les hommes qui auraient pu facilement tuer ses parents. Mais aucun d'entre eux n'est coupable, je le sais bien.

Papa essayait de le cacher, mais je savais ce qu'il faisait. Je me faufilais dans son bureau et lisais ses papiers, mémorisant soigneusement leur emplacement. Son bureau était fermé, mais je savais où il cachait un double des clés. J'étais au courant de ses manigances. Je savais que sa corruption allait au-delà du blanchiment d'argent, de Wall Street et de la politique. C'était un criminel, mais un criminel qui avait des relations et, surtout, de l'argent.

J'étais en train de jouer les Roxanne avec le fêtard quand j'ai appris l'accident de voiture de maman et papa. Je suis de nouveau avec lui lorsque Ralph appelle. C'est l'avocat de papa.

Le fêtard dispose d'un sacré pactole, dont une partie a servi à financer son appartement de l'Upper West Side avec vue sur Central Park. C'est en fin d'après-midi que je me réveille, les yeux bouffis, en entendant mon portable sonner Il est de plus en plus difficile d'être la fêtarde Roxanne. Maintenant que j'ai atteint la trentaine, j'ai du mal à jongler entre tous mes alter ego. Je pourrais peut-être garder Serena encore quelques étés. Katie devient lassante.

Je me demande quand j'aurai l'occasion d'être Adeline ?

Mon téléphone est sous le jean du fêtard, entre son canapé et la télévision.

— Allô ?

— Adeline, c'est Ralph.

— Salut, Ralphio.

— On doit passer en revue le testament de tes parents. Tu peux venir à mon bureau demain à 9 heures ?

Je gémis.

— Il faut vraiment que ce soit si tôt ? Tu es un putain de sadique, Ralphie.

Je l'imagine en train de sourire. Ses yeux ont commencé à se poser sur mes parties intimes lorsque j'ai atteint l'âge de quinze ans et que mes seins ont commencé à pousser. Pour moi, il a l'air d'avoir cinquante ans depuis vingt ans, probablement parce qu'il est en surpoids et chauve depuis tout ce temps. Il y a un bruissement à l'autre bout de la ligne, et je sais qu'il a attrapé une serviette ou un mouchoir pour éponger la sueur de son front. J'ai pensé plusieurs fois à me le faire, surtout pour emmerder papa, et aussi parce que je *peux le faire*. Mais je ne l'ai jamais fait. Je me demande si c'est l'idée de ces mouchoirs remplis de sueur qui m'a rebutée.

— On doit régler ça, Addy. Tu vas hériter de beaucoup d'argent. On doit discuter de ton héritage et des investissements potentiels. On doit parler des affaires de ton père.

— Je te l'ai dit, je ne les reprendrai pas. Je ne dirigerai pas ses entreprises. Je veux juste l'argent.

Traduction : Je n'ai pas envie que les autorités fédérales fouillent dans mes finances. Les agents rôdent depuis des années. Ils savent que papa n'était pas réglo, mais il a toujours été plus rapide et plus intelligent. Ils n'ont jamais pu l'attraper.

— Oui, je sais. Mais tu dois quand même venir me voir. À 9 heures tapantes.

Le coin de ma bouche se relève. J'aime quand il est autoritaire. C'est comme si papa était toujours là.

— D'accord. Ne monte pas sur tes grands cheveux. J'y serai.

— Brave fille.

Le fêtard se retourne et gémit. Je lui tapote le front,

récupère mes vêtements et j'allume une cigarette en sortant.

— J'espère que vous n'avez pas encore fumé dans l'ascenseur, me réprimande le portier. Un de ces jours, Roxie...

— Tout va bien. J'ai mis ma main sur le capteur.

— Passez une bonne journée.

Il sourit en m'ouvrant la porte.

Je lui fais un clin d'œil en sortant, et son sourire ne fait que s'élargir.

Il est 16 heures et la ville est en pleine effervescence. Je n'ai pas mangé de la journée et j'ai la tête qui tourne, alors je prends un café corsé et un bretzel. Je pourrais appeler mon chauffeur, mais je préfère prendre le métro jusqu'à Tribeca. Papa voulait que je déménage sur la Cinquième Avenue, mais je ne m'intégrais pas à la population locale. Je ne veux pas me faire remarquer. J'aime me fondre dans la masse et n'être personne. New York est parfait pour ça.

Alors, qui serai-je aujourd'hui ? Adeline ? La femme sans but, sans objectif ? Une femme qui, pour une raison quelconque, a vécu trente-cinq ans sans se sentir entière ? Ou bien personne, disparaître dans la foule du métro, en attendant le prochain masque à porter ? Oui, je pense que je vais faire ça.

* * *

Ralph Scalzi est assis derrière son bureau en acajou. Une démonstration stéréotypée de pouvoir masculin. Je me suis souvent demandé si le fait d'acheter une grosse voiture pour compenser une petite bite ne s'appliquait pas aussi aux bureaux. Ça ne me surprendrait pas venant de Ralph. Il a toujours essayé de paraître plus grand, plus imposant qu'il ne l'est en réalité.

Scalzi, l'avocat de génie – s'il y a une faille, il la trouvera ; s'il y a une faveur à réclamer, il le fera – a travaillé avec des mafieux de haut rang, des politiciens corrompus et des hommes d'affaires malhonnêtes. Et mon père, qui pourrait être considéré comme un mélange de tout ça. Mais c'est un homme de petite taille avec une large corpulence – court et trapu – et un visage qui rougit au moindre effort. Chaque fois que je le vois, je ne peux pas me débarrasser de l'image de lui en train de souffler sur moi. Ça me faisait rire, avant. Mais aujourd'hui, je le vois et j'imagine ce que pourrait être mon avenir. Le fêtard pourrait bientôt appartenir au passé, remplacé par le type transpirant et chauve.

Je frémis.

— Addy, tu es venue ! Et tu as seulement cinq minutes de retard.

Il désigne la chaise qui se trouve devant son bureau.

— C'est un record personnel

— Comment vas-tu ?

Je laisse échapper un soupir. Ralph ne devrait pas me poser cette question. Il n'est pas censé être comme tous ces gens qui s'apitoient sur mon sort lorsqu'ils évoquent mes parents. Je ne suis pas comme ça. Je ne veux pas qu'on me plaigne.

— Je vais bien.

— Si tu as besoin de quoi que ce soit...

Je lève les mains pour lui couper la parole.

— Je vais bien.

Il lorgne le décolleté de la robe rouge que j'ai enfilée ce matin. Il n'a jamais cessé de me reluquer, même après mes trente ans. La plupart des hommes se sont désintéressés de moi quand j'ai atteint ce seuil fatidique. On ne m'a plus offert autant de verres, bien que j'aie gardé la ligne. Je me suis souvent demandé si Ralph était seulement intéressé par mon corps. Je me demande s'il n'a pas développé de vrais sentiments pour moi au fil des ans. Je me demande également ce qu'en penserait sa femme.

Il remue ses papiers, et une onde de tension parcourt sa mâchoire. Ralph n'est pas vraiment avenant, mais il semble encore plus tendu que d'habitude aujourd'hui. Une perle de sueur coule le long de sa tempe. Il va pour saisir le mouchoir qui se trouve dans la poche supérieure de sa veste, puis se ravise et s'éclaircit la gorge.

— Addy, nous avons beaucoup de choses à nous dire aujourd'hui. Il y a des choses dans le testament de tes parents que je dois te révéler et qui pourraient te choquer.

Je feins la surprise.

— Papa était un escroc. Je le sais déjà. Est-ce qu'ils avaient des dettes ? Ou bien ils ont tout cramé ?

— Non, pas du tout. Et tu ne peux pas dire une chose pareille à propos de ton père dans cette pièce. Je suis ton avocat, tu te souviens ?

Je hausse les épaules.

— Ouais. Alors, qu'est-ce qui se passe avec l'argent de papa ?

— Oh, ça n'a rien à voir avec ça. Ta mère et ton père t'ont laissé une somme importante, ainsi que l'appartement dans l'Upper East Side et la maison d'été de Southampton. Tous les détails figurent dans le testament. Ce dont je voulais te parler, c'est de ton adoption.

— Mon adoption ?

Je me penche en avant sur la chaise.

— Quoi ? Mais je... je ne savais pas.

Ralph met la main sur une enveloppe en papier. Il tape deux fois sur le bureau, un tic nerveux chez lui.

— Ce que je vais te révéler, je ne l'ai moi-même appris qu'après la mort de tes parents.

Il a toute mon attention.

— Ton père n'aurait pas pu me le dire de son vivant, car ça aurait été reconnaître un crime. Tu n'as pas été adoptée, Adeline. On t'a achetée.

Ce mot me frappe comme un coup de poing. *Bam.* On m'a *achetée* ?

Pour une fois, je reste sans voix. Maman avait l'habitude de dire qu'il faudrait un miracle pour me faire taire, que j'étais sortie du ventre maternel en parlant. Hum. Je suppose que ça aussi, c'était un mensonge.

— Les détails de la... euh... transaction figurent dans cette enveloppe. Tout ce que je sais, c'est que ton père a payé un groupe d'hommes pour te faire entrer clandestinement dans le pays depuis l'Angleterre. Tes parents vivaient dans le nord de l'État. Ta mère avait un casier judiciaire, c'est pour ça qu'ils n'ont jamais pu adopter légalement. Quand tes parents ont quitté leur ancienne vie, ils t'ont fait passer pour leur propre fille et t'ont déclarée comme telle. Il a fallu tirer des ficelles, apparemment, mais ce n'est pas moi qui ai tout arrangé.

Je me penche en arrière sur ma chaise, bouleversée par la nouvelle. L'ecsta et l'alcool de la soirée doivent me rattraper, car mon estomac ressemble à une vieille machine à laver.

— Je n'arrive pas à y croire. Alors, d'où est-ce que je viens ?

Il me tend l'enveloppe.

— De Londres. D'une mère célibataire qui n'avait pas les moyens de te garder. Des dispositions ont été prises pour qu'on t'enlève dans un parc et qu'on t'introduise clandestinement dans le pays.

Une rage sourde monte de mes tripes. Ça fait longtemps que je n'ai pas ressenti ça, et ça me fait peur. Je serre et desserre les poings, essayant de dompter la bête.

— Et combien j'ai coûté ? Combien cette femme a reçu ?

Ralph se tortille sur son siège.

— Je ne sais pas.

Je déchire l'enveloppe et commence à en parcourir le contenu. Je lève les yeux vers Ralph.

— Tu connais un bon détective privé ?

23

ADELINE

Papa était un homme de grande taille. Maman a toujours dit que c'était l'une des raisons pour lesquelles les gens lui faisaient confiance. Les hommes sont faits pour être grands. Ils sont censés dominer les femmes et inspirer le respect. Ça ne signifie pas que les femmes doivent être faibles. Il y a des amazones parmi nous. Il y a aussi des femmes féroces et discrètes auxquelles il ne faut pas se frotter. Maman aurait pu être l'une d'elles, si elle n'avait pas rencontré mon père. Elle a grandi dans une famille de sept enfants en proie à la pauvreté. Elle était accro à la drogue jusqu'à ce qu'elle rencontre papa et qu'il la désintoxique, mais pas avant d'avoir fait des allers-retours en prison.

Papa aimait les créatures blessées, et c'est pour ça que je sais que tout est vrai. Il aurait adoré l'idée de recueillir une enfant mal aimée au point d'être vendue par sa propre mère.

Depuis ma rencontre avec Ralph, je fais toujours le même rêve. Je suis petite, j'ai environ cinq ans, je suis fatiguée, j'ai faim et je suis gênée de sentir mauvais. Un grand homme me regarde, un homme aux yeux bleus. Il me parle.

— Nous allons devoir nous débarrasser de cet accent.

Je réponds, mais je n'entends pas les mots.

— Petite chose bruyante. Tu as du cran, n'est-ce pas ?

Je ne me rappelle plus ce que j'ai répondu.

Je n'ai rien ressenti à la mort de mes parents. Papa aimait les créatures blessées, mais il aimait aussi les briser. Avec lui, c'était un cycle. Les femmes de sa vie devraient être brisées, puis réparées, puis brisées à nouveau. Il aimait les briser davantage pour qu'elles ne se remettent jamais.

Et maman n'a jamais rien fait pour l'arrêter. Je suppose que ça a dû être difficile lorsque papa buvait trop et la battait, mais elle ne l'a jamais quitté et ne l'a jamais arrêté. Elle le méritait.

J'ai grandi, brisée à l'intérieur. Ce qui me fait le plus peur, c'est que tous les morceaux en moi remontent un jour à la surface et que tout le monde voie qui je suis vraiment. Ils m'ont fait un sale coup, et je me suis dit qu'il fallait que j'en tire un peu d'argent. Ils m'ont brisée, mais je les ai tués.

Officiellement, c'était un délit de fuite.

Mais je savais qui payer. Je savais quelles paumes graisser avec l'argent sale que papa avait gagné pour moi. J'aurais dû le faire il y a des années. J'aurais dû acheter ma liberté. Ce n'est que maintenant que je réalise ce qu'il m'a pris. Ce qu'il a acheté.

Il est temps de retrouver les femmes qui m'ont brisée en premier lieu. D'après l'enveloppe que Ralph m'a remise, mon vrai nom est Sophie Howland et je suis née dans la banlieue de Londres. Mes parents sont Maureen et Geoff Howland. Mon père s'est suicidé quatre ans après ma naissance. Maureen m'a vendue un an plus tard. Mais il y a pire. Ce que je n'arrive pas à assimiler, c'est que j'ai une sœur jumelle qui s'appelle Becca Howland.

Une jumelle.

Il n'y a pas de photos. Ce que je veux plus que tout, c'est voir le visage de la mère qui m'a vendue au plus offrant. La femme qui se fichait que je finisse dans le commerce du sexe ou que je sois vendue à un homme qui aimait briser les petites filles. Qui s'en moquait.

Ralph me donne le numéro d'un certain John Ashley, un détective privé en qui il a confiance. Si Ralph lui fait confiance, alors moi aussi. Jusqu'à un certain point, en tout cas. Il n'y a pas un seul être humain sur cette Terre en qui j'ai réellement confiance.

J'organise tout par téléphone, même si j'aimerais savoir à quoi ressemble ce John Ashley. Je préfère voir les personnes à qui je parle, sinon le suspense est insoutenable. Je me résous à le rechercher sur Internet une fois que j'aurai raccroché.

Il s'agit d'une transaction assez simple. Je lui donne des détails sur Maureen Howland et lui transfère un paquet d'argent. Il me dit qu'il me contactera. Puis j'attends.

Enfin, presque.

Je fais mes propres recherches de mon côté. Je rentre le nom de Maureen Howland sur Facebook et je cherche à Londres. Il y a quelques dizaines de profils, mais seules cinq ou six femmes ont l'âge requis. La plupart des profils sont « privés » et n'affichent guère plus qu'une photo. Je n'ai aucun moyen de savoir laquelle pourrait être ma mère, alors je décide de les haïr toutes avec la même férocité.

Ensuite, j'essaie Becca Howland. Je passe en revue tous les profils, mais aucune photo ne me ressemble, alors j'éteins l'ordinateur et je me mets à faire les cent pas dans l'appartement.

Il y a quelqu'un, là dehors, qui me ressemble comme deux gouttes d'eau. Est-elle plus à l'aise dans ma peau que moi ? A-t-elle eu la vie que je méritais ? A-t-elle été protégée, chérie et bordée la nuit ? Sincèrement aimée par une mère ?

L'idée même de son existence m'est insupportable.

* * *

Mes rêves changent. Je ne rêve plus de la première fois où j'ai rencontré papa. Je rêve d'*elle*. Becca. Nous sommes à l'école, au fond de la classe. Je me souviens du trou dans ma chaussure qui laissait passer l'eau et de ma coupe de cheveux bizarre. Becca et moi avions la même, de travers, parce que notre mère avait l'habitude de dévier vers la droite avec les ciseaux. Je m'en souviens maintenant. C'est un petit détail que j'avais oublié tout ce temps.

Dans mes rêves, nous sommes au fond de la classe et nous baissons la tête pour chuchoter. Nous ricanons. Nous avons une idée.

— Un, deux, trois. À toi, dis-je.

C'est notre signal. Notre code qui indique que nous mettons l'autre au défi d'agir. Cette fois, alors que la maîtresse nous tourne le dos, nous enlevons nos pulls et les échangeons. Puis, nous changeons de place. Pour le reste de la classe, je suis Becca et elle est Sophie. Je suis rayonnante, pleine de confiance, parce que je sais que Becca veut être moi. Tout le monde veut l'être. Je fais rire et sourire tout le monde. Je peux obtenir des gens qu'ils fassent ce que je veux en étant insolente.

— Allez, viens, Ombre, dis-je à Becca alors que nous attendons devant le portail de l'école. Si on ne se dépêche pas, ils nous feront attendre à l'intérieur, et maman aura des ennuis.

— Je ne sais pas si on devrait faire ça, répond Becca.

Je prends sa main dans la mienne et l'entraîne loin de l'école.

C'est alors que je me réveille dans une flaque de ma propre sueur. Je n'aime pas ces rêves. Je n'aime pas me rappeler que j'ai eu une relation avec ma sœur, une relation avec beaucoup d'affection. Je presse mes doigts sur mon crâne pour chasser ces souvenirs. Mais ils ne partiront pas. Ils restent m'accabler.

Une semaine plus tard, John Ashley m'appelle. Je le retrouve immédiatement, incapable d'attendre plus longtemps. Je suis assise dans son bureau de Long Island, martelant le plateau avec mon stylo, débordant d'impatience.

Il prend un temps fou pour rassembler ses documents avant de commencer. Pendant qu'il se délecte de mon impatience, je l'étudie, soulagée de savoir enfin à quoi il ressemble. Il est plus jeune que je ne l'imaginais, peut-être la fin de la quarantaine, tout à fait baisable. Peut-être que si je me débarrasse du fêtard, j'aurai une place libre pour le détective. J'aime les poils châtains sur son menton, et ses mains grandes et fortes.

— Votre mère biologique a quitté Londres peu après votre disparition. Elle a déménagé dans un petit village du Yorkshire du Nord appelé Eddington.

Il pousse une photo sur le bureau et je la vois enfin. Je la saisis avec avidité.

— Je peux la garder ? demandé-je.

— Bien sûr.

La photographie est granuleuse. Il est possible qu'il s'agisse d'un selfie, à en juger par l'angle de la photo. Le fait que ma mère biologique soit le genre de personne à prendre un selfie, probablement pour les réseaux sociaux, est étrange en soi. La ressemblance me frappe immédiatement. Je n'avais jamais remarqué que je ne ressemblais pas à mes parents – jusqu'à ce que je réalise à quel point je ressemblais à ma vraie mère. Nous avons les mêmes yeux vifs et les mêmes pommettes hautes. Elle se tient comme une reine d'antan, regardant les paysans en contrebas. Si je ne la détestais pas, je pourrais l'apprécier.

— Ça vient de son compte Facebook, poursuit John.

— Mais j'ai vérifié sur Facebook et je ne l'ai pas trouvée, dis-je.

— Ça n'a pas été facile. Elle avait retiré son profil de la recherche. Après avoir appris qu'elle avait déménagé à Eddington, j'ai parcouru les listes d'amis des femmes de son âge dans la région. Elle a fini par apparaître.

J'acquiesce.

— Et Becca Howland ?

Les yeux de John s'illuminent et, pour la première fois, je réalise qu'il aime son travail.

— Ahh, eh bien, c'était beaucoup plus... intéressant. D'après le dossier de votre père, vous êtes Sophie Howland, ce qui signifie que votre sœur doit être Becca Howland. Vous avez été enlevée dans un parc en 1985. Mais il a dû y avoir une erreur, car votre mère biologique a signalé la disparition de *Becca* Howland. Ça a fait la une des journaux en Angleterre. Vos parents ont eu de la chance qu'on ne vous ait jamais retrouvée. Une semaine après votre enlèvement, une autre enfant a disparu et les gens se sont désintéressés de la question.

— Mais j'ai des souvenirs d'enfance et je *me souviens* avoir été Sophie. Je ne suis pas Becca. Becca était ma sœur.

— Becca est bien l'enfant qui a été portée disparue.

Il hésite.

— Et déclarée morte par la suite.

— Elle a menti.

Ma voix est rauque.

— Elle a menti à la police. Pourquoi avoir fait ça ?

John Ashley déglutit avant de répondre. Pour la première fois, il semble mal à l'aise. Il a même pitié de moi. Je le vois dans ses yeux et dans son léger froncement de sourcils compatissant.

— Je ne sais pas.

— Avez-vous une photo d'elle ? demandé-je.

— Oui. Je l'ai récupérée sur le site de l'école primaire d'Eddington, où elle travaille comme enseignante. Elle n'a pas de comptes sur les réseaux sociaux. À part un profil de rencontre.

Ça me donne envie de rire. L'idée que ma sœur sorte avec des types en ligne. Mais cette envie s'éteint lorsque je regarde sa photo.

Le coup de poing au creux de mon estomac est si fort que j'en ai le souffle coupé. Je me souviens d'elle maintenant. Je me souviens de l'expression triste qu'elle prenait lorsque je l'incitais à me couvrir quand j'étais méchante. Je me souviens que sa peluche préférée était un lion à qui il manquait un œil et dont la patte gauche était remplie de bourre. Je me souviens que je lui ai arraché la tête un jour de colère et que maman... Maureen... a dû la recoudre. Je me souviens que la voix de ma sœur ressemblait exactement à la mienne et que nous avions toutes les deux un accent londonien. Je me souviens de son odeur et du toucher de ses cheveux.

Les sanglots montent, ce qui me semble ridicule, alors que je fixe cette femme qui semble n'être qu'une pâle version de moi. Sa coupe de cheveux est atroce, ses dents sont tordues et elle a des rides autour des yeux que je n'ai pas. Elle est plus grosse que moi. Voûtée, ce qui donne l'impression que ses seins tombent.

— Vous voulez un mouchoir ?

John Ashley me tend la boîte, mais je secoue la tête.

— Ça fait beaucoup à encaisser, n'est-ce pas ? Vous avez une autre famille dont vous n'avez jamais entendu parler.

— Une famille qui m'a vendue et qui a volé mon identité.

Je renifle et chasse mes larmes.

— Vous avez leur adresse ?

24

ADELINE

À 6 000 mètres d'altitude, la femme blonde aux lunettes de soleil se tourne enfin vers moi et me dit :

— Il n'y a pas beaucoup d'Américains qui font New York - Manchester. D'habitude, ce sont surtout les touristes comme moi qui rentrent.

— Je rentre chez moi pour rendre visite à ma famille. Ils vivent dans le Yorkshire.

— Oh, comme c'est original.

Lorsqu'elle rit, ses lunettes de soleil montent et descendent sur son nez. Elle a une voix qui grince. Presque nasillarde.

— Ce sont des parents éloignés. Je les connais à peine.

Je m'adosse au siège en cuir. J'ai envisagé de prendre un billet en classe économique pour ne pas attirer l'attention, mais je me suis dit que personne ne ferait attention à moi de toute façon. Ce n'est pas comme si *Maureen* ou *Becca* s'attendaient à me voir. Je suis partie depuis trente ans.

— Eh bien, ça se fête, non ? Que diriez-vous d'un verre de prosecco ?

— S'il y a du champagne, je suis partante, lancé-je.

— Je m'appelle Amy, au fait, dit-elle.

Je la fixe, mais avec les lunettes de soleil, je n'arrive pas à deviner son âge. Ses cheveux sont suffisamment teints pour masquer toute trace de gris, et sa silhouette est menue. Elle porte des vêtements de marque coûteux, à la limite du vulgaire, et apprécie visiblement les imprimés léopard noirs.

— Sophie, dis-je.

Je savoure ce nom sur ma langue. Il glisse comme du caramel fondu. Je ne suis pas encore tout à fait prête à être *elle,* mais j'aime essayer son nom.

— Dites-moi, Amy, est-ce que les gens du Yorkshire du Nord parlent comme vous ?

— Vous voulez parler de mon accent ? Presque, mais pas tout à fait. Vous verrez quand vous y serez.

— Pouvez-vous m'apprendre quelques phrases avec votre accent ? Je vous apprendrai celui de New York.

L'hôtesse de l'air nous apporte deux flûtes de champagne et Amy s'esclaffe.

— Très bien. Pourquoi pas : « Que diriez-vous d'une tasse de thé ? »

Je répète la phrase et elle rit.

— Pas mal !

Je réessaie, et ses sourcils dépassent ses énormes lunettes.

— C'est que vous vous en sortez bien !

— Je suis plutôt douée avec les accents.

— Je vois ça.

* * *

Amy a la gentillesse de me parler des rues commerçantes en Angleterre et de me dire où trouver les vêtements les moins chics qui soient. Je lui explique que c'est pour ma tante, mais je veux en réalité essayer les vêtements que porte « Sophie ».

Je loue une voiture à Manchester et m'exerce à conduire du mauvais côté de la route dans des petites rues résidentielles où des enfants sales tapent dans des ballons de foot. C'est une Ford Focus, une voiture que papa n'aurait jamais louée, qu'il n'aurait jamais conduite et dans laquelle il ne serait jamais monté. Elle est vieille par rapport aux voitures que je conduisais lorsque je m'aventurais hors de Manhattan. Un véhicule d'un gris terne, exactement ce dont j'ai besoin pour me fondre dans le paysage.

L'Angleterre me paraît être un pays plutôt gris. Le soleil ne semble apparaître que par endroits. Puis il disparaît à nouveau derrière les nuages, et le ciel redevient sombre.

Pendant le trajet vers le Yorkshire, j'écoute un livre audio dont l'action se déroule dans ce même comté, m'arrêtant de temps à autre pour répéter les phrases. Je m'arrête dans un pub pour dîner et j'enfile mes nouveaux vêtements. Le soutien-gorge est mal ajusté, ce qui donne l'impression que mes seins ne sont pas soutenus. Je ne prends pas la peine de me brosser les cheveux et je m'affaisse un peu vers l'avant. J'efface les dernières traces de mon maquillage. Je suis quasiment elle.

Lorsque je commande mon repas, j'essaie mon nouvel accent, en prenant soin d'écouter attentivement la façon dont parle la jeune serveuse. Si elle remarque mon faux accent, elle n'en dit rien ; elle ne me regarde même pas étrangement. Elle revient rapidement avec mon grand cheeseburger et mes frites. Je dois prendre du poids si je veux être elle. Nous sommes les mêmes, à quelques différences près. Elle a connu trente ans de cuisine et de dentistes britanniques. J'ai connu trente ans d'Upper East Side new-yorkais.

J'ai des fourmis dans l'estomac à l'idée que nos deux histoires distinctes se rejoignent enfin. Cette réunion ne peut être que magistrale. Je mange mon hamburger et répète en boucle dans ma tête l'adresse de Maureen et Sophie Howland.

Je décide de séjourner dans un petit *bed and breakfast* dans la ville la plus proche d'Eddington. Il y a quelques maisons de vacances à Eddington même, mais je préfère ne pas attirer l'attention sur moi. Et j'ai toujours la crainte d'être prise pour Sophie prématurément.

Dans ma chambre, à l'étage, je regarde sa photo et je me déambule dans la pièce en faisant semblant d'être elle. Avant de sombrer dans l'apathie, j'ai pris des cours de théâtre et j'ai même auditionné pour quelques pièces. Papa n'a jamais voulu que je sois comédienne. Il était persuadé que ce n'était pas ma voie. Nous en avons discuté pendant longtemps. Maman a même essayé de m'en dissuader.

Ils n'auraient pas dû s'en inquiéter. Je n'étais ni assez talentueuse ni assez belle pour être actrice, comme me l'ont dit pratiquement tous les agents de New York.

Mais ça fait quinze ans que je les détrompe, car j'ai découvert comment devenir quelqu'un d'autre, et n'est-ce pas là le summum du métier ?

L'accent du Yorkshire devient une partie intégrante de mon être. Il est temps de bannir de mon vocabulaire le mot « maman ». Maureen Howland est ma *mère*. Elle a cinquante-cinq ans et vit à Eddington. Quand j'avais cinq ans, elle m'a vendue à mon père et à ma mère contre une somme d'argent inconnue.

Non, je ne peux pas penser comme ça. Je suis l'*autre* Sophie Howland, celle qui a grandi dans une petite maison à Eddington et qui n'a jamais quitté ce même village. Elle est restée aux côtés de sa mère pendant toutes ces années, vivant dans la même maison, sans trouver de mari ni avoir d'enfants, et elle travaille dans une école élémentaire – non, primaire – où elle enseigne aux enfants dans ses cardigans Marks and Spencer.

Sophie Howland n'a jamais quitté le pays. Elle n'a jamais déambulé dans Central Park sous l'emprise de l'ecstasy à 4 heures du matin ni essayé de se mordre la joue dans le métro.

Je m'allonge sur mon lit moelleux et je me demande ce qu'elle fait en ce moment. C'est la première fois que le doute s'installe. Et si ça tournait mal ? Et si je perdais le contrôle de la situation et que je finissais blessée ? Mais mon esprit revient toujours au jour où j'ai conduit Becca – ou *Sophie,* comme elle s'appelle maintenant – hors de l'école, et où on m'a enlevée. On m'a volé une sœur. Je n'ai pas pu passer mon adolescence à me disputer avec elle au sujet des vêtements ou de notre cavalier pour le bal de promo.

Y a-t-il seulement des bals de promo en Angleterre ? Peu importe. J'ai raté tout ça. Ça me manque maintenant. Elle me manque.

* * *

J'entre Eddington dans le GPS de ma voiture de location et prends la direction du village. L'endroit est à l'image de l'Angleterre, rempli de petites maisons et de jardins, identiques et pittoresques. Il est clair que cet endroit est plus huppé que d'autres villes que j'ai traversées. Un frisson de rage remonte le long de ma colonne vertébrale, réchauffant mon visage et mes doigts. *J'ai* payé pour ça. C'est *ma* vente qui a permis à Maureen d'installer ici la seule enfant qui lui restait.

La première fois que je vois la maison, je me gare presque pour vomir, mais l'envie s'estompe, heureusement. La maison n'a rien de particulier. C'est la même que les autres. Le voilà, l'endroit où ma sœur vit en tant que moi, et où ma mère la traite comme elle m'aurait traitée. Pourquoi a-t-elle échangé nos identités ? Je ne crois pas un seul instant qu'elle nous ait confondues. Dans les vagues souvenirs que j'ai d'elle, elle a toujours su qui était qui. Les enseignants n'y arrivaient jamais, mais elle, si.

Je gare la voiture de l'autre côté de la rue et m'enfonce dans mon siège, cachant mes cheveux sous un bonnet. C'est samedi matin et je ne connais pas leur routine. Je ne sais pas si elles vont sortir, mais mon cœur bat la chamade à l'idée de voir l'une d'elles pour la première fois.

— Allez, viens, Ombre, murmuré-je.

J'observe une petite femme aux cheveux blonds, portant un uniforme d'infirmière, marcher dans la rue. Elle tourne au coin de la rue dans l'allée de Maureen et Sophie et frappe à la porte. J'ai le cœur au bord des lèvres. Je suis sur le point d'apercevoir au moins l'une d'elles. Je ne me demande même pas pourquoi une infirmière viendrait chez elles ; je suis trop obnubilée par l'idée de les voir. S'agira-t-il de Maureen ? Ou bien Sophie ?

La porte s'ouvre en grand et je sursaute.

C'est *elle*. Sophie. La femme qui me ressemble. J'entends sa voix.

— Bonjour, Erin. Merci d'être venue un samedi...

C'est *ma* voix, sauf que ça ne l'est pas. Je la mémorise. L'accent du Yorkshire que j'ai pratiqué est présent, mais il n'est pas aussi fort que je l'imaginais. Je me répète doucement ses mots.

Bonjour, Erin. Merci d'être venue un samedi.

La voir me fait l'effet d'un coup de poing. Pendant toutes ces années, j'ai pleuré sa perte, mais je l'avais effacée de mon esprit. Maman et papa m'ont toujours dit que je n'avais jamais eu de sœur, que j'étais amie avec quelqu'un il y a longtemps et que c'est de cette amie dont je me souvenais. Au bout d'un certain temps, j'ai chassé tout ça de mon esprit et j'ai commencé ma nouvelle vie sans jamais regarder en arrière.

Est-ce que je le regrette ? Non. J'avais besoin de survivre. J'avais besoin d'aller de l'avant.

Mais maintenant, il m'en faut plus. J'ai besoin d'avoir des réponses et d'obtenir justice.

25

ADELINE

Il est facile de séjourner au B&B sans éveiller les soupçons. Je paie un mois d'avance et j'explique à la gentille propriétaire que je fais profil bas après avoir quitté un mari violent. Elle se tape le nez et répond :

— N'en dites pas plus.

Je n'en avais pas l'intention.

J'apprends la routine de Sophie. Elle attend que l'infirmière blonde, Erin, arrive tous les matins, puis elle se rend à l'école primaire d'Eddington. Elle en repart tous les jours entre 16 et 17 heures et rentre chez elle. Erin s'en va environ dix minutes plus tard. Maureen ne quitte quasiment jamais la maison.

Il doit y avoir une raison pour laquelle elle a besoin de soins constants. Je continue à les observer. Parfois, le week-end, Maureen et Sophie font du shopping ensemble ou vont au café.

Je dois être très prudente lorsque je les suis. À un moment donné, je troque ma voiture de location contre une Nissan bleue afin d'éviter d'attirer les soupçons des voisins curieux. La rue est assez calme, mais elle est également proche d'un parc visiblement populaire auprès des parents qui se déplacent en voiture. Les voisins sont donc habitués à voir des voitures inconnues dans le coin. Mais lorsque Sophie et Maureen quittent la maison, j'ai les cheveux cachés sous un bonnet. Le temps est chaud et ensoleillé, ce qui rend le bonnet inconfortable, mais au moins mes lunettes de soleil ne semblent pas trop incongrues.

Une fois Sophie partie au travail, je me faufile à l'arrière de la maison et j'observe Maureen qui sort dans le jardin. Je la regarde s'installer sur une chaise longue avec une tasse de thé. Après en avoir bu une gorgée, elle jette la tasse par terre, la brisant sur les dalles du patio.

Erin se précipite dans le jardin.

— Oh, pourquoi avoir fait ça ? dit-elle en soupirant.

— Il était trop chaud. J'avais bien dit qu'il fallait le laisser refroidir.

Après qu'Erin a fini de nettoyer le désordre, Maureen dit :

— Où est ma tasse de thé ? J'en ai demandé une il y a des heures.

— Deux minutes, Maureen.

— Qui êtes-vous, et où est Sophie ? s'énerve Maureen.

— Je m'appelle Erin. Je suis votre infirmière. Je m'occupe de vous depuis quelques mois. Vous vous souvenez ?

Maureen plisse les yeux comme si elle essayait de se souvenir.

— Oui. Oui, je pense que oui.

— Je vais vous apporter cette tasse de thé.

Alors qu'Erin s'éloigne, je regarde Maureen jouer avec un trousseau de clés. Elle les fait pendre entre ses doigts et les laisse tomber sur les dalles du patio. Bien sûr... Cette femme est atteinte de démence. C'est pour ça qu'elle a besoin d'une infirmière.

Lentement, je retire le bonnet de ma tête et j'ébouriffe mes cheveux. Mon cœur bat contre mes côtes. Je n'ai que quelques minutes pendant qu'Erin est occupée à préparer le thé dans la cuisine. Je lève les yeux. Erin tourne le dos à la fenêtre.

Vais-je oser ? J'ai déjà fait des choses risquées dans ma vie, mais ça ?

J'ouvre la porte du jardin et je m'approche lentement de Maureen.

— Tu les as fait tomber, maman. Je devrais peut-être les garder en lieu sûr.

Un frisson me traverse lorsque les yeux de Maureen croisent les miens.

— Oh, d'accord.

— Je dois retourner au travail.

Lorsqu'elle tend la main et saisit la mienne, une décharge électrique me parcourt le bras. Je m'efforce de réprimer l'envie d'arracher ma main.

— Attends. Tu es... ?

— Je suis Sophie, maman.

Elle me lâche. Ses yeux sont confus.

Je me dépêche de traverser le jardin, le souffle court et le front moite. Mes doigts tremblent lorsque j'ouvre puis referme le portail. Je récupère le bonnet là où je l'ai caché et je cours jusqu'à ma voiture. Je m'éloigne et j'envisage de ne jamais revenir.

* * *

Ma chambre au B&B sent le vomi.

Je n'ai pas fait ça depuis que j'ai payé ce type pour qu'il rentre dans la Mercedes de mon père. Il est vrai que je me suis sentie assommée à la mort de mes parents, mais lorsque j'ai engagé le tueur à gages, j'ai réagi plus violemment que je ne l'aurais cru.

Je garde les clés en main jusqu'à ce que le métal se réchauffe. Maintenant, je peux entrer dans leur maison. À présent que j'ai purgé le dégoût de mon estomac, une nouvelle forme d'excitation vient chatouiller mon ventre vide. J'ai ôté une partie du contrôle à Maureen. Il n'y a pas de retour en arrière possible.

Mais je dois être prudente. Sophie va se mettre à chercher les clés lorsqu'elle s'apercevra que Maureen les a perdues. Elle pourrait même changer les serrures. Demain, je ferai faire des doubles, puis je jetterai les clés dans le jardin. C'est à peine si Maureen réalisera leur absence. Et si elle dit à Sophie qu'elle m'a vue – ou plutôt qu'elle *l'a* vue –, Sophie mettra ça sur le compte de la démence. Elle ne la croira jamais.

* * *

À l'âge de quinze ans, je me suis introduite avec mon ami Jake dans la maison d'un vieux réalisateur de films dans les Hamptons. Nous voulions faire l'amour dans sa piscine. Nous avons escaladé le mur, je suis tombée et je me suis blessée à la cheville. Avant que je m'en rende compte, il y avait des lumières partout et un énorme type m'a sauté dessus pendant que je me tortillais et gloussais, sous l'emprise des drogues que nous avions trouvées dans la maison des parents de Jake.

Ça a été ma seule et unique tentative d'effraction. Jusqu'à ce jour.

La maison des Howland est silencieuse. Je me glisse par la porte du jardin et je longe l'allée. Je ne voulais pas passer par la porte d'entrée, au cas où des voisins regarderaient par la fenêtre au beau milieu de la nuit, mais les portes coulissantes donnant sur le jardin feraient trop de bruit.

Je sais, pour avoir surveillé la maison, qu'il n'y a pas d'alarme. Il n'y a pas de chien. J'ai la clé. J'ai juste besoin d'être discrète.

Je suis entièrement vêtue de noire, jusqu'à ma cagoule. Je suis une vraie criminelle maintenant.

Je glisse la clé dans la serrure et la tourne lentement. Le bruit de la porte qui s'ouvre est plus silencieux que mon cœur qui bat la chamade. Je ne ferme pas tout à fait la porte, car je sais que je devrai m'échapper rapidement si quelqu'un se réveille.

Le bruit de mes pas est étouffé par la moquette. Une fois que mes yeux se sont habitués à la pénombre, je scrute le salon de la maison dans laquelle j'aurais pu grandir. Et si Maureen ne m'avait pas vendue et avait obtenu l'argent pour déménager à Eddington d'une autre manière ? C'est le canapé sur lequel je me serais assise pour regarder les films de Molly Ringwald avec ma sœur. C'est dans cette cuisine que j'aurais fait des croque-monsieur, ou le nom qu'ils leur donnent ici. Peut-être plutôt des haricots sur des toasts.

J'aurais peut-être réussi à convaincre maman de prendre un chien. Nous aurions pu jouer avec lui dans le jardin quand nous ne nous disputions pas à propos des garçons.

Je m'efforce de chasser ces pensées. Il n'y a pas d'autre solution. J'ai des tâches à accomplir. La plus importante est de me connecter à l'ordinateur de Sophie. Je veux savoir tout ce que je peux sur elles. Mais d'abord, je dois installer un logiciel me permettant de contrôler son ordinateur à partir du mien, ce qui sera impossible s'il est protégé par un mot de passe.

J'ouvre l'ordinateur sur la table de la cuisine et je réprime un soupir de soulagement lorsqu'il s'ouvre automatiquement sur le bureau. J'insère rapidement une clé USB et j'installe le logiciel de bureau à distance. S'écoulent ensuite une ou deux minutes angoissantes pendant lesquelles je ne peux rien faire d'autre qu'attendre. Ensuite, je remets l'ordinateur en place et je glisse la clé USB dans ma poche.

En bas de l'escalier, je les imagine toutes les deux dormant paisiblement, sans se douter que je suis dans leur maison. Avant même de m'en rendre compte, mes pieds montent les marches. Un léger craquement du plancher m'oblige à m'arrêter. Bloquant ma respiration, j'écoute les bruits de la maison. Je l'entends vivre, mais rien n'indique que Sophie ou Maureen se soit réveillée. Je fais lentement les derniers pas.

Je n'ai aucune idée de qui dort dans quelle chambre. C'est par hasard que j'ouvre doucement la porte la plus proche de l'escalier et que je trouve la femme qui m'a mise au monde dormant tranquillement sur le côté, la bouche légèrement ouverte. Elle est là, la femme qui a tenu une petite fille dans ses bras et qui, cinq ans plus tard, a vendu cet enfant à des hommes corrompus pour qu'ils en fassent ce qu'ils voulaient. J'aurais pu être vendue à un réseau de pédophiles ou devenir une esclave sexuelle pour le restant de mes jours. J'aurais pu être assassinée pour le plaisir et abandonnée dans une tombe anonyme. Aurais-je trouvé plus de paix dans cette tombe que dans la vie que je mène aujourd'hui ?

Cette femme m'a volé tant de choses, et il n'y a pas assez d'argent dans l'héritage de papa pour compenser tout ça. Je tends la main vers elle et m'arrête à un centimètre de son visage. En quelques minutes, je pourrais recueillir son dernier souffle.

Ses yeux s'ouvrent.

Je retire ma main. J'enlève le masque de ski de mon visage pour qu'elle puisse me voir.

— Sophie ? dit-elle.

— Tu sais ce que tu devrais faire ? dis-je. Tu devrais boire de l'eau de Javel. Une bouteille entière. Tu devrais prendre toutes tes pilules en même temps. Ça irait mieux.

— D'accord, marmonne-t-elle.

Je me détourne et me précipite hors de la maison, loin de la famille qui m'a abandonnée.

26

ADELINE

Il y a quelques jours, j'ai vu Sophie prendre un café avec un homme. C'était exaltant pour moi, car c'était la première fois que je voyais Sophie avec quelqu'un qui n'était pas sa mère ou l'un des enseignants de l'école. Comme je pouvais désormais accéder à son ordinateur portable depuis le mien dans la chambre du B&B, j'ai découvert que cet homme s'appelait Peter et qu'il l'avait contactée sur un site de rencontre. Les choses semblaient assez sérieuses, à en juger par ses messages, même si Sophie n'était manifestement pas aussi intéressée que lui.

J'ai pénétré dans la maison des Howland plusieurs fois après le premier essai. C'était trop facile et ça a créé une dépendance. Sophie, qui avait manifestement le sommeil lourd, ne s'est jamais réveillée, tandis que je me glissais dans l'escalier et chuchotais à notre mère dans l'obscurité.

— Je te reconnais, m'a-t-elle dit un jour.

— Tu me reconnaîtras, ai-je répondu.

Chaque matin, lorsque je regarde Sophie partir au travail, elle semble encore plus épuisée qu'avant. Elle a dû emmener notre mère à l'hôpital après que Maureen a bu de l'eau de Javel, incident qui m'a enthousiasmée et rendue malade à la fois. Elle a appelé la police et changé les serrures. Dommage. Si j'essaie à nouveau de voler les clés de Maureen, elle pourrait s'en apercevoir. L'époque où je m'infiltrais dans la maison de nuit est révolue. Surtout que Sophie a installé des caméras extérieures.

Mais elle a fait mieux. Elle a installé des caméras dans la maison, accessibles depuis son ordinateur. Ce qui signifie que je peux également les consulter.

Je vois tout. Leur vie quotidienne. Toutes leurs soirées ennuyeuses passées sur le canapé devant la télévision. Chaque fois que Maureen fait une crise à son infirmière. Chaque fois que Sophie se sert un verre de vin et se prend la tête entre les mains à la fin de la journée. Je vois tout.

Et j'en profite. Je ruine la relation de Sophie avec l'infirmière. Pourquoi devrait-elle avoir des amies ? Je couche avec son petit ami. Il ne se rend même pas compte que ce n'est pas elle. Il est gros et repoussant, mais l'idée d'être *elle* m'excite tellement que je m'en fiche. Je trouve un sac de vêtements destinés à une organisation caritative sur le pas de la porte. Après avoir volé un ou deux vêtements, je réduis le reste en lambeaux.

Je sais où se trouve chaque caméra, à l'intérieur et à l'extérieur de la maison. Je peux désactiver certaines d'entre elles grâce au logiciel que j'ai installé sur l'ordinateur de Sophie. Je le fais juste pour l'effrayer. L'idée de lui faire perdre la tête, de la rendre paranoïaque, devient tellement exaltante et addictive que je ne peux pas m'arrêter.

Quoi qu'elles fassent, je les observe. Quand elles se déshabillent le soir, je les regarde. Dans ces moments solitaires de dévastation, devant les larmes provoquées par l'alcool, je la regarde. Elles ne peuvent pas m'échapper. Je suis de retour, malgré leurs efforts pour m'oublier, et je ferai en sorte qu'elles me *reconnaissent*, une fois pour toutes.

Pendant cette période d'incursion dans leur intimité, ce que je trouve le plus intéressant, ce sont les e-mails de Sophie à son ex-petit ami, Jamie. Ils m'offrent un aperçu d'une facette de la relation entre Sophie et Maureen que je ne connaissais pas. Il semble que Maureen ne m'ait pas seulement privé de l'enfance que je méritais, mais qu'elle l'ait également refusée à ma sœur. Je le devine à travers chaque mot de ses e-mails. J'assiste à la destruction complète de la confiance en elle de ma sœur. Je vois la relation toxique qui existe entre elle et notre mère, et la façon dont elle brise sa relation avec Jamie.

Je passe en revue tous ses e-mails, je fais des captures d'écran et je les imprime. Je les épingle sur le mur de l'hôtel, en soulignant les sections importantes :

Je ne peux plus faire ça, Soph. Je ne peux pas la regarder te démonter petit à petit. Je ne peux pas avoir d'enfants avec toi parce que je ne veux pas qu'elle soit leur grand-mère.

Tu dois lui tenir tête ou tu ne seras jamais libre.

Place-la dans un foyer, Sophie. Vends la maison. Emménage avec moi et soyons heureux.

Ces messages sont tellement pressants et désespérés. Enfant, j'ai vu papa et maman se déchirer dans les brumes de l'alcool. Je les ai vus se faire du mal, mais je n'ai jamais rien vu d'aussi triste que cette longue et fastidieuse déconstruction. Ça me brise presque le cœur.

Presque.

Mais Sophie a eu le choix. Elle aurait pu quitter notre mère depuis longtemps et être libre. Je reste celle qui a été vendue, et elle est toujours la sœur qui a volé mon identité, me laissant sans rien.

C'est peu après avoir payé mon deuxième mois au B&B que je décide que le moment est venu. Fini de jouer. Je dois parler à ma sœur. Je dois cesser d'*être* elle et la *confronter*.

TROISIÈME PARTIE

27

C'était elle, depuis le début.

Elle me renvoie mon reflet parfait.

Mais ce n'est pas elle que je vois. Je vois la fille que j'ai perdue de vue il y a toutes ces années. Le bébé né quelques secondes avant moi. Je la vois comme une petite fille de cinq ans avec des taches de rousseur sur le nez. Je revois le pull désagréable qu'elle portait en hiver et son sourire malicieux lorsqu'on piégeait nos enseignants. Ses yeux sont aussi étincelants qu'ils l'ont toujours été. Son visage est le mien, et pourtant ce n'est pas le cas. C'est le visage que j'ai voulu voir, que j'ai eu *besoin* de voir pendant toutes ces années. Elle est l'autre moitié de moi sans laquelle j'ai erré désemparée dans ce monde. La voilà. Ma sœur.

D'une certaine manière, peu importe qu'elle m'ait traquée et humiliée, qu'elle m'ait réduite à l'état d'épave tremblante : une femme se tenant au-dessus de sa propre mère avec un oreiller, hésitant à devenir une meurtrière libre ou une victime prise au piège.

Elle se tient devant moi. Elle est là. Elle va me montrer ce qu'il faut faire, comme elle l'a fait il y a des années.

Elle lève le menton.

— Bonjour, Ombre.

— J'ai toujours détesté ce nom.

Je déglutis.

— *Sophie.*

C'est si bon de prononcer enfin ce nom. Je sais maintenant pourquoi je ne me suis jamais sentie à l'aise dans ma peau, pourquoi j'ai eu l'impression d'être un imposteur toute ma vie. La raison se tient là, devant moi, elle m'éclipse, me transforme en ombre. Elle a été enlevée avant que je puisse trouver le moyen de m'extraire de cette ombre. Je suis tombée sous la coupe de ma mère et je n'ai jamais réussi à m'en sortir.

— Bonjour, *mère*.

Le ton de Sophie est glacial. Ses yeux, identiques aux miens, ne sont plus que deux fentes. C'est à ça que je ressemble quand je suis en colère ? Est-ce qu'il m'arrive de froncer le nez de cette façon ? Ses tics faciaux sont-ils les miens ? Nous nous serions comparées en grandissant. Nous nous serions regardées dans le miroir en riant de notre ressemblance. Ou de nos différences.

Immédiatement, je comprends comment maman parvenait toujours à nous différencier. Sophie se tient bien droite, de manière à ce que les gens lèvent la tête vers elle. Au contraire de moi, qui suis voûtée, et que tout le monde regarde de haut.

— Sophie. Tu es... Est-ce que c'est réel ?

La voix de maman est essoufflée. Elle n'en croit pas ses yeux. Je ne suis pas certaine de réaliser, moi non plus.

Je m'éloigne de maman pour qu'elle puisse s'asseoir. Des traces de larmes sont visibles sur ses joues. Elle tend la main comme pour toucher sa fille perdue depuis si longtemps.

Je regarde l'expression de ma sœur se transformer en grimace. Ses épaules tendues remplissent presque le cadre de la porte. Mes yeux suivent la longue ligne de son bras pour découvrir le couteau dans sa main. Bien sûr. Cette femme m'a harcelée. Elle s'est introduite chez moi. Elle a piraté mon compte de messagerie et découpé mes vêtements en bandes. Je réalise qu'elle a probablement couché avec Peter. C'est pour ça qu'il s'est présenté sur le pas de la porte en étant si perturbé. Elle a peut-être même tué le chat de notre voisine.

Je ne peux pas lui faire confiance.

Maman se lève d'un pas chancelant.

— Tu es là, tu es bien réelle. Je le savais. Toutes ces années, je le savais. Et regarde-toi. Tu es aussi belle aujourd'hui que lorsque je t'ai laissée partir. Tu as eu une belle vie, n'est-ce pas ? Ils m'ont dit que la famille était aisée, qu'ils s'occuperaient de toi mieux que moi.

La vraie Sophie laisse échapper un grognement de dérision.

— On a subvenu à mes besoins. Ne t'inquiète pas pour ça.

Sa voix est sarcastique. Moqueuse. J'ai envie de me mordre la lèvre et de me recroqueviller. Elle ne connaît pas le caractère de maman ? Sa langue bien pendue ?

Bien sûr que non.

— Tu es allée dans la famille dont ils m'ont parlé. Dieu merci. Lorsque je n'ai plus eu de nouvelles d'eux, toutes sortes de pensées m'ont traversé l'esprit.

Maman se précipite vers Sophie, mais ma sœur s'éloigne d'elle en tremblant.

— Comment t'ont-ils appelée ?

Sophie recule, s'éloignant de la porte.

— Adeline

Maman met une main sur sa bouche.

— Adeline. C'est très joli.

Je ne peux pas nier que ça me fait mal de voir maman traiter cette femme – qui me ressemble trait pour trait – autrement que le déchet laid et inutile que je suis devenue. Pourquoi Sophie... Adeline... est-elle si belle ?

Maman tend la main et Adeline la laisse passer ses doigts dans ses cheveux. Des larmes coulent sur son menton.

— Ce n'était pas censé être toi, murmure maman.

Les yeux d'Adeline rencontrent les miens.

— Ce n'est pas une chose très agréable à dire à ta fille.

Mais maman n'écoute pas. Elle lui touche à nouveau les cheveux.

Je me laisse tomber sur le lit et prends ma tête entre mes mains. Ce n'est que lorsque le matelas s'enfonce que je lève les yeux pour voir Adeline assise à côté de moi.

— Je voulais être toi, dit-elle. J'ai appris ton existence après la mort de mes parents. Ils m'ont laissé une enveloppe contenant des informations sur ce qui s'est passé. J'ai lu cette note et j'ai voulu en savoir plus. J'avais besoin de te voir. J'ai engagé un détective et j'ai fouillé dans vos vies. C'est là que j'ai compris que tu vivais sous le nom de Sophie. Je pensais que tu avais volé mon identité, celle que j'aurais dû avoir il y a toutes ces années.

— Alors, tu m'as traquée ?

Elle regarde au loin et continue, ignorant ma question.

— Ça semblait irréel. Une partie de moi se demandait si tout ça n'était pas un canular soigneusement élaboré. Mais c'était logique. Ça explique la personne que je suis devenue. Ou pas.

Elle est la seule à comprendre. Je n'ai jamais été entière, mais elle non plus. Je n'ai jamais été Sophie et elle n'a jamais été Adeline.

— Je n'en ai jamais rien su. Les souvenirs n'ont commencé à me revenir que récemment, la première fois que j'ai entendu maman parler d'une ombre.

Le dire à voix haute me fait froid dans le dos. Est-ce de l'excitation ? De la peur ?

— Après la mort de mes parents... des personnes qui m'ont élevée... j'ai commencé à faire des rêves. Puis les morceaux du puzzle se sont imbriqués.

Elle sourit. Son sourire semble authentique, mais il lui manque une qualité humaine essentielle. La chaleur.

— Alors, dis-moi. Est-ce que tu as toujours eu l'impression d'être une demi-personne, toi aussi ?

— Oui.

Ma réponse sort dans un soupir.

— Tout ça à cause d'elle.

Nous nous tournons vers maman.

C'est Adeline qui parle à présent, prenant la tête des opérations comme elle le faisait avant d'être enlevée.

— Dis-nous, maman. Quel genre de mère vend l'une de ses jumelles avant d'avoir essayé tous les autres moyens possibles pour trouver de l'argent ? J'ai entendu des histoires extraordinaires de femmes qui se battent pour leurs enfants. Des mères qui se sacrifient pour protéger leurs enfants des catastrophes naturelles, qui se prostituent pour gagner assez d'argent pour eux, qui fuient des pays déchirés par la guerre pour les amener dans un endroit plus sûr. Et pourtant, ta première idée a été de vendre l'une d'entre nous.

— Ce n'était pas censé être toi, dit maman.

Cette fois, nous ne réagissons pas à cette horrible

déclaration. Nous la laissons parler. Nous voulons toutes deux des réponses. C'est notre histoire. Nous avons attendu trente ans pour l'entendre. On nous a refusé ce qui nous appartenait depuis toujours, et tout ce qui nous est arrivé nous a menées à cet instant. Nous patientons en silence.

— Tu es née la première, Sophie. Tu étais forte, en bonne santé et belle. J'ai regardé ton visage rose et rond, et pour la première fois de ma vie, j'ai su ce qu'était l'amour. Puis j'ai dû te donner naissance, Becca.

Elle me regarde.

— Et ça n'a pas été facile. Dès le début. Tu es née avec le cordon enroulé autour du cou, et quand la sage-femme t'a sortie, tu m'as déchirée. Tu voulais ma peau dès le début. Tu m'as fait des bleus sur les mamelons à cause de l'allaitement. Tu as toujours eu plus faim que Sophie, tu réclamais toujours plus d'attention, tu pleurais tout le temps. Ça me rendait dingue. J'ai commencé à reporter tout mon stress sur Geoff. Becca, tu étais lui tout craché. Tu avais son tempérament. Sophie cherchait des solutions aux problèmes. C'est une battante, quelqu'un qui s'en sortira toujours parce que la vie n'aura jamais raison d'elle. Tu n'attends que ça, quant à toi, Becca. Tu es une victime et tu le seras toujours, parce que c'est le rôle que tu as choisi de jouer dans la vie. Je l'ai vu alors que tu portais encore des couches. Je le savais. Geoff était faible et stupide, et il a renoncé à la vie.

Elle grogne en prononçant son nom.

— J'ai épousé un homme, mais j'ai enterré une coquille vide pathétique. Il ne m'a laissé que des dettes. Des dettes de jeu contractées auprès d'usuriers et une maison que je ne pouvais pas me permettre de rembourser. Si l'une d'entre vous a déjà connu le poids des dettes, vous savez quel genre de décisions on est tenu de prendre dans ce cas. Je n'avais personne vers qui me tourner. Ne me regardez pas comme ça. Votre père a coupé les ponts avec ma famille. Mes parents ne m'adressaient même plus la parole après mon mariage avec ce « bon à rien », comme l'appelait mon père. J'y suis allée une fois. Ils m'ont ignorée. Ils ont refusé de me dire bonjour. Je n'avais rien, à part vous deux.

Elle croise les bras.

— J'ai pris une mauvaise décision.

Adeline me prend la main. Je revois ce jour-là dans le parc. L'homme qui me l'a arrachée plane au-dessus de moi. La sucette à la fraise tombe dans l'herbe avec un bruit sourd. Mon visage est rouge et chaud à force de crier et de m'agiter, de tendre la main et d'attraper ses cheveux. Il n'y avait personne aux alentours qui se souciait suffisamment de moi pour accourir en réponse à mes cris.

C'est peut-être pour ça que j'ai toujours voulu avoir un enfant. Que j'ai eu l'impression de perdre l'enfant que je n'ai jamais eu. J'ai vécu le traumatisme de la perte d'un enfant. Je n'ai pas su protéger ma grande sœur, et elle n'a pas su me protéger non plus.

Je pense à la façon dont je me suis attachée à la petite Chloé et à son amie imaginaire. Elle m'a rappelé la petite fille que j'étais, qui pleurait sa sœur décédée tout en étant forcée de l'oublier. Je voulais protéger Chloé parce que je n'ai pas réussi à protéger Sophie lorsque les ravisseurs sont venus l'enlever.

— Becca, je ne pourrai jamais te pardonner, poursuit maman. À cause de toi, j'ai perdu ma Sophie.

Elle se met à pleurer.

— Mais maintenant, je l'ai retrouvée. Je peux mourir

heureuse. Quand cette maladie m'emportera, au moins je t'aurais vue, Sophie, et je saurais que tu es en sécurité.

Lorsqu'Adeline répond, ses mots sont mesurés et calmes, dépourvus de toute émotion. Un frisson remonte le long de ma colonne vertébrale.

— Tu as essayé de vendre une enfant et tu as fini par perdre ta préférée, alors tu as forcé l'enfant qu'il te restait à devenir quelqu'un d'autre et tu l'as malmenée pendant des années. Tu n'as jamais assumé la responsabilité de tes actes, et tu blâmes toujours Becca pour ce que tu as fait. J'ai rencontré des personnes méprisables. Mes parents n'étaient pas seulement riches, c'étaient aussi des criminels. Sinon, pourquoi auraient-ils eu besoin d'acheter une enfant ? Mais tu es la première personne que j'ai rencontrée qui est vraiment brisée. Tu n'es pas humaine. Tu es un monstre.

Je regarde le sang quitter le visage de maman. Elle recule en titubant et glisse lentement le long du mur, se retrouvant à genoux.

— On doit appeler la police, dis-je.

— Non, répond Adeline. Pas encore.

Elle se tourne vers moi, et je ne peux m'empêcher de m'étonner de cette incroyable ressemblance.

— Becca, elle avait raison sur un point. Tu aimes être une victime. Tu es restée avec cette femme toute ta vie, mettant ta propre vie entre parenthèses pour quelqu'un qui a si peu d'amour pour toi qu'elle a essayé de te vendre quand tu étais enfant. Où est ton amour propre ?

— Elle en a eu raison il y a longtemps, murmuré-je.

— Tu es une adulte, répond Adeline. Je suis désolée pour ce qui t'est arrivé, mais je ne pourrai jamais le comprendre.

La pièce est silencieuse. Nous sommes toutes les trois assises, mais personne ne se regarde.

C'est moi qui romps le silence.

— Tu m'as harcelée. Tu m'as fait croire que je devenais folle. Pendant tout ce temps, j'ai cru que c'était maman. Je pensais qu'elle me faisait une dernière blague cruelle avant que la maladie d'Alzheimer ne l'emporte.

Adeline se met à rire.

— Tu pensais que c'était elle ? Génial !

— Ce n'est pas drôle !

J'arrache ma main de la sienne.

Les rires s'arrêtent.

— Si, ça l'est.

— Je vais appeler la police.

Je me lève, prête à récupérer mon téléphone et à mettre fin à cette mascarade.

Mais Adeline s'empresse de saisir mon poignet.

— Non. Ce n'est pas ce qui va se passer.

Je fronce les sourcils.

— Qu'est-ce que tu racontes ? Maman doit répondre de ce qu'elle a fait il y a toutes ces années. Ils pourraient arrêter l'homme qui t'a enlevée.

Mais Adeline secoue la tête.

— Non

Elle me ramène sur le lit. Je cherche des réponses sur son visage, mais je ne trouve qu'un masque vide.

— Il le faut, murmuré-je.

— Non.

— Alors, quoi ?

— J'ai une autre idée en tête. Qui n'implique pas la police.

La voix d'Adeline est toujours aussi dénuée d'émotion

que son expression. Je me demande à quel point Adeline ressemble à maman.

— Qu'est-ce qui t'est arrivé après ça ? demandé-je. Où est-ce qu'on t'a emmenée ?

— À New York, répond-elle. Et je suis devenue millionnaire. C'était le rêve américain. Becca. Sophie. Ma sœur. Je te donne le choix et je veux que tu m'écoutes attentivement. Je suis venue en Angleterre pour une seule raison, et ce n'était pas pour rattraper le temps perdu. J'ai grandi avec des gens qui réglaient leurs différends d'une manière très différente. J'ai assisté à plus d'enterrements que de mariages, et le dernier en date était celui de mes parents. Ceux qui m'ont achetée comme un cheval de course. Papa aimait briser les petites filles, et maman aimait le laisser faire. J'ai mis du temps à comprendre ce que je devais faire, mais une fois que je l'ai fait, j'ai hérité de millions de dollars. Je suis tout à fait disposée à partager ces millions avec toi, petite sœur, mais il y a une chose que tu dois faire pour moi d'abord.

Elle m'adresse un sourire dément.

— Qu'est-ce que c'est ? parviens-je à dire malgré ma gorge nouée.

Ma bouche est sèche comme du papier de verre et ma langue pâteuse. L'atmosphère de la pièce est aussi lourde qu'avant l'orage. Je sens l'odeur de moisi des vieilles photographies qui nous entourent, dégoulinantes de souvenirs.

— Je te donne le choix – ce que maman ne nous a jamais offert. C'est très simple. Viens vivre avec moi à New York ou tu mourras sans jamais quitter ce pays gris et délavé.

— Quoi ?

— C'est un choix facile, n'est-ce pas ? Mais ce n'est pas

tout. Je ne quitterai pas l'Angleterre tant que cette femme ne sera pas enterrée. Donc, si tu veux vivre, tu dois la tuer. Et si tu ne le fais pas, je vous tuerai toutes les deux.

Elle me tend le couteau.

— Un. Deux. Trois. À toi.

ÉPILOGUE

Je suis son reflet parfait.

Le soir, je me démaquille petit à petit pour révéler la femme qui se cache derrière. Je suis là. Je suis bien là. J'existe.

Elle a été enterrée par une journée grise et pluvieuse, ce qu'elle aurait détesté. Je ne me suis pas étendue dans le journal. Je ne voulais pas attirer l'attention. La cause du décès a été indiquée comme étant un suicide. Lors des funérailles, j'ai entendu quelques personnes raconter comment, quelques semaines auparavant, elle avait essayé de boire de l'eau de Javel. Ça m'a fait sourire. Tout s'est passé comme prévu. Personne ne soupçonnera la fille éplorée qui est restée à ses côtés pendant toutes ces années.

Je me fonds à la perfection dans son rôle.

L'agent Hollis est venu à l'enterrement, ce qui m'a étonnée. Debout derrière les quelques personnes présentes aux obsèques, il était un rappel malvenu des derniers mois. Ça a été assez facile de l'éviter pendant la cérémonie. Mais je n'ai pas pu l'éviter par la suite, lorsqu'il a traversé l'herbe humide du cimetière pour me transmettre ses condoléances.

J'ai tout de suite vu l'éclair dans ses yeux et la tension le long de sa mâchoire. Il m'a pris la main brièvement, mais l'a vite laissée retomber. J'allais m'éloigner, mais il a pris la parole.

— Vous ne m'avez jamais parlé de votre sœur jumelle.

— C'est... ai-je bégayé. C'était un aspect de notre passé que maman gardait pour elle. Elle avait honte... de cette épreuve. Elle a oublié de venir nous chercher à l'école ce jour-là... et... vous comprenez.

L'agent Hollis plisse les yeux.

— Ça aurait grandement facilité l'enquête.

Je réajuste mes lunettes de soleil sur l'arête de mon nez et je baisse la tête. Son regard est trop pénétrant, trop scrutateur. Trop intelligent. Il se doute de quelque chose.

— Je suis désolée de ne pas l'avoir mentionné. Avec tout ce qui se passait avec maman... J'ai commencé à penser que c'était dans ma tête, que c'était des gamins du coin qui faisaient des bêtises. Je...

— Nous avons tous les deux vu les images, Miss Howland. Nous savons tous les deux que ce n'étaient pas des adolescents. C'était quelqu'un qui vous visait. Vous harcelait. Dans un but précis.

— Eh bien, c'est fini. J'apprécie tout ce que vous avez fait pour moi, mais vous pouvez clore l'affaire. Je n'ai plus subi d'appels frauduleux, d'effractions ou autres. Tout s'est calmé. C'est bien trop calme, d'ailleurs, maintenant que maman est partie. Je suis sûre que vous comprenez à quel point elle me manque.

Je me détourne brusquement et ma voix se brise.

— Bien sûr. Mais il y a une autre raison pour laquelle je suis ici aujourd'hui. Je ne pense pas qu'il faille classer l'affaire. Les empreintes digitales ne correspondaient ni à vous ni à votre mère, mais elles étaient presque identiques aux vôtres. Nous pensons qu'elles appartiennent à votre sœur jumelle.

— Quoi ? Vous en êtes sûr ? Mais c'est impossible. Elle a été déclarée légalement morte au bout de sept ans.

Il acquiesce lentement. Je sens qu'il cherche encore des indices sur mon visage. Il vérifie si je mens. Ma peau me démange sous son regard.

— J'en suis sûr.

Je porte la main à ma bouche. L'expression d'Hollis s'adoucit et il se penche vers moi, peut-être pour me réconforter d'un geste, mais je recule.

— Ça fait trop d'un coup, dis-je entre mes doigts.

J'essaie une larme sous mes lunettes.

— C'est l'enterrement de ma mère. Je… je ne peux pas.

— Je suis désolée de vous avoir mise dans cet état.

Pour la première fois, Hollis semble mal à l'aise. Il danse d'un pied sur l'autre et croise les bras.

— J'aimerais poursuivre l'enquête. Si nous parvenons à retrouver votre sœur, Becca, j'aimerais vous la ramener.

— J'ai beaucoup à faire en ce moment. Je m'occupe de la maison et de toute la paperasse. Bien sûr, c'est ce que je veux aussi. Revoir Becca. Ce serait… Ce serait un miracle. Mais vous devez comprendre qu'il y a eu de nombreuses fausses alertes au fil des ans, et qu'il est possible que celle-ci en soit une aussi.

Bien sûr, Hollis veut retrouver ma sœur. S'il pouvait clore une affaire de disparition non résolue depuis trente ans, il serait un héros. Quant aux fausses alertes, c'est un mensonge. Pour autant que je sache, une fois que ma mère a déménagé à Eddington, tout le monde a oublié la disparition de Becca. Ça n'arriverait plus aujourd'hui, bien sûr.

Les enfants enlevés font les gros titres des journaux pendant des décennies.

Je me demande comment les journaux présenteraient ma mère. Je me demande combien d'argent je recevrais pour vendre mon histoire, comme elle a vendu une enfant.

Hollis prend ma main dans la sienne.

— C'est une bonne piste. Je vais faire tout ce que je peux, Sophie.

Je le crois.

Je dois agir rapidement.

* * *

Le jour où je ferme définitivement la porte de cette maison, je me rends sur sa tombe. La pierre tombale est en marbre noir. Elle est petite et ne comporte qu'une brève inscription. Pas de « Mère aimante » ou « Amie fidèle » ou de poème pour montrer à quel point tout le monde l'aimait. Elle est morte sans l'amour de personne, et elle n'aimait qu'une seule personne au monde. Si on peut parler d'amour. D'amour véritable.

L'été anglais touche à sa fin lorsque je monte dans le taxi. La matinée est froide, nuageuse et humide.

En chemin, je demande au chauffeur de taxi de s'arrêter à un garage. Là, je jette mon téléphone dans la poubelle extérieure. Il y a trois appels manqués : un d'Alisha et deux de l'agent Hollis. Je me sens un peu coupable pour Alisha. Mais il est temps de se débarrasser de cette vie. Bientôt, je devrai cesser d'être *elle*.

Ça n'a pas été difficile avec Hollis. Heureusement, j'ai réussi à l'éconduire en organisant une brève réunion pour faire le point. Il m'a interrogée sur ce jour de septembre, il y a trente ans, mais j'ai réussi à mentir.

En rangeant les affaires de ma mère dans sa chambre, je suis tombée sur une pile de coupures de presse concernant l'enlèvement. C'est en les lisant que j'ai trouvé la déclaration de « Sophie » en tant que témoin oculaire. Sophie prétendait que Becca s'était enfuie. Il n'était pas question de l'homme dans le parc. L'influence de ma mère se devinait dans ces mensonges. Elle savait que si on retrouvait ces hommes, on remonterait jusqu'à elle. Une fois de plus, elle s'est fait passer avant son enfant. Une fois de plus, elle a prouvé qu'elle était égoïste et narcissique. Je me suis sentie malade en lisant ces articles.

Au moins, ça m'a donné assez de matière pour tromper Hollis, le temps de vendre la maison et de quitter Eddington.

Je manque de m'endormir pendant le trajet. Je suis soulagée que le chauffeur ne soit pas déterminé à remplir le silence avec des idioties. Je lui suis reconnaissante d'accepter l'argent et le pourboire sans me demander où je vais ni me souhaiter de bonnes vacances.

Le billet d'avion est soigneusement rangé dans mon sac à main. L'excitation me gagne.

L'aéroport est bondé. Je passe les files d'attente, les détecteurs de métaux et la sécurité.

Ils examinent le passeport de Sophie Howland et ne disent rien. J'ai le droit à un signe de tête. Puis je continue mon chemin.

On me donne une carte d'embarquement. On place des autocollants sur mon sac. Je glisse mes produits de maquillage dans un sac en plastique transparent, et le mets dans un bac avec mes clés et la liseuse que j'ai achetée pour le voyage.

Une femme aux dents parfaites m'accompagne dans le tunnel vers l'énorme avion. Enfin, je trouve mon siège.

Alors que je place mon sac dans le compartiment à bagages, j'ai une pensée pour l'agent Hollis. Je ne suis peut-être pas tirée d'affaire. Pas encore. Une fois que j'aurai atteint ma destination, une fois que j'aurai mis un océan entre cet homme gênant et moi, je pourrai peut-être me détendre.

Je n'arrête pas de penser aux risques qu'il poursuive l'enquête. Est-il du genre à arrêter les frais et à passer à autre chose ? Ou vais-je le fuir pour le restant de mes jours ?

Il y a d'autres personnes à prendre en considération. Peter – cet idiot flippant – n'a pas essayé d'entrer en contact avec moi. Mon téléphone a disparu, j'ai laissé très peu de traces derrière moi, et je ne pense pas qu'il ait l'intelligence de me retrouver. Alisha pourrait essayer, mais elle doit s'occuper de sa famille. Et puis il y a Jamie, qui n'est plus en contact avec moi depuis la mort de ma mère. Je suppose qu'il est heureux que la femme qu'il détestait tant soit enfin morte.

Non, Hollis est ma principale préoccupation. Parviendra-t-il à assembler les pièces du puzzle et venir me chercher ? Je pense qu'il n'y a qu'une seule façon de le savoir.

— Bonjour !

Je ne m'attendais pas à ce que quelqu'un me reconnaisse. La voix me tire de mes pensées. Je vois une femme aux cheveux blonds décolorés qui me fait signe en souriant.

— Bonjour, lancé-je.

— Je me souviens de vous. Vous alliez dans le Yorkshire du Nord pour retrouver votre famille, dit-elle.

— En effet.

— Impressionnant, vous avez vraiment pris l'accent !

Vous retournez à New York ? Comment ça s'est passé ? Pas trop étrange de les revoir ?

— J'ai fait tout ce que je voulais, affirmé-je.

— Oh, formidable ! Vous rentrez chez vous, maintenant ?

— Oui. Je vais vivre avec ma sœur.

À PROPOS DE L'AUTEUR

Sarah A. Denzil est l'autrice de quinze thrillers psychologiques vendus à un million d'exemplaires. *Passé sous silence*, demi-finaliste des Goodreads Choice Awards en 2017, est l'un de ses best-sellers. Ses livres ont été publiés dans différentes langues et ont figuré dans le classement des meilleures ventes du Wall Street Journal.

Sarah vit dans le Yorkshire avec son mari et son chat, profitant de la campagne pittoresque et du temps assez imprévisible. Elle aime écrire des livres sombres, des fictions psychologiques pleines de rebondissements.

Pour être informé(e) des prochaines traductions de mes livres, inscrivez-vous à ma newsletter.

DU MÊME AUTEUR

Le Visage de l'innocence

Vulnérable

Passé sous silence

L'innocence perdue

Printed in France by Amazon
Brétigny-sur-Orge, FR

14150597R00160